好书纷纷入眼来

卢敦基

著

浙江人民出版社

图书在版编目（CIP）数据

好书纷纷入眼来 / 卢敦基著. — 杭州 ：浙江人民出版社，2022.1

ISBN 978-7-213-10404-6

Ⅰ. ①好… Ⅱ. ①卢… Ⅲ. ①读后感-作品集-中国-当代 Ⅳ. ①I267

中国版本图书馆CIP数据核字(2021)第245206号

好书纷纷入眼来

卢敦基　著

出版发行：浙江人民出版社（杭州市体育场路347号　邮编　310006）

市场部电话：(0571)85061682　85176516

责任编辑：诸舒鹏　　责任校对：戴文英

责任印务：程　琳　　封面设计：尚燕平

电脑制版：杭州天一图文制作有限公司

印　　刷：杭州广育多莉印刷有限公司

开　　本：880毫米×1230毫米　1/32　　印　　张：10.25

字　　数：240.5千字　　插　　页：2

版　　次：2022年1月第1版　　印　　次：2022年1月第1次印刷

书　　号：ISBN 978-7-213-10404-6

定　　价：48.00元

何谓好书（代序）

所有喜爱读书的人，都会面临一个问题：何谓好书？

我这一说，未免有人动问："既然都已是爱读书的人，怎么会对何谓好书都弄不清楚？你也太低估爱读书的人了。简直怀疑你根本不爱读书！骗子！"

且慢动嗔。世界上确实有些事，我们平常觉得挺明白，但人家一问，当即糊涂，而且真的无法说清楚。比如，我们现在都是活着的人，都有生命。但如果问你"何谓生命"，你能准确说出来？不仅是你，拿诺贝尔奖的人如薛定谔，也不一定能准确说出来。又比如，我们都生活在时间里，但是，何谓时间？如果是我，除了拿出手机点开时钟示意外，别无回答。自以为明白的事，有时要说清楚真不易。

何谓好书？这个问题的难度当然远逊于前两个。但是用一两句话说清楚，也非易事。

一开始，我为自己这本第二部读书随笔集作自序，就打算写这个问题。此书编了一年左右。等到编完，自序方才下笔。

"好书就是经典！"这是一个最常见的回答。当然，这个回答肯定没错。经过历史选择的、经久不衰的、具有权威性的著作，在中国如四书五经、四大名著，在欧洲如《荷马史诗》、莎士比亚戏剧，肯定都是好书。话这么说当然没错，但是今人的研究，会特别揭示经典的确立过程，从而证明经典并非天然生成，常有变迁。这其实是从另一个角度揭示了经典的非经典性。

另一个常见的回答是，好书只针对读者自身而言。对我而言好就是好书！别人的标准不关我事。人以为蜜糖，我以为砒霜。很正常，各有各的兴趣爱好。这个回答，当然也不能说全不对，然而否认了人类和社会的共通性，显然也走偏了。

我们今天回答这个问题，多少要考虑科学性，简单地说，就是要尽量摆脱个人视角，最好要有可度量的明晰标准，减少歧义。这是我们身处的科学时代的基本要求。

从这个意义上，我尝试对“何谓好书”给出的答案是——好书，就是所有水平高于“我本人”的书。

这是从学习的意义上来定义的。读书，如果被视为一种学习知识、提升自己认知水平的活动，那么，水平高于我的书，对我来说都属好书。而自己的水平，自己应该是比较清楚的。随便哪一本书，翻开读上几页，先不评论好不好，只问它的水平高不高于“我”，“我”值不值得继续看下去，心里边马上会有一个较明确的答案。当然，完全看不懂的，比如对我而言，高等数学、理论物理学等，看不下去，但我知道它的水平确实比我高。

而且，用这个标准，也能回答“好书为什么是变化的”这一问题。道理很简单，对十来岁的一个人而言，世上的好书实在太多。但当你三四十岁，视野渐宽，所知亦多，好书就自然而然地少下去了。就如郭靖，既习《九阴真经》，再看见一本《越女剑谱》，大抵就不会再兴奋了。

当然，上面不过是从一方面给出了问题的答案。我们今天在地铁、公交或是身处那种嘈杂纷乱的场合，也时常看见有人看手机看得如痴如醉、如饥似渴。他们有的竟然也是在看书，当然看的则大多是网络文学。这个时候，你能说那些网络文学对他们来说不是好书？

这就揭出了好书的另一个维度——能给读者娱乐的，都是好书。至于这种娱乐有没有导致正事荒废，是否玩物丧志，那是另一个问题，此处不谈。

如果一本书的水平既高于我，也让我读起来很开心，那应该就是雅俗共赏的好书了吧！

又有人会说，那样的好书似乎不多。然而，事实上，那样的好书还真不少。不仅不少，而且越来越多，正如我所感："好书纷纷入眼来！"

为什么如今的好书越来越多？我也是思索了许久才明白：在如今这个高度复杂的现代化社会，各种进步都由微小的进展集合叠加而成，很难找到那种一言千钧、乾坤立定的决定性发现了。但也因此，具体而微的发现如雨后春笋。看来，是到了该改变我们的进步观、同时也是好书观的时候了！

我这部读书随笔中所写到的书，毫无疑问都是好书，而且大多是比较新的好书。信息化时代，社会一日千里，今天如果再一味读旧的好书，未免也太没劲了。

2021年9月19日

目录

第一辑　寸铁杀人

第二辑　谈文论艺

第三辑　游踪思影

第四辑　怀人忆旧

第一辑　寸铁杀人

植物如何利用人类?

近几年，颇有一些宣扬“狼性文化”的文艺作品出现。我个人基本不看，而且一直抱鄙夷态度。道理很简单，宣扬者无非是主张用狼性文化为自己争取更大的生存机会。但是，请允许我问一句：狼成功了吗？目前的美洲，据说有1万只狼存活。而狗呢？却有5000万只！你看到过中国城市里有谁带着狼出来遛弯的？作为同源的兄弟，狼与狗竞争，结果是完败！狼吃人，狗利用人。这场竞争，对人有用的狗完胜！

如果说狗与人一样都是动物，无怪乎有相通之处，比如狗可能也有一些自己的想法，那么，说植物利用了人，则会让人觉得荒唐。但是，只要想想狼与狗的竞争就可以明白，为什么某些植物比起绝大多数同类来，会更受到人类的青睐、喜爱并得以广泛传播？还不是因为它们对人有用。它为自己精心设计的生存策略，通过有用于人而大获成功。这个时候，你可以说是人利用了植物，但同时也完全可以说是植物利用了人。两者都很对。

翻开迈克尔·波伦（Michael Pollan）的《植物的欲望——植物眼中的世界》，首先看到的是作者对植物的推崇：“植物是自然界的炼金术士，是把水、土和阳光改造为一系列珍贵物质的专家，它们中的许多都超越了人类的想象能力，人类的生产力比它们要低得多。”是啊！人类现在号称自己拥有制造业了，但是你看见他们在车间里制造出米、面和包心菜了吗？所有的植物，仍然无法像化工行业那样拼凑化学元素就能成功产出。但光合作用是植物多么伟大的一项发明啊！晒着太阳就能生长！如果人也有这个功能，世界上要争夺的大概只有土地和阳光了，人类应该会比现在快乐很多吧！可惜人类不行！

我们中国人历史上用中药，而中药大多有一定的毒性。其实这根本就是植物自身的设计，它会制造出毒液、难闻的气味等，来抵御外界的摧折，保护自己的生存。然而，另一些植物则刻意地制造出完全相反的物质，吸引他者到自己身边，帮自己传播与繁衍。总的来说，植物远远胜过了人类。比如农业，其实就是草本植物借助人类的力量战胜了与其竞争的树林。

《植物的欲望》研究了4种功能不一的植物：苹果、郁金香、大麻、马铃薯。限于篇幅，本文着重介绍一下广为人知的苹果和马铃薯，看看其中蕴藏了多少难解的奥秘。

苹果的正味是甜。人类学家发现各种文化会偏嗜苦、酸、咸中的一种或几种，但对甜，人类则全部都喜欢。此书作者的儿子在1岁时，初次吃到了蛋糕外面的糖衣，当时他一边咬，一边惊异地盯着喂他吃的爸爸，好像是在惊呼：“你们的世界里怎么会有这种东西？从这一天开始，我要把我的生命献给它了！”让人丝毫不惊奇的是，他真的这样做了！

苹果的生存设计是十分全面而巧妙的：“把一个苹果从它的中间切开，你就会发现里面有5个小室排列成非常对称的星放射形——一个五角星。每一个小室里都有一枚种子（偶尔也有两枚的），它是那样一种油亮的深褐色，好像一个木匠细细地打磨过它，上了油一样。”这些种子有少量的氰化物，就是有毒，而且味道极为苦涩，保证动物不会去吃掉它。而且同样奇妙的一点：苹果要等到种子成熟时，才会将表面的光泽和自己的甘甜发育完全。青涩的苹果不会诱人食指大动。

苹果更厉害的一点是：它的每一枚种子，都带有一个全新的遗传结构，都会发育出一个独特的品种。这种植物学上称作为“杂合性”的性质，在苹果身上达到了极致。意思就是说：苹果可以随遇而安地生活在非常不同的地方和非常不同的地理、气候条件之中。如果说哈萨克斯坦的山区可能生长着苹果的祖先，那么目前的苹果已经生长在全世界。

苹果是最具多样性的水果。该书的作者有一天到了一个种植品种最多的果园（研究所），见到了约2500种苹果。它们大多数吃起来很酸，而有的吃起来像香蕉，有的像梨，“有香味浓烈的和甜得黏手的，有像柠檬一样清爽的，也有像坚果一样味厚的”。“有的重量超过了一磅，有的则紧缩得可以装进一个孩子的口袋。有黄色的、绿色的、斑点的、赤褐色的、斑纹的、紫色的，甚至还有近乎蓝色的。有的苹果看起来就像是自己已经把自身擦亮了，有的则脸颊上蒙着灰色花纹。”“有的苹果在3月份吃起来比在10月份要甜，有的特别适宜做果酒、做醋或者是做果酱，有的可以保存半年以上的时间，有的苹果是逐渐成熟以避免集中上市，有的则是一下子全熟以简化收获，有梗长的和梗短的，有皮厚的和皮薄的”……不过，在我们的日常生活中，我们可以买到的苹果种类其实已经很少了。市场已经把苹果简化为两类：好看的和甜的，其他的则完全不需要了。这其实是全球化的必然结果，是市场机制的必然结果。而这是苹果种植采用嫁接等技术后的情形。作为苹果的食用者，我对此当然没有太多的意见，但是其中开始孕育一个巨大的危机。

这个巨大的危机是什么？以马铃薯为例可能看得更为清楚。

马铃薯刚从新大陆传至英伦三岛时，原本较为富裕的地区是很拒斥的。在法国，国王为了推广马铃薯还要了一个花招：他在王室的一块土地上种下马铃薯，并派最精锐的卫兵白天去看守，晚上则撤兵回营，借以引诱农民对其发生兴趣。果然，时间一长，当地的农民就趁着黑夜去行窃王室的果实。推广计划就这样成功了。但在贫困的爱尔兰，马铃薯马上获得了成功，人们借此摆脱了历时已久的饥荒。问题在于，当爱尔兰广泛种植同一种广受欢迎的“卢姆伯”马铃薯时，1845年、1846年、1848年爆发了马铃薯枯萎病，而这种马铃薯对此病完全没有抵抗能力，于是100万人就这样因饥饿死去。农作物品种的单一化，是这场可怕灾情的根本原因。

而现代农业，所推广的就是品种的单一化。这种单一化是人为设计的。在有限的时间内很可能会有大的成功，但是在长时段和大空间中，它很可能会遭遇毁灭性的打击。本来植物可以从自己的多样性中拯救自身，但在单一化的现代世界，多样性早被摧残得体无完肤，单一性的植物完全可能面临灭顶之灾。

说实话，转基因植物的利弊，其实也要从这个角度来加以认识方能清晰全面。一位父亲说吃转基因食物多了，导致自己与儿子的基因不匹配，这个情况是他妻子告诉他的。这是网上流传的段子，是中国吃什么补什么的饮食信仰的结果。其实，基因并不能通过普通食物来增减。而转基因植物的真正问题是摒弃生物多样性后的单一化。本来植物有性繁殖，容许了生物多样性，而转基因植物每次种植都不能使用收获的种子，而须使用培养的种子，这一特性极大地单一化了植物，潜藏着极为深远的生物危机。我一直以来是对转基因食物不存疑虑的，但是今天我真的开始怀疑了。

如果将这种思路推广到人身上又会如何呢？其实危险状况已经

发生了。按照我的简单理解，人的社会原则本来极为简明："二八定理"注定20%的人会比80%的人过得更好。这本不是问题，问题只在于：过得好的人又希望自己的基因即儿女继续这种状态。他们靠各种方法来维持这种状态：或金钱，或地位，或权力，或教育，等等等等。但有一条是他们没法控制的，就是生育，即孩子的天资。基因遗传一直以来难受人为控制：寒门可以出骄子，两个智商绝高的夫妻可以生下痴呆儿。上帝在这一点上完全是随机的，它用这个来确保人世间的公平。而现在，人们开始使用基因编辑，要摧毁人世间的最后一点公平。且不论基因编辑技术今天是怎样一种水平，单就生物多样性这个角度而言，这种新技术也可能演变成一场深重的灾难，很可能是人类灭绝之路的开启。

当然，市场化与全球化是人类社会发展的必然结果，说到底是人类在地球这个场所上竞争得胜后疯狂繁衍的结果。狗也就是顺应了这个趋势才战胜了狼。现在的问题无非是：人类的数量膨胀到什么程度，会把自己引向灭亡？这真是一个严肃的问题。

最后要特别说明的是，植物利用人类其实"是一个无意识的、非有意操作的过程。它所需要的不过是生物被吸引来靠着尝试、失误、纠正等无论什么手段去生产更多的自己。有的时候，某种适应特性是那么聪明，以至于看起来就像是有目的似的"，"这些特性只是在回顾的时候才显得聪明。自然界中的设计不过是偶然事件的串联而已，由自然选择过程来进行淘汰，知道其结果达到了那样的美或是那样的有效，以至于看起来似乎是一种目的奇迹"。狗与狼的故事，苹果的故事，全同此理。

（［美］迈克尔·波伦：《植物的欲望：植物眼中的世界》，王毅译，上海人民出版社2015年版。）

小龙女与科学家

看过金庸《神雕侠侣》的都知道，小龙女身陷绝情谷底，吃鱼服蜜，竟然治好了剧毒，于是她用花树上的细刺，在一些玉蜂翅上刺下“我在绝情谷底”六字。后来老顽童周伯通养的其中一只玉蜂，让黄蓉隐约猜到了其中含义。这神奇的情节，不料在现实世界的科学家身上也曾发生。

出生于1912年加拿大多伦多的弗雷特·厄克特（Fred Urquhart）是一位动物学家和蝴蝶爱好者。他小时候的学校坐落在沼泽地旁。每当初夏来临，那里的芦苇丛中会有成千上万的帝王蝶涌入，并在这里度过整个夏天。只是一到秋天，这些美丽的帝王蝶就会拂袖而去，留下一个迷惑不解的厄克特在那里悬想：这些蝴蝶去哪儿了？

他后来的妻子也是一个和他有同样兴趣和疑问的同事。他们想解开这个谜团，办法是在蝴蝶身上做上标记，借以观察她们的去向。他俩没有小龙女的武功，而传统的动物标记手段在帝王蝶身上都不管用：不能像对付鸟类一般在鸟腿上系上标记，也不能像对待鲸鱼一般在鳍上钉上样标。用黏性的标记物，容易脱落；把记号用胶水粘在蝴蝶翅膀上，蝴蝶就不太飞得动了。

到了1940年，他们才找到一种合适的标签。于是，他们开始标记成百上千的蝴蝶，记号是一个醒目的数字和一段勉强能看清的说明，内容大意是如果有人看见，请还给多伦多大学动物学系。

帝王蝶数以百万计，他们只有两个人，于是他们招募了一些志愿者一起干这个事。过了十多年后，他们逐渐得知，这些从多伦多飞走的帝王蝶去了美国，但不知所终。直到1973年，墨西哥的一位爱好者给他们来信表示愿意提供帮助，他带上狗深入山区，找到了帝王蝶的冬季栖息地。1976年1月，这对夫妇根据提示远征墨西哥山区。厄克特此时已经64岁了。他们跌跌撞撞到了山顶，但什么都没发现。

他们心灰意冷地回头往下走，突然发现了一片冷杉林，数不清的蝴蝶缀满树枝，包裹树干，铺满了大地。在他们不由自主地静立观看时，一根树枝断裂掉了下来。在被砸死的蝴蝶残骸上，厄克特看见了一张熟悉的白色标签："送还给多伦多大学动物学系！"标签是一名美国的志愿者贴的。他住的地方距此地3000多千米！

动物迁徙的技能让人赞叹，不过这已是世人尽知的事实。至于动物是如何能够辨认甚至记住先天框定的路线，就不是今天的科学能够完全解释的了。在英国科学家吉姆·艾尔-哈利利（Jim Al-Khaltlt）等的笔下，这些神秘行为得到了量子力学层面的一些解释。在他们的眼里，世界分为三个层次：宏观世界、热力学世界和量子世界。第一世界就是我们日常生活的世界；第二世界是描述液体、气体行为的；第三世界是极其微观的，它的规律与日常生活迥不相侔，用常理是无法理解量子世界的，而且"简单明了从来不是量子力学世界的特点"。像量子纠缠，可以在极远的空间同时产生反应，用光速完全不能解释，但这与双胞胎的心灵感应又完全不是一码事。问题是，生命的奥秘经常存在于极其微观的层面，所以量子力学在此就有了极为广泛的用武之地。具体内容，大家可以自行看书。作为一个“二手贩子”，虽略微有点明白，但肯定转述不清了。

（［英］吉姆·艾尔-哈利利、约翰乔·麦克法登：《神秘的量子生命》，侯新智、祝锦杰译，浙江人民出版社2016年版。）

人脑如果与机器完美连接将会怎样?

听到“脑机穿越”这个词，你会想到什么？至于我，一个科学界外又认识几个字的人士，马上想到的是手机的充电：将连接线一端的插头插到电源上，另一端连上手机，一切OK。当然，脑机连接可不是手机充电，新的问题很多，也很大。首先，这个插头插在人体哪个部位？耳朵？鼻腔？口腔当然不行，人还要吃饭、喝水啥的。脑电图我自己是做过的，是将电极黏在头上。不过，这样捕捉的人脑信息，够用吗？在颅骨上打上一堆小洞植入？信息量是够了，想想就有些瘆人。其次，即使捕捉到了足够的人脑电波，但应该怎样识别？怎样翻译成数字信号，以便机器人循此操作？至于造一个能遵从数字命令的机器人，今天是小意思了，根本可以忽略。

巴西人米格尔·尼科莱利斯（Miguel A.Nicolclis）是神经科学研究的世界级领先者。他告诉我们当今的新结论、新方法。

首先，人的一切感觉，包括触觉、味觉等，归根结底都是大脑神经元复杂运行的产物。人固然以手触摸物体，以舌头品尝食物，但这些感受器感受到的信息，须通过神经系统来到大脑，再给出一个综合性的全面的感觉。换句话说，人的所有感觉，都来自大脑的“诡计”，这样说也不是不对。尼科莱利斯在大学时曾经去过骨科病房，看到一个12岁的男孩在不停地喊疼："左侧的小腿，膝盖以下哪儿都疼！"但尼科莱利斯清楚地看到，这个遭受了车祸的男孩膝盖以下的左腿已被截肢，根本就没有了，问题是大脑还认为有。而且90%的截肢病人都经历过这种感受。同理，如果我们能明了大脑对美食的反应规律，从而制造这种电波植入，那么，人无论吃什么不都可以得到品尝美食的感觉了？

难点在于如何识别脑电波。比如说，人走路时跟进食时的脑电波分别是什么状况？遭遇美色是怎么一个状况？想到上帝又是怎么一个状况？又假如可以将这些脑电波记录下来，又如何翻译成机器可以识别的通用的数字信号？这是该项科研工作的关键，好在科学家们已经部分攻克了这个难关，而我们外行又可以无须弄懂，就像我们平常拿起一部薄薄的固体手机，接收到家人、熟人乃至世界的许许多多信息，而没有必要搞懂为何能够接收一般。当代科学已经不是一般头脑能够理解的了。

而且大脑很坏。它经常会发出身体疼痛的信号，告诉你腰酸背疼、手疼脚疼牙痛等，但却不给自己安装疼痛感受器或伤害感受器，没有人会说自己"脑疼"（顶多是"脑门疼"）。从这个意义上看，在大脑中植入若干个电板借以捕捉人的脑电波并不会让人觉得痛苦，关键是不太方便。如何在人脑上捕捉脑电波信息，是附着还是深入人体，是下一步研究必须突破的重点。

目前，机器能够比较完美地识别猴子的脑电波。2008年1月，一只名叫伊利亚的猴子，在美国杜克大学实验室里的跑步机上行走，复杂的技术手段保证伊利亚大脑中的连续运动命令流能够在250毫秒以内传到日本东京的国际电气通信基础技术研究所的一台机器人上，机器人跟随跑步的伊利亚做到了同时运动。高潮产生的时刻是：跑步机关了，伊利亚一动不动，但机器人遵从伊利亚大脑产生的连续指示，继续迈出了有节奏的步伐！这项技术当然可以给世界上所有的肢残者带来福音，只要他们的大脑还健全。这项技术还有可能治愈一系列神经性疾病。而且这项研究还告诉我们，大脑并非简单的反应者，它还会进行复杂的运算进化自己，逐渐将工具内化成在一定程度上可以指挥的“肢体”。关于这项发现的原理较为复杂，此处不作分说。

大脑可以化无为有，那么反过来，大脑是否同样可以化有为无？此类忧虑在科幻作品中早已发生。比如有权有财有势的统治者是否可以利用幻觉来统治社会？当然，如果真的能够掌握人类快乐幸福的奥秘的脑电波情态，那么操纵制作这种情态，使人类永远不再痛苦、沮丧、悲观、绝望，不也是一件很好的事情吗？任何新的技术发明，不可能皆利无弊，或是皆弊无利。对这一点，只要粗知一点科技史的，不可能不清楚。而且还有一点，当人脑的电波真的为外界接收破译时，人类任何矫饰的手段将失去效用，隐秘的念头将全部被破解。世上的一切假话、伪装，将统统化为乌有。我不知道这对于人类社会的演化是祸是福。

（［巴西］米格尔·尼科莱利斯：《脑机穿越：脑机接口改变人类未来》，黄珏苹、郑悠然译，浙江人民出版社2015年版。）

微生物消失的后果

近几年来的秋冬，我每年必发一次同样的病：先是喉咙痛、流鼻涕，接着发烧，烧得全身酸软，不能动弹，然后咳嗽，支气管炎明显。于是，毛病一发，马上上医院，挂盐水三天，到时咳嗽可以基本止住。

前年的夏天，又喉痛、流鼻涕，但省略了发烧，开始咳嗽。于是赶到医院，要求挂抗生素。谁知医院医风大变，坚决不肯挂抗生素盐水，除非住院。于是住院，住院医生仍不肯挂，说没有炎症，不能用抗生素。后来用了几片药，竟也止住了咳。心里明白：这是对抗滥用抗生素的措施开始了。

滥用抗生素的直接后果，是耐药性细菌的出现，这种细菌让抗生素变得无效。美国医学院院士、纽约大学教授马丁·布莱泽（Martin J.Blaser）非常形象地描述了这个过程："比如说吧，在一个含有100万个肺炎链球菌的群体中，有1个细菌产生了可以耐受阿莫西林的基因突变。当然，它纯粹是偶然出现的。当其余999999个对阿莫西林敏感的细菌被消灭之后，这一个仅存的细菌繁衍生息，很快就填满了它的生存环境。它成了新生代的鼻祖。"对抗生素敏感的细菌死了，而这个耐存性细菌则繁衍壮大。有一点是清楚的，不是所有细菌都会被某种药物杀死，细菌一定会有极小的概率经过突变可以耐受此药物。经过一个漫长的时期，这种细菌发展壮大，那种药物就必然失效了。这个道理，其实哪用得着医学专家来说？我小时候，什么病青霉素治不好？如今青霉素可能是给毛病挠痒痒用了。每个个体也是一样，初用抗生素时极灵，用着用着，就没用了。

道高一尺，魔高一丈。抗生素与细菌的关系就是这样。人类不停地制造新的抗生素，而细菌不停地产生耐药性。到某一天，人类对细菌也许真的会无药可用。

不仅如此，哪怕是我们平常人也知道，现在人的毛病是越得越多，越得越怪了。儿童肥胖已经越来越显眼，人们对各种食物（包括坚果）过敏而引起的哮喘越来越多，Ⅰ型糖尿病的比例在发达国家里每20年就翻一番。1943年第一次有医生描述自闭症，今天则大约有1%的儿童有自闭症或泛自闭症……人类肯定出了什么问题。

但究竟是什么问题呢？人类生活中的可变因素实在太多了，很难说出一个确切的科学理由。不过，马丁·布莱泽已经有了一个天才的猜想。他认为，人身体上的数以万亿计的细菌可能是关键。它们可能提供着强大的免疫力。而随着抗生素的使用，这些微生物有相当一部分被杀死，在现代化环境中的人们就有了许许多多的怪病。

2008年，一架军用飞机在委内瑞拉的奥里诺科丛林中发现了一个小不点村落。原住民从没见过部落以外的人。可以肯定，他们没有使用过任何抗生素。医务工作者从几十名村民的口腔和胳膊上取了样品，并取得了粪样。经过与科罗拉多州的100多名美国年轻人的样本进行对比，发现美国人身上只有少数几个门类的微生物，而土著人身上则有100多种微生物。

为什么微生物在今天的人们身上逐渐消失了呢？除了抗生素的使用，在马丁·布莱泽看来，婴儿的生产也是一个关键。还是让我们看一下他的讲述吧，那是只有优秀医学工作者才有的优美笔触：

“生育期女性的阴道里充满了乳酸杆菌，正是它们使得阴道腔呈酸性。这种环境提供了一个坚固的屏障，可以抵御那些对酸性敏感的细菌。乳酸杆菌同样演化出了有效的分子武器，可以抑制甚至消灭其他细菌。”“无论分娩快慢，胎儿一出生马上就接触到阴道里的乳酸杆菌。当胎儿通过阴道的时候，后者就像一只富有弹性的手掌，紧紧地包裹住婴儿柔软的身体，抚摸过每一寸肌肤。就是在这个过程中，细菌转移发生了。婴儿的皮肤就像海绵，吸收了它周围的乳酸杆菌。胎儿的脑袋朝下，面部和背部面对着母亲的背部，恰好贴合着产道。婴儿吸入的第一口汁液包含了母亲阴道里的微生物，也不排除有一定的肠道微生物。” “一旦出生，婴儿就本能地寻找母亲的乳头开始吮吸。于是婴儿嘴上的大量乳酸杆菌就混着第一口母乳进入了体内。没有比这更完美的互动了——乳酸杆菌和其他产乳酸菌可以分解乳糖——母乳里的主要糖分，并提供能量。婴儿的第一口食物是母亲的初乳，与之后的普通母乳不同，它富含抗体，可以保护婴儿。这一系列恰到好处的组合，涉及了阴道、婴儿、口腔、乳头、母乳，一切都是为了保证新生儿肠道内的第一批微生物可以帮助胎儿消化母乳。这些微生物同样可以合成它们自己的抗生素，从而抑制其他竞争性的或者更危险的微生物在新生儿的肠道寄居。母亲阴道内的乳酸杆菌在怀孕期间大量繁殖，并成为进入婴儿无菌肠道的第一批住户，它们为随后到来的微生物种群奠定了基础。婴儿现在具备了必需的条件，可以离开母体独立生活了。”

今天普遍采用的剖宫产，可能真的大大改变了儿童的微生物生态系统。

（［美］马丁·布莱泽：《消失的微生物：滥用抗生素引发的健康危机》，傅贺译，湖南科学技术出版社2016年版。）

我们为什么会生病?

像我这样相信达尔文又没读过《物种起源》的人，对进化论经常有一些不解甚至质疑：明明说好的“适者生存”，为什么眼前仍有那么多的姿色平庸者乃至“丑八怪”？她们不是早就不适合社会了吗？不是说美女才可爱才更有人追吗？几万年的进化对她们似乎没有半点影响嘛。

还有一个问题更加成人一些：在性生活中，男女达到高潮的时间是错开的。这个不可描述的活动尽管带来不可描述的快感，但两性的不和谐也会冲淡、削弱甚至抵消这种快感。为什么不能进化成两性共同到达高峰？上帝那会儿干啥去了？

读了这本《我们为什么会生病》，上述自发的疑问才迎刃而解。原来人类演化的目的，不是给你快乐，不是开心，甚至也不是健康。你如果这样想，那是你自己划错了重点。人类演化的根本目的，就是将自身繁衍和传递下去。这才是生命的根本目标。为什么丑女没有消失？是因为丑女虽然丑，但架不住她也同样能生啊。而且说实话，真正漂亮的女性，在生活中并不一定有异性敢于追求，反而是平凡甚至难看一点的，让男子们觉得自己有可能配得上，从而积极求偶。从这个角度看，演化过程中原来应该是美女先灭绝的。还有那个性生活的问题。告诉你，目前的状况是满足生育条件下最好的设计了。如果反过来，女性先得到性满足，那么不等男的射精，女的就可以把男的推开。那么说好的生育任务怎么办？还怎么完成？如果调到两性同步，男女快乐了，老天爷不放心了。目前的状态，应该是老天爷为保证生育而为男性打的一点提前量吧！

不过，这里要补充一下：老天爷绝对没想到人类会发明避孕套这个玩意儿。发明以后，情况大变！

像《我们为什么会生病》这样的书，一般人看见的是“我们怎样才能不生病”。但是你如果这样看，就完全错了。在美国的这两位演化生物学家看来，关键是要分析你为什么生这个病。对任何一种病，人们都应该问五个问题：

一、这些症状是真的疾病，还是人体为防御另一种更可恶的东西的反应？

二、如果此病是遗传的，为什么这种基因能够保留下来？换句话说，它有没有另外的积极作用？

三、新的环境因素是否触发了此病的发生？

四、如果是传染性疾病，那就要追问：哪些方面有利于宿主？哪些方面有利于病原体？或者哪些对双方都有利？我们应该采取什么对策？

五、疾病的易感性与人体的哪些设计相关？

作者的观点是：不要看见一点症状就马上治、对症治，要研究该病的成因与人体结构的关系，从根本上思考、追寻解决方案。作者的另一个核心看法是：人体不是一台完美的机器，而是一个与环境相契合的精心安排的妥协方案。比如人体为什么不能像蚯蚓一样切掉一段后可以再长出一段？那应该是因为人体如果有这样的再生能力，别的许多能力就会丧失，所以不具备和发展这种能力更加经济一些。毕竟人不是蚯蚓，不会经常被截肢。还有人问：既然人生目的在于生命，为什么人不能永生？这是完全不明白衰老是青春的代价，而青春才是传递生命的必要条件。

演化生物学的思想发生才不到200年，应用于医学上的时间更短，所以这是一门很新的学科，它处理的许多问题看上去似乎很浅显，但是这确是一门奥妙无穷而且趣味盎然的学科。如果年轻40岁，我一定全身心投入。

（［美］伦道夫·M.尼斯、乔治·C.威廉斯：《我们为什么会生病》，易凡、禹宽平译，湖南科学技术出版社2018年版。）

现代的科学与人性相左

有考大学孩子的家庭一定关心的一个问题，是物理要不要选考。2018年，浙江省高考选择物理的考生已低于30%。原因呢？很简单，因为难！我自己在中学阶段，学得最差的就是物理，可能跟老师的教学水平也有一定关系，但是我后来崇拜所有学物理的人，因为我觉得那门课不是普通人能学的。

到了今天，我才知道，物理学是人天生就会的。

这不是说笑。据Latrobe St Melbourne 2001年发表的研究，婴儿从18个月起，就已经掌握了7个物理概念：（1）距离无作用，两个玩具不放在一起不会相互挤压；（2）实体性，指两个物体不会占用同一个空间；（3）连续路线运动，指物体可以沿着连续的路线不停地运动；（4）客体永久性，当你看不见该物体时，它还在；（5）一致性，指物体的运动是前后一致和连贯的；（6）惯性，这条不用解释；（7）重力，这也不用解释。研究这个课题很不容易，难点不在于内容，而在于时间，在于确定18个月大的小孩拥有这些观念。

仔细想想，确实，我们在生活中的每时每刻都在应用这些物理学观念。如果不是摆着磁铁，桌子上的铁钉不会突然飞起来直扑我们的脑门。同理，我们不能指望床和箱子、书柜等叠放在同一空间。当然如果那样也不错，住房面积就不用扩大了，问题是做不到。还有一条，据说是唯物主义与唯心主义的分界线，就是当你看不到时，你判断物体是否继续存在。不过，在量子力学产生前，任何脑子正常的答案应该都一样。

所以说，尽管现代科学自十六七世纪发轫，但伽利略、牛顿等人的贡献，在于用科学精确地定义和描述了我们自婴孩时就明白的物理观念。他们所做的是精确测量的单位，准确地实验和观察，至于得出的定律，许多部分倒是容易为大家理解的。当然，万有引力等已经开始超出了人们的日常理解范围。

真正的转变来自量子力学，连爱因斯坦都还不是。自从量子力学出现，人类天生的物理观被彻底颠覆。所以关于量子力学的一句名言是：如果你没有被量子力学搞晕，那你一定丝毫没有弄懂。比如说，你不看的时候，量子在不在呢？这就不好说了，量子力学只能告诉你不要问这个问题。如果你一定要问呢？它告诉学过代数的你：一个数除以“0”怎么办？它所有的运动规律都和我们婴儿时就拥有的物理观相左。科学已经到了一个人无法直观理解的天地了。

所以我读这本《这才是心理学——看穿伪心理学的本质》，觉得反而是讲科学的后半本更有意义。有一点值得特别说一下：

> 科学工作的不确定性是大部分公众所意识不到的。科学实验很少能完全确定某个问题或支持某一理论，从而排除其他理论。新的理论也很少能够全面超越所有先前存在的相互竞争的概念体系。很多问题的确定并不像科学电影里所描绘的那样，由一个关键实验所决定，而是要等到科学界逐渐开始有了共识，认为支持某种理论的证据比支持其他任何理论

的证据要有力得多。

这段话是什么意思？说的是解决一个问题，要做几种甚至几十种实验。实验的设计很难完美，得出的结论也会不同甚至抵触。但是科学家要将这些证据聚合起来得出一个合理的结论。这就是聚合性证据原则。

用大家听得懂的话来说，那就是：一，看微信上的一篇文章，就想搞懂一个问题，基本上是不可能的了；二，如果有文章说一下子做出来一个重大的发现彻底解决了关键问题，你可以断定作者不懂行或者干脆就是居心不良的骗子。

（［加］基思·斯坦诺维奇：《这才是心理学：看穿伪心理学的本质》，窦东徽、刘肖岑译，中国人民大学出版社2017年版。）

如果世界像电脑一样重启

电脑（还有手机）何时需要重启，会用电脑的每个人都明白。研究天体生物学以及火星上的生命迹象的天体生物学博士路易斯·达特内尔（Lewis Datnell）提出的问题是：假如出现了大灾变，世界需要像电脑一般重新启动，如何快速再造人类文明？

这是一个让人脑洞大开的题目。我的第一反应是：现在有以此为主题的电子游戏吗？如果没有，这个全球级的电子游戏创意为何不去做出来？尽管表面是开放式的游戏预设了人的安排，但毕竟能使玩家体验人类这种生物几万年来奋斗的艰辛。

如果灾变发生时最有智慧的人只能留下一句话给孑遗的乃至后来的同类，那会是一句什么话呢？

大物理学家理查德·费曼（Richard Feynman）说：

> 我相信，是原子假说：所有物体都由原子构成——这些微小的粒子永远不停地运动着，稍微远离一点便相互吸引，被挤压时便相互排斥。

出于对费曼的初级崇拜（我只读过《别闹了，费曼先生》，而且原谅我是文科生），我相信这句话蕴含了当代科学的终极奥妙。如果将科技重新发明一回，这句话可能在最高处永远指导着发明家。如地球人早有这么一句指导的箴言，文明进展速度可能会快许多倍。但是，古印度、古希腊、古中国可真没有这样的一句名言。

不过，生活于十五六世纪之交、也许是世界上最伟大发明家的达·芬奇，曾经画出数不清的新型机械装置的设计图，甚至飞行器，但只有极少数有了成品。为什么？因为光有设计不够，还必须有能源和材料。有设计但无法做出来这种情形，我学了一招，原来这叫“达·芬奇效应”。费曼的这句话，无疑带有很多的达·芬奇效应。

既然一个一句顶千句的真理仍然不够，达特内尔于是撰写了这本世界重启时的人类行动指南手册。全书译成中文不到20万字，够简明。在他的思路中，残存的人类会有一段利用残存文明成果的宽限期，包括食物、材料、能源等。尔后，首要的是复兴农业。在农业中，蔬菜很多会自我繁殖，但是最重要的谷类作物则需要种植。但当代的重要问题是，它们现在多数是杂交种了，所以果实不能直接拿来当种子。当然，位于挪威斯匹茨卑尔根的山中的斯瓦尔巴全球种子库，被一米厚的钢筋混凝土墙等保护着。问题是：那时还会有去那里的飞机吗？

尽管有了传统的种子，但还有一个大问题：现代的土地是靠化肥来保证土地产出的。没有化肥了你怎么办？人的尿液无菌，可以稀释后直接利用。但粪便有大量的病原体，古代中国饱经地方性肠胃疾病的困扰，原因就在于此。那么，如何将粪便加热到65℃以上来杀死致病微生物和寄生虫卵？作者提供了简便易行的方法。以同样的思路，此书处理了物资、材料、医药、能源、交通、通信、高等化学、时间与历法等多个生活领域的问题。作者提醒大家，从科技史的角度看，有些发明虽然必需但出现纯属偶然，比如轮子发明1000年后，独轮车才被发明。谁都明白，轮子的发明更难，但历史就是这样。但如果有一份指南哪怕是一个提示，那么独轮车可能几天就被发明了。还有水车，将轮子放在水面之下固然也能带来动力，但将水引到高处向下冲击水车可以获得大大多于前述方式的动力。但两者之间在历史上也相差了近500年。

至于最伟大的发明，那当然是关于科学的方法。最适合拿来做例证的就是我们中国。早年的中国在技术上一直远远领先于世界其他地方，但在科学革命的伟大征程上却一筹莫展。关键就是缺少科学和科学方法。而科学及科学方法的关键则是一套精确的测量单位的出现。只有在精确测量的基础上反复实验，科技才能出现并发展。有了科学的工具和思维，文明进程必定能够步上康庄大道。

至于社会组织那一部分，即人类能否免于再次重启，抱歉，不属于本书范围，烦望另外操心。

（［英］路易斯·达特内尔：《世界重启：大灾变后，如何快速再造人类文明》，秦鹏译，北京联合出版公司2015年版。）

在谈论转基因前，读本书好吗？

我们微信朋友圈，近年来时不时会出现一些关于转基因食品的文章。观点呢，则基本是电视主持人小崔一头的。至于水平，我觉得都没有超过下面这一段：

> 饭局认识了一位大哥，席间闲侃转基因食品问题，大哥很真诚地劝大家不要再吃转基因食品了，说对孩子伤害太大了，他孩子和他做亲子鉴定基因不匹配，就是因为孩子吃转基因食品把基因改变了，我们全懵了，问这些知识都是听谁说的，他骄傲地说，是他老婆告诉他的……

在谈转基因前，读本书好吗？至少是王立铭这本《上帝的手术刀——基因编辑简史》。第一章读下来，你应该会知道基因是什么。接着读，你会知道为什么要给基因动手术和怎么动手术。

转基因，通常的理解是在一种动植物的原有基因中插入一段别的动植物的基因。在植物，可能后果不明显一点。在动物特别是人体，排斥异体的反应可能会很强烈，甚至造成致命的疾病。近年，以自体修补自体开始风行，这样就避免了一些意外的后果。但这算不算转基因呢？如果算，那么人类自古以来吃的早已是转基因食物。比如野生小麦，成熟后的麦粒会自动脱落。不知为什么，会出现几穗成熟后不会脱落的野生小麦，其实也就是基因突变了。它们受到人的青睐并培植，这些小麦成熟后麦粒不脱落，会等人来收割。这就是后来的小麦了。同理，今天大家吃的猪、牛、羊、鸡等，不全是由野生转化过来的？它们的基因有了重大变化，也很显然。

现在的基因编辑技术，针对许多狂热的转基因技术反对者的无根据质疑，有了许多新的方法。且不谈糖尿病人使用的胰岛素、健康人用的乙肝疫苗离不开转基因技术，现在科学家经常采用基因编辑技术，即破坏农作物中原有的一些基因，使其变为更加健康的食品。如中国与韩国的科学家，已经可以破坏肉猪基因组里抑制肌肉生产的基因，生产出瘦肉型肉猪。美国宾夕法尼亚大学的科学家破坏了蘑菇基因组里的褐变基因，使超市中的蘑菇不会轻易变黑。不仅如此，2016年底，中国四川大学华西医院已经做了第一例针对肺癌的人体治疗案例。

特别要提的是这本科普书籍的作者，是浙江大学的生物学教授。一本优秀的科普书，其成功的条件不外乎两条：一是真懂此门学问，二是要善于言说和表达。如果是外行，只懂一点点，写作时就不可能旁征博引、左右逢源，会被一些奇怪和不奇怪的问题难倒。二是要适应被科普者的水平，以有趣的故事带动科学知识的传播，因为大众的兴趣和爱好与科学家是永远不会同步的。我读过的科普书不少，王立铭的这一部绝对在优秀之列，尤其是大家都在不倦地谈论转基因时，读一读就更是应该的了。

（王立铭：《上帝的手术刀：基因编辑简史》，浙江人民出版社2017年版。）

人，何以为人？

不管是东方还是西方，在古代社会，人何以为人，本不是一个问题。明摆着嘛，这是达尔文这个大胡子弄出来的新麻烦。他说人是从动物进化而来。这样，人与动物有何不同，便成了一个重要的问题。当然，对这样重要的问题，科学家们有自己的特殊观点。近读美国奇普·沃尔特的科普著作《重返人类演化现场》，觉得此书将人何以为人集中到六点上——脚趾、拇指、咽、笑、眼泪、亲吻——大有意思。

动物如黑猩猩等的脚长得像我们人类的手，大脚趾跟另四个脚趾距离较远，这样适于紧握枝干，游来荡去。早年人类祖先在大脚趾改变后，行走和奔跑能力有了根本性的改变，人类于是直立。曾经有一种观点认为是人脑的增大带来了人类的直立，但在1974年前后，玛丽·利基在坦桑尼亚的莱托里夹杂泥土和火山灰的遗址中发现了三个脚印。她当时没当回事，两年后在为此脚印标年份时，才发现这是300万年前的足迹，而此时的化石表明它们的大脑并无显著增大。这很可能让它们适应树林逐渐矮化、消失的新环境，同时可能让性更加引人注目。

拇指与脚趾的进化则完全相反。人的拇指能够轻松地与自己的无名指和小指接触，这种貌似单纯的能力让人可以轻松地抓、握、扭、转，也能让人手握斧头或棍子而延伸手臂的力量。我们的手指每平方英寸皮肤都塞满了9000个蛋形超敏感芽体，它们紧贴表皮之下，每个小体包含许多螺旋状神经，获取一切信号，并发送给大脑处理。从这个角度来说，拇指和手是人类本性的核心，它让人有能力操控世界。

咽呈圆锥形，长约12厘米，位于舌根正后方，它把口和食道串联起来。达尔文写到咽时不禁火上心头："最确凿的事实是，我们吞下的每粒食物和每滴饮料，都要从气管孔口上方通过，这有很大风险，可能会掉进肺里。"呛噎据说是人类第六大意外死亡原因，所以以后你要记牢，吃东西时不要说话。但发音乃至于说出语言是咽的真正功能。所有正常的婴儿，到18个月时就会发生一件特别重大的事情，就是言语的所需功能不知何故在此时会奇迹般地全部巩固落实。从此开始的10年间，儿童平均每天可以学习11个新字词，总量可达4万个。当然，从声音如何过渡到有意义的语言，是科学上最大的谜团之一。1986年在尼加拉瓜开展的一项实验，奇迹般地揭示了语言的产生过程。一批来自全国的失聪儿童来到首都的两座学校就读。当时全球有200种手语，但是这些长期受战事影响的孩子没有学过任何一种，而且他们对字母、词汇和一切语言都毫无概念。但是他们在泄气的老师的诧异旁观之下，竟然新创出一套手语。许多手势完全以模拟动作来表示，还没有真正的语法和规则。这是中学里的事。当专家来到小学，发现这些失聪学生不仅有手语，还创立了语法规则，其方法是将模拟手势拆解为较小的记号，与其他符号组合来表达更多的意义。举例来说，不是用一个冗长的手势代表"翻流向下"，而是先发出"翻流"，再用另一个手势表示"向下"。拆分和重复使用就是语言的奥秘，这样我们才能用有限的言辞来描述和表达无穷的意象以及讲述故事。真正令人惊讶的是，整套语言全由年纪很小的孩子们独立创造而成，没有集中式计划介入，没有人来规定语法、编纂词典，也没有人来讲授课程。而且孩子们连刻意创造的念头都没有。这表明语言能力似乎深深植根于人类的大脑中。

我个人读到这里已然脑洞大开。还有笑、哭和亲吻，都是关于人与人的交往，尽管同样趣味盎然，但在这篇介绍性质的小文中，我已不能再说下去了。应该有足够的魅力让我们去阅读这本奇书了吧？

（［美］奇普·沃尔特：《重返人类演化现场》，蔡承志译，生活·读书·新知三联书店2014年版。）

我们的大脑如何进化而来？

读科普书，首先要看看是否靠谱。不是说大科学家才能写科普，而是科普作者必须真懂科学。如果是外国人写的科普，我又读不了原文，就先得谨慎一下：万一译者不懂科学，岂不误了大事？而这本《大脑简史》出自地地道道的华语作者：新加坡国立大学医学院助理教授、脑与意识实验室主任谢伯让。这回至少从文字上让人彻底放心了。

生命的存在，大概可以追溯到40亿年前。神经细胞则在约35亿年前形成。而从神经细胞进化为神经系统，进化的方向竟然是朱元璋的开国三策。一是高筑墙。就是将其他体细胞推向前面，自己找到另一个安全的地方待下来。二是广积粮。就是集聚更多的神经细胞，并且连接，形成神经网络。三是缓称王。就是不将自己能指挥的体细胞的资源悉数剥夺，而是持续共生共荣，共同发展。就这样，慢慢促成了脊索动物的登场。

生活的许多重要感官和神经细胞于是渐渐往头部集中。比如说眼睛。为什么动物的眼睛都长在脑袋前方？这个问题反过来想想更有趣：如果你的眼睛不长在脑袋前方，只能看到远处的物体，你怎么想？味觉也很重要，这不仅仅是针对一个吃货而言。在此特别要提到的是当今科学发现，舌头上每一个位置都能感受酸、甜、苦、咸、鲜五味，而最后一种在1985年才被科学界确认为第五种味觉。作为沿海地区的居民，对鲜这么晚才被承认，无论如何想不通。但你可知道鱼不知咸味、猫科动物不知甜味？这完全是因为它们从不虞此味的匮乏，进化中就把这功能精简掉了。听觉也极有意思：举个例，我们大人多数觉得学外语难，但是任何一个婴儿只要接触到足够的语言信息，就可以学会人类约7000种语言中的任何一种。那么，问题来了：婴儿是怎么学会语言的？答案很奇妙：刚出生的婴儿具有辨别世界上全部近800种音素的能力。到6个月至9个月，他们就能对母语中常听见的音素更加敏感，而将分辨其他音素的能力弱化。不仅如此，他们都是天生的统计学家。今天我们看到的文字固然都有标点，但听外国人说话总觉得他们连篇累牍，永无间隔。婴儿在8个月大时，就能根据音节的相连情况判断句子中的间隔，找出句子中的关键音节。最糟糕的是：造人的上帝完全没有想到日后的世界会全球化，不同地方的人沟通需要学习对方的语言，所以让人的这些神秘能力在慢慢长大时被去除了。人不一定是越大越能干喔！

书中类似的片段层出不穷，特别是人脑的形成和功能，更是充满奇遇和奇想。比如人为什么要睡觉？最新的一个观点是：人脑需要清理细胞代谢所产生的有毒物质。这简直与电脑需要重启和清空回收站的功能一致了。

书中最后一部分，讨论人体中基因和人脑究竟谁在起主宰作用。这已经不是科学界的共识，而是作者自己的研究猜想了。由于写得通俗易懂，而且讲的是大家难以断定对错的道理，所以一样觉得有趣。怎么样？知道一下自己的大脑从何而来、有何用场，难道不是一件十分有趣的事吗？

（谢伯让：《大脑简史》，化学工业出版社2018年版。）

科学的真义

一个负责任的群主曾经说过：群里不能讨论转基因和中医。因为只要一讨论这两个事，任何一个群马上就撕裂了。

我很同意这个观点，尽管我不是群主。而且我私下想：岂止是转基因和中医？许许多多其他题目都会引发不可逆转的冲突。如果说哪句话没有异议？在中国，看来还是“科学技术是第一生产力”这句邓小平的话最没有人非议了罢？手机、高铁、支付宝……反对的人即使有，也肯定是极少数。有人说小偷们反对支付宝，因为他们再也偷不到钱。其实有“志气”的小偷早已升级转型为网络诈骗犯，更有“志气”者则成为收割各种“韭菜”的大佬，他们比原来小偷偷的钱多多了！

但是读北大哲学系教授吴国盛的《什么是科学》，方才明白，原来在世界范围内，“科学技术是第一生产力”这句话也是颇有争议的。

科学，公认的起源之一是古希腊。古希腊的名言“认识你自己”，跟今天我们所理解的现代汉语语境中的意思，其实相去甚远。这里的所谓“自己”，是指本性、本质。现象不是本质。所谓“认识”，是要通过演绎的方法，举例子都是不对的。而“认识你自己”的目的，是通过把握本质，达到自由。最后这个目的与孔夫子“从心所欲而不逾矩”有点类似，但古希腊强调：一、知识没有功利性，没有实用性；二、其方法必须是演绎的，一步一步能够推论的。至于大学，作为一个自治机构和唯名论的推进，则是中世纪欧洲对科学的另一大贡献。而中国人较为熟知的现代科技，则完全是工业革命以后的事了。

从古代科学到现代科学的变化，完全在于实验室的引进。以前的人只讲观察，到实验室时代，则是将事物“放到可以人为控制环境条件的实验室里，按照我的意志，按照我希望达到的目标，反复对它进行拷问”。“目标是控制自然，要自然吐露秘密。”其实，古代的中国人是完全不同意这种观念和态度的。当然，今天的中国人理解的科学技术，应该就是这种面貌了。

现在人们的争论多集中在中医。中医是不是科学？中医有没有用？这两个问题看似是一个问题，而确实是两个问题。

首先，你得定义什么是科学，才能回答中医是不是科学。其实，不是科学也没关系，仍然有存在的理由。我们的生活究竟有几分是科学？如果纯粹是科学，反而不符合人类的本性了。而且，究竟什么是科学，现在看来确实也很难找到一个放诸四海而皆准的定义，我极为同意吴国盛先生的观点：“人们完全可以根据具体的情况和要求来辨别科学和非科学，并不需要一个绝对正确、普遍适用的可当作尚方宝剑的科学标准。如果想区别科学与常识，你可以强调科学的精确性和逻辑连贯性；如果想区别科学与宗教，你可以强调科学的怀疑和批判精神；如果想区别科学与人文学科，你可以强调科学的数学和实验特征。当科学事业发现内部问题时，我们可以讲讲科学的规范，以平息纷争，重建共识，或者清理门户，严肃纪律；当科学事业遭遇公众误解和攻击时，我们可以讲讲科学的价值。”

有这么一种包罗万象的胸襟，不仅是处理科学，哪怕碰到其他的人生问题，都可以更加得心应手、游刃有余。

（吴国盛：《什么是科学》，广东人民出版社2016年版。）

不科学地看待科学

写这篇田松的《警惕科学》的书评，第一个跳出的题目是《科学地看待科学》。当然，这完全不是这本书的意思。再在前面加一个“不”字，大概对了。

话说敝人出生于20世纪后期，饱经科学洗礼，有空没空时还读上点书，绝大多数是关于科学的。自然科学是不用说了，文科的书，有个称号就叫社会科学。艺术跟科学距离最远，巧了，我最不擅艺术，所以也极少读。

我也算是从头到脚用科学武装过的人，但读了这本不算有名的人写的这本不算有名的书，三观被粉碎得一塌糊涂。田松，哲学博士，理学博士，现为北京师范大学科学哲学和科学史教授。两个博士读出来不易，但也不算特别难。他的文章，以前似乎也看过，但说实话，也没特别深的印象。这次读这本小书，开始抗拒，中途接受，读完后觉得颇有独到之处。

来看看他的文章吧：

《人这种动物为什么要喝牛这种动物的奶》。题目开门见山，论证直截了当：母乳好吗？好。但只对婴儿好，小孩大一点继续吃就会营养不良。母乳尚且如此，牛奶呢？当然，据说科学结论是牛奶有营养，但科学上的“乳糖不耐症”也早已说清世界上大多数民族由于没有第2号染色体上的一个基因突变，所以在饮奶后会发生腹胀、腹泻等症状。牛奶对人的益处其实很难得到直接的证明。奶牛养殖还导致了严重的生态后果。作者知行合一，于2006年戒掉了牛奶。

《中医为什么要有科学依据》。有一次我在做一个小小的演讲，说道中医不是科学，听者哄然。其实我说那句话完全是个叙述：科学产生于十六七世纪的西方，中医理论形成于汉代，中医早于科学那么多年，说中医是科学岂非咄咄怪事。田松在饭桌上宣传中医，一位年轻的女士义正词严地问：“中医有什么科学依据？”无奈，田松只得反问：“中医为什么要有西医的依据？”他还接着问：“你那个西医，它有中医的依据吗？”其实，在田松看来，中医无论在理论上还是实践上都已经过了检验。

《我们就是不需要蛋白质》。这是我最佩服的文章。美国人是讲究营养学的，造出了不少纯粹的维生素、蛋白质等供人服用。来自沈阳的一位退休中医李大夫说：“你们西医的那个科学总是说你很能，你发明了青霉素，合成了氨基酸，你还合成了胰岛素，那我问你，你们那个科学，能合成出来一朵花吗？”这话说得真是太精辟、太有力量了。人们都是吃粮食、蔬菜和肉食，当今世界上哪个人进餐是吃蛋白粉、维生素片呢？人不是机器！人就是不需要吃蛋白质！

记得哪位大科学家说过：人的知识宛如一个圆圈。圆圈越大，所面临的未知就越大。所以怀疑科学的人，我所说的是有知识的这一批，多半是科学史家。他们真正了解科学一路走来的自大与自卑、有效与僭妄。

盲目相信科学，叫科学主义，那是不对的。原因很简单：科学不值得你坚信，因为它也常常犯错误。

中国人爱走极端，主要是没有“圣人和科学都会犯错误”的观念。热情一来地动山摇，还自以为是为真理而斗争。“不科学地看待科学”，说的也无非是这个意思。

（田松：《警惕科学》，上海科学技术文献出版社2014年版。）

靠打麻将能学博弈论吗?

我年轻时候就职的单位，偶尔会发些福利。当时很少有发钱的，常见的是寻个路子买点比市面上便宜一些的水果，用卡车运回来分给大家。这种事情会带来两个麻烦。一是卸货，不可能有报酬，全凭自告奋勇，偷懒的人此时干脆隐匿不见，“深藏功与名”，这倒也没事，最麻烦的是现了身却不干活，让在干活的人讨厌到极点。二是分货，按人头一摊摊分好，然后大家拿自己的一份。这时候用秤太费事，只能估摸着分，稍有大小轻重不均，也是没有办法。但是你挑时如果挑大点、重点的一堆，而且每次都如此，保证你很快会被同事和领导另眼相看，确有这样的人日后被影响的。其实那个时代，物资匮乏，人想多占一点点，也属正常。但那个选择的时刻，就是对人品的直接考验，简直是真切的残酷。依我们当时的水平，还真是想不出无须牵扯道德又能顺利分配得更好的办法。

过了许多年，才见到书上讲到相关的道理。那道理真是极为简单：让一个人先去平分，但分的人得最后才能拿自己的那一份。啊呀！此时真是醍醐灌顶。原来根本不用去检验人品，更用不着去改造人品，定下一个顺序，轻轻松松就能把事情搞定！这个办法，既顺从了人要公平的心理，又自然抑制了他想占便宜的念头。一举多得，妙极！

博弈论是研究人与人之间的竞争合作战略的。博弈论的关键，就是你要能够站在对手的立场上思考。这样一来，你要选择的途径就不是死的，而且随对手的变化而变化。而且我们必须意识到，每当采取了一个行动，都会引发一个“反行动”。不要把别人想成傻瓜和死人。讲这个的《妙趣横生博弈论》，原名《策略的艺术》，是美国两位大腕教授的名作。书中例子繁多，分析透彻，确是妙趣横生。

我可以在这里再介绍一个很有趣的例子。

大家知道，资本主义国家有罢工自由。动不动铁路、公交工人会罢工，如果你正好要赶飞机，你可能会被害惨。此书提到了一个更好的办法：虚拟罢工。虚拟罢工的意思，就是工人在此期间仍然正常上班，但不拿工资。资方则将期间的收益捐给福利机构。工人如果罢工了，本来就没钱拿。资方如果遭遇罢工，本来也没有收益。就这样，都没有收益，企业又正常运行。大家试试，看谁觉得更痛苦，谁就让步，而且对社会毫无危害。

这个想法真是太妙了！还有一个极妙的实例，就是禁止烟厂做香烟广告。殊不知许多烟厂本不想做广告，只是有厂商做在前面，不跟一下，显得自己的烟不行。现在统统不让做，烟商心中暗喜，支出大大减少，利润迅速增加。这就是要打击谁反给谁增加利益的绝妙例子，提醒我们脑子千万不要不会转弯。

有人说打麻将就是博弈。这句话我十分同意。让谁胡不让谁胡，就是一个大失与小失的衡量抉择。会打麻将，确实也与博弈论相通。但是光凭会打麻将就能成为博弈大师吗？我看不然。道理很简单，麻将流传了多少年，本文开头那么一点分水果的技巧国人也没发明出来。理论毕竟是一种伟大的抽象发明。当然，你如果要硬说因为我不会麻将所以想不出来，我也只能闭嘴不语或者张嘴呵呵。

（［美］阿维纳什·K.迪克西特、巴里·J.奈尔伯夫：《妙趣横生博弈论：事业与人生的成功之道》，董志强、王尔山、李文霞译，机械工业出版社2015年版。）

安慰剂治病?

曾几何时，我是一个科学主义者，就是坚信如果不是科学就什么都不对的人。对非科学的一切，都轻蔑地予以拒斥、嘲弄、无视，而且觉得天经地义，不可更改。

慢慢地，从科学主义的独断中活了出来。这当然不是出于对科学的怀疑，而且觉察到科学至今难以处理人类社会中的许许多多问题，特别是人本身。

记不清是哪位说的名言了："凡是一涉及人，科学的进展就出乎意料的迟缓。"如果让我来解释这句话，我会说，第一，因为人身上的变量太多，科学研究的方法是控制其他不变，变动自变量，观察因变量，研究它们之间的联系。而人的变化可能由多种因素引起，难以确定何种因素单纯导致某种结果。第二，因为人是一个复杂系统，各器官、肌肉、神经的组合形成了人整体，不是靠还原论的解剖学就能弄清楚的。即使到今天，物质的大脑如何产生精神意识仍是一个谜团……所以，对人，还真的需要报以开放的眼光。

像《安慰剂效应》这样的书，以前的我一定不闻不问。因为我知道，安慰剂就是医生骗你吃下去说一定有效但医学实验证明是完全无效的药物。目前确定某种药物有效，必有以服用安慰剂的一组实验作为对照组。如果服用新药物的一组病人，治疗效果还不如服安慰剂的那一组人，你会怎么判断？你当然会将这种新药物打入“冷宫”。但是这也带来一个新的问题：安慰剂治疗或许真的有效？

不少实验得出了这样的答案。比如哮喘病人，半数通过假针灸可以减轻病症，但对比组证明，真的针灸只对1/4的患者有效。1955年，还有一篇权威论文证实，纯粹采用安慰剂治疗，有1/3的病人会被治愈，而且可以通过化验结果证实。

安慰剂对哪些人有效？通过科学方法研究，结果是，只要条件合适，任何人都会产生反应。某些研究证明，高智商人群甚至更易对安慰剂产生反应。

结论是，积极的信念能够治愈身体的创伤。

其实，在我们的日常生活中早有大量这样的事例：人生病，一般当然是找西医。但如果西医已判为绝症，那么，病人去找其他类别的医生乃至相信一些神神道道的东西，你还能对他说什么？治好的人确实也有。不过，治好的人绝大多数也是归功于某种药物或方法，很少有人归功于可能的安慰剂。

至少我觉得，安慰剂治病其实也是一种方法。而且我觉得，利萨·兰金（Lissa Rankin）的《安慰剂效应》应该也是一本科学的书。

最后我要说的是，安慰剂效应出现的基础是病人完全信任医生和药品。如果一个医生一天看上百个病人，这种信任来得可不容易。

（［美］利萨·兰金：《安慰剂效应》，刘文译，北京联合出版公司2017年版。）

病毒来袭

近日，一场病毒风暴来袭韩国，那就是中东呼吸综合征。

在此节点来读《病毒来袭》，自更觉会心。此书以2004年初的禽流感开头，地点是泰国。而我们，更容易想到的是前一年的SARS。它奇迹般地来，又奇迹般地去。但是它造成的现代化时代的空旷，则时时浮现在我的记忆中：有一天中午，风和日丽，我在西湖少年宫边上，数了一下我目力能及的行人，总数不过十。

所有的故事都是从微生物开始的。病毒就是已知的最小微生物。如果一个人能像足球场大，一个典型的细菌就有一个足球大，一个典型的病毒就像足球上的一块六角形花纹那样大。病毒的发现，只有百多年的历史。而最新发现的朊病毒，尽管也是生命，但是更为奇怪：它不仅没有细胞，而且没有DNA和RNA。但朊病毒照样生存，而且四处传播。疯牛病就是它所引起的。

病毒种类极多且存在广泛。科学家们用电子显微镜观察，在每毫升海水中找到了2.5亿个病毒颗粒。一般认为，每一个细胞生物，至少是一种病毒的宿主。基本上，只要生物有细胞，就能携带病毒。

微生物是生命，它也有生活和繁衍的需要。最有趣的例子是一种猫科动物寄生虫——弓形虫。它能够感染多种哺乳动物，但除非落在一只猫身上，否则无法完成其生命周期。如果弓形虫落脚在老鼠身上，会有什么后果呢？老鼠会像青春期的男生遇见漂亮姑娘一般，认为猫极有吸引力。而当老鼠葬身猫腹，弓形虫便得以安心生活和繁衍了！

对微生物而言，如既能让宿主活着，又能让自己繁殖后代，肯定是最理想的结果。有一些微生物成功实现了这项目标。比如人乳头状瘤病毒，几乎能感染性生活活跃的成年人中的一半，但除了有几个会引发宫颈癌外，大多只会出现不太雅观的疣。当然，有一些病毒对人极为有害，当今社会已经深受其苦，如艾滋病、肝炎等。

历史上的大型瘟疫应该皆由细菌或病毒引起。在这些致死性的大型传染病得到控制后，近年，对人产生严重威胁的疾病多来自偏僻地区的寄生在动物身上的病毒。

本来这些病毒可能只对少数封闭地区的动物产生程度不等的危害，随着世界向“地球村”的转变，随着猎杀食用各种野生动物的行为的持续，那些病毒终于有机会走向世界了，真所谓“同一个地球，同一个梦想”。而两种病毒如果感染了同一宿主，它们就有能力进行基因重组，可能会创造出一种新的病毒和传染源，造成流行病风暴升级！

当然，以我这个外行人的眼光来看，大家倒无须惊慌。那年的SARS，一个省死了多少？浙江死了多少？我敢说，每天区区一个县的车祸数都可能与之相等，遑论省、国家了。哪怕是一场战争，其造成的死亡人数都可能赶不上那里同时期的车祸死亡人数。不过那是另一个问题。

历史上，任何一场瘟疫的后果都极为严重。今天确实完全不一样。这就是现代文明的进步所在。

当然，对传染病的控制、预防，我们还是要仰仗科学家，仰仗大数据，仰仗行政管理体系。只要我们的文明不崩溃，控制病毒来袭仍是十分可能的。

（［美］内森·沃尔夫：《病毒来袭：如何应对下一场流行病的暴发》，沈捷译，浙江人民出版社2014年版。）

生活中的算法

算法，一个多么高深莫测的东西！一个中小学数学都没学好的学渣，看到这个，直接晕菜！

而且，不少公众号也提醒我们：别以为你平常有多嘚瑟，你早被算法整个算计了！你想去哪里，你想干什么，早就在算法的天机中。比如你脑袋刚掠过一个想买点啥的念头，电脑刚打开，广告已经在推荐了。你意不意外，惊不惊喜，害不害怕？

读《算法之美》，才发现算法原来一点都不神秘。它不过是生活中的统计学。

比如我去竞聘一个岗位，需要面试。抽到第一个，完了，运气太不好！第一个上去，评委根本没有比较，打分会很混乱，结果肯定一塌糊涂。负责任的评委，会悄悄记一个参考分，过了几个后再平衡一下，才给出最后决定。但是，如果这个岗位的竞聘不是竞聘人员一齐举行，而且间隔几天几个月，情况会怎么样？第一个人吃亏完全正常。如果是找对象，那就更麻烦了。对方固然不错，但要生活一辈子，难道就是面前的他（她）了？难道没有机会找个更好的？

这个时候，算法给出答案：你应该在整个进程的37%时改变策略。在此之后，碰到任何一个比前面好的配偶，马上决定！这是最优的解法！因为成功的概率到此点后逐渐减下来了。

卡内基·梅隆大学的运筹学教授迈克尔·特力克在年轻时，为寻觅配偶就经历过这个苦恼。他当时突然明白，这不就是一个算法问题吗？那么，假设从18岁开始觅偶，到40岁结束，根据37%法则，在26.1岁时应该结束观察期。正好这个时候，他发现某位女性比以前的都优秀，他决定了："我不知道她会不会是完美的妻子（模型的各种假设都无法帮助我做出这个判断），但是毫无疑问，她符合算法的所有条件。"于是，他向她求婚了！

算法没有算到的一点是：她拒绝了！

上面是这本书论述的第一个算法问题。而生活中常常可以看见的另一幕场景是：某办公室书籍、文件、报纸、便条等如天女散花，一塌糊涂！清洁工进入，分门别类，或按大小，整理一新！主人归来，一看，大怒："你彻底搞乱了！"

这当然可能是主人自惭形秽时的狡辩，但也有很大可能是主人当初有自己置放东西的规则，比如，把最近用过的东西放在上面。清洁工比较擅长将物品分类排放，但这与主人按时排放的算法就有了明显冲突。主人原是按时间使用先后的顺序排放的，最近用的放在最上面。这样，在日后的任何工作中，他如果调用以前的数据，只要大致回忆一下最近哪天用过，再去翻检，就可以找到。将材料分类后，事情反而变坏了。这就是算法中的排序问题。

常见的一件事情是：你需要完成一个任务，必须去图书馆参考相关书籍。此时，你最好的办法当然是：将最相关的书籍借回来放在案头。如果延伸到更冷僻的参考书，就再跑一趟图书馆。如果每想到一册书，就跑一趟图书馆，那就彻底坏了。在计算机中，图书馆就是你的整个计算机系统；案头上的那些书，就是缓存。缓存就是保存你最近使用过的程序、数据的！计算机必须这样设计，才能更有效率地运行。

这本《算法之美》，涉及了11个算法的基本原则，绝大多数是能够轻松看懂的。原来算法完全植根于我们的日常生活之中，其中的难点无非是以数据来处理我们的生活现象，并将其一般化、理论化，找出最大概率、最好解法，然后在计算机中应用。今天的我们完全不必将其视为莫测高深的东西。

当然，一切都依据算法决定，显然有碍于探索和发现。不过，算法中还有一个原则是随机。比如汤姆多年来就把维基百科中的“随机文章”作为他的计算机主页，每天打开计算机时他就能看到一个新的百科条目，由此了解了智利军队使用的刀等知识。这些页面多数带来他不感兴趣的信息，但偶尔也带来重要的启发和生活的改变。它解决了一个搜索引擎至今无法解决的问题。至于我本人，特别喜欢这条准则。其实，面前的这本《算法之美》，我当初单看到书名时就告诉自己一定读不懂这本书。但我还是将它拿来打开，读了几页，发现原来完全不是这么回事！

（［美］布莱恩·克里斯汀、汤姆·格里菲思：《算法之美：指导工作与生活的算法》，万慧、胡小锐译，中信出版社2018年版。）

盖娅：一个整体的世界？

听说过盖娅吗，即使它是一个假说？

公元前400年左右，古希腊哲人柏拉图提出，世界是一个巨大的生命体。无独有偶，中国古代的思想家们也相信天人感应：如果地震和异常的天文现象出现，是因为现世政治出了问题。当然，从几百年前开始的现代科学驳斥了这种理论，以为那是前科学时代人们的幻象。但是到1965年，“盖娅假说”突然闯进这个正在美国加利福尼亚州喷气动力实验室工作的英国科学家詹姆斯·拉伍洛克（James Lovelock）的脑海。当时，他不像别的科学家一样在地球上观察地球，而是在太空中自上而下观察地球大气层，所以他才将地球的大气层看成一种新颖的现象。大气层充斥的空气，“是一个在成分上始终以某种方式保持不变的混合物”。正是这样的环境让生命生长繁衍。这种稳定，必定有某种东西对它进行着调节，地球表面的一切包括生命、海洋、岩石等，皆参与其中。这就是“盖娅假说”的起源。

鉴于“盖娅假说”涉及的问题巨大，涉及的学科极为广泛，目前在全球科学界的认同还不十分高。再由于本人贫乏的科学素养，所以在此篇小文里只能提一些饶有兴味的话题。比如说，对照太阳系内的其他行星，如木星、火星等，地球存活生命的关键是大气层，而这稳定的大气层在过去的35亿年中，竟然从来没有从整体上不利于生命过。虽然太阳在35亿年中的前15亿年，能量输出比现在少25%，但是大气层竟然让地球保持了基本同一的生态环境，这对于其他星球是完全不可想象的。另外，氧气为许多生命所必需，但是科学家们指出，大气中氧气含量如超过25%，也是灾难性的。因为氧气如果过多，就会随时爆发大火，将没长成森林的小树全部摧毁。奇怪的是，大气中的氧气含量始终保持在21%的安全水平。

海洋也包含一个奇怪的谜团。人们一直以为海水变咸，是因为雨水和河流不断地将陆地上的盐分冲到海洋里，而海洋表层水域蒸发化为雨雪降落到陆地上，导致盐就在海洋里越积越多。然而，科学家们根据现代科学方法观测的结论是：地球约形成于45亿年前，生命约形成于35亿年前，海洋至少跟生命一样古老，但海水的盐分从古至今几乎没有什么变动。是什么造成了海水盐分的均衡？还是盖娅。

从根本上来说，人就是地球最大的污染源。随着科技的飞速发展，这种污染越来越严重。而且"我们对自己行为产生的可能后果是如此的无知，以至于几乎不可能对未来做出任何有用的预测"。希望对盖娅的研究多少能够改变一点这种可悲的状况。

（［英］詹姆斯·拉伍洛克：《盖娅：地球生命的新视野》，肖显静、范祥东译，上海人民出版社2007年版。）

睡觉就是工作

一个人做一行做了几十年，就会认为自己有经验，可以跟同行尤其是后辈谈谈。最没地方谈的，很可能会跟儿女谈谈，不管他们要不要听。我也不能免俗，碰到这样的情形，便会说：成绩嘛，一定要天才加勤奋加机遇才能够做出来。其实想想，这不等于废话？但是经几十年的观察与体验，也确是如此。

如果说我在讲这番话时有点什么与众不同的想法，那就是一个自问句："我勤奋了吗？"

我工作从未熬过夜。不是我不想熬夜，是身体吃不消熬夜，而且熬夜也完不成任何工作。不要说熬夜，连下午要完成动脑筋的工作都难。我处理任何要动脑筋的问题，一定要等到早上，神清气足，然后清光桌上的各种乱七八糟的书刊，集中思想，一般脑袋里就会涌现出解决方案，连词句都自动准备好。哪怕是写这篇小文章，我也必须如此，尽管昨天中午就想写这篇文章，但如果昨天真的提起笔，也写不出文章的开头。晚上我则经常打开小游戏，不动脑筋地玩上一两个小时，然后上床，拿本书看看，睡觉。看到那些夜以继日工作的同行，我只有敬佩，同时也不忘质疑自己："你勤奋了吗？"当然，质疑多次，旧习仍难改。

读到这本美国特奥·康普诺利（Theo Compernolle）的《慢思考：大脑超载时代的思考学》，心才算放下来。因为此书的第一部分介绍了大脑的工作原理，为我的时间安排模式提供了科学依据。

目前的研究表明，大脑由三部分组成：思考脑、反射脑、存储脑。反射脑处理问题很快，自发，无意识。举个例子，比如骑自行车，必须习惯成自然，将脑训练到反射模式。“原始的反射脑拥有比思考脑更快的反应速度。”存储脑，是要把每天大脑吸收的数十亿条信息分类存储起来，存储方式以联想为主，但具体机制至今未知，但它要等到思考脑关闭时才开始工作。思考脑，运转速度很慢，不仅能思考眼前的东西、处境，还可以想到过去和未来。这么说吧，人与动物的最大区别就在这里！

我们每天、每周都会接到各种各样的工作任务，同时自己还会产生一些想法和计划。除了用反射脑即时处理掉一些极为简单的事务，很多靠反应和经验不能够处理的较为复杂的事，还有许多有用的人生经验，必须将它先存储起来。存储时候怎么办？得关掉思考脑。所以这个时候，需要玩玩不动脑筋的小游戏，或者做一些走路、吃饭等不费脑的运动，让脑筋真正放松下来，而且如作者所说，关键是睡好觉。睡眠时间是存储脑工作的黄金时段！之后，思考脑才可以真正开始工作！

所以说，睡觉就是工作。睡觉是你的储存脑在工作。睡觉不是问题，关键是睡醒后干了啥！

如此说来，我的时间安排模式不但没有问题，而且好像也只能如此。到这里，我才对“我勤奋了吗”这个伴随了几十年的问题作出肯定的答复。至于自己为什么没有做出更多的成绩，回答其实也很简单：天才不够、素质不够、精力不够。我们看大多数政界、商界的精英，其精力充沛，大异常人。其实学界也常常如此。像我这般工作时间不够悠长的，天生不能到达那个份。

此书作者最痛恨的，是一个人同时干很多事情。他认为，从思考脑的工作原理来看，人只能集中思考处理一件事。表面上看一个人同时能干好多件事，其实深化来看，也不过是一时干一件事，一心两用是不可能的。所以时时与网络联通并不可取，布置和担当同时间的多项任务也不可取，它只能降低工作成果的质量。他特别强调充分睡眠的重要，并援引了克林顿的一段语录："我完全相信，今天的华盛顿之所以这么急躁，很大程度上是因为普遍性的缺觉。"今年的诺贝尔生理学或医学奖也不过是说了"不要熬夜"这个道理。他呼吁，一定要改变永不离线的工作方式，不能整天将自己与手机和电子邮件捆在一起。

我建议，作为工作者，应该读一读此书。作为管理许多人员的领导，更应该读一读此书！

（［美］特奥·康普诺利：《慢思考：大脑超载时代的思考学》，阳曦译，九州出版社2016年版。）

记忆会撒谎

多数人相信自己的记忆。至于我自己，在学习了下面两条法则后，对记忆的看法有重大变化。大经济学家萨缪尔森提出的“萨缪尔森法则”云：“我们所作的预测，通常并不如自己记忆中那样正确，二者的差异值得研究。”大文学家钱锺书云：“我们在创作中，想象力常常贫薄可怜，而一到回忆时，不论是几天还是几十年前，是自己还是旁人的事，想象力忽然丰富得可惊可喜以至可怕。”所以，看到有着《记忆会撒谎》这样一个书名的书，我的第一反应是迅速从网上买下。

书中有一个故事非常好，那是该书作者之一古馆伊知郎讲述的，值得在这里复述：

在中学同学会上，有个同学回忆起二年级时去林间学校与旅馆老板女儿擦出爱的火花的故事。他说，他在参加什么比赛和大家一起上山，出发时，突然下起了大雨。大家都分散躲雨去了。这时又突然来了台风。他非常害怕，正在担心自己是否会遇险时，一把伞撑在了他的头上。原来是一位比他年长一点的姑娘刚好路过这里，而且问他：你在做什么。他解释了在这里的原因并说自己迷路了。姑娘说：“啊，你是住在我家旅馆里的，那我带你回去吧。”于是她就一直撑着伞将他送回了旅馆。他喜欢上了她，但是又觉得向年纪大一点的姑娘无法表白……于是，就有了这一段故事以及深深的遗憾。

大家听了，先是哄笑，毕竟是很多年前的事哟。大家一起去过林间学校，也住过那里的旅馆，但是大家都想不起来那次下大雨了。突然，有人说："那个时候，我和你一起迷路的哟。不是你自己一个人迷路的。"而且他开始回忆那天的情况：两人终于回到旅馆时，老板的女儿出来迎接了。仅此而已，没有暴雨也没台风，更没有伞。第一个讲述的人彻底傻了。

我相信这个故事，因为我自己也有一段类似的记忆。但隔了七八年十来年后偶然找到当时的日记，发现事情完全相反，而且唤起了与日记相仿的记忆。那时我就相信记忆真的会撒谎。现在的问题是想弄清记忆为什么会撒谎，更重要的是它如何撒谎。

显然，由日本的两位名人——医学教授养老孟司和脱口秀明星古馆伊知郎写的这本《记忆会撒谎》，基本没有解决这两个问题。日本图书的写法与欧美感觉还是有距离。当然，我也知道，从科学的角度来解释清楚这个问题毕竟有难度。对梦的研究持续了几千年，依然没有太可靠的结论。读这本书，只要提醒自己一点就够了：别太相信自己的记忆！

（［日］养老孟司、古馆伊知郎：《记忆会撒谎》，高雅诗译，长江文艺出版社2012年版。）

一脚跨越一个历史阶段

笔者是“60后”。伫立今日，回顾以往，可以自豪地说：生当其时。因为我们这一代，一脚跨越了一个历史阶段，很荣幸地成了中国真正翻天覆地变化的见证人。

跨越了怎么一个历史阶段？还是先说一个故事：

笔者有一位“70后”女同事，前两年给自己儿子讲历史，讲到晋惠帝的故事。晋惠帝听大臣们抱怨，说政治实在搞得不怎么样，老百姓们饭都吃不饱了。

晋惠帝对此表示惊奇。他最惊奇的一点是：百姓们怎么那么傻啊！难怪他们当不了皇帝只能当穷民。没饭吃，不能改成吃肉？（原文是“何不食肉糜？”）

这个妈妈讲到这里，见儿子没笑，便问：

“这个皇帝这样想对不对？”

儿子看妈妈气势汹汹的样子，只能说：

“不对！”

“那不对在哪里？”

“这……吃偏食！光吃肉，会缺维生素的。”

过了一个历史阶段，连笑话都失效了。

对了，我说的历史阶段，就是那个吃不饱的历史阶段。

那个阶段的吃不饱，是数量占大多数的平民百姓。要说么，事太多，没法说。只能说养成了我一个永不言饱、只会怕饿的心理恐惧症。所以，直到五六年前，我每顿吃饭，还都要吃到十分。如果味道好，则必吃到十一二分。也只有到了医生说“你有糖尿病了”那一天，才幡然醒悟，悬崖勒马，丢开了那块砸自己脚的石头——少吃了。

中国从什么时候由吃不饱变为吃太饱，应该有一个较为明确的说法。我不是食品专家，凭过来人的经验，应该是发生在20世纪90年代。切不要小看这个转变。它不是几十年甚至几百年中的一个转变，说得根本一点，很可能是有人类以来的一个根本转变。至少在中国历史里，经常可以看到大饥荒之年人吃人的记载，也可以看到为数不多的丰收之年的喜悦。而今天，那些根本不知道粮食长于何处的孩子们，竟然完全经历不到食物匮乏的苦痛，将物质的充裕作为生存自然而然无须考虑的前提了。

这个转变自然是可喜的，但是必然会产生新的问题。大文豪萧伯纳说得好：“人生有两种悲剧：一种是没有得到你心里想要的东西；另一种是得到了。”这句话，说中了许许多多的婚恋，也说中了我的血糖过高。而对全社会来说，温饱已经基本解决，要面临的是盖过他人和对身心的新刺激了。

在这样的节点上，拿起郑也夫《后物欲时代的来临》，格外贴心。尽管可能不都同意书中的每句话、每个结论，但大的方向和大的结论，我觉得是有意义的，是值得深思的。我买过他的好几本书。我认为他是中国为数不多的写出的书值得阅读的学者之一。

（郑也夫：《后物欲时代的来临》，中信出版社2016年版。）

比特世界的新生活

一天晚上，偶然调到一个学生求职的电视节目，有个名牌大学的男硕士像做官员报告、又像无能的大学老师讲课一般地说着他的观点，我也看得有一搭没一搭。后来有个不算太胖、也不算好看的女硕士上来了，外貌明明没什么冲击力嘛，不过她一张嘴就把我吓了一大跳："网络世界中的客户是些什么人？你只要把他们看成一堆又懒、又笨还一百分小气不愿掏钱的人就是了。"几个互联网公司的老总当场两眼放光，连不是做网络的老总们都铁了心要让她来自己这里上班。虽老说电视节目假，但我觉得这一次的结果不假，因为我如果是企业老总，我也会要她的！

别的不谈，这位女生至少道出了一条真理：在网络中，免费完全有可能。这也是"信息时代的精神领袖"克里斯·安德森表达的一个主题——免费！

在安德森看来，人类自诞生至今，一直在原子世界中生活，但现在，我们已经一分为二，也在比特世界（网络）中生活了。在原子世界中，物品通常是升值的。但在比特世界中，物品会越来越便宜。所以在20世纪，"免费"仅仅是一种强有力的营销手段，但在21世纪，"免费"已成为一种全新的经济模式。天下真有免费的午餐！

40多年前的电脑专家已经考虑到，随着技术的进步，家庭有可能会购置个人电脑。但是，个人电脑能拿来干什么？专家们无论如何想不出来。最后，他们只想出了一个用处——存放菜谱。世界上第一代个人电脑是霍尼韦尔公司在1969年生产的，作为厨房中的时髦电器出售，售价10600美元。如今我们都知道，电脑中有许许多多功能未被我们使用。看来，“浪费”比起“节俭”更为自然，也更应被人类所遵循了。再推进一步，如果“物以稀为贵”这条经济学的基本定律永远正确的话，那么将无穷无尽的信息与24小时一天的时间相比，哪个更为稀缺就一目了然了。“吸引眼球”这个词因此就有了更为深刻的经济学含义：信息是如此廉价，而时间是那么紧缺，你不玩“骗人”的广告游戏又能怎么办呢？

这就是安德森提出免费新商业模式的理论基础。其实，在我们的生活中这种故事已经屡屡发生。我以前吃过病毒的亏：一本书写到最后一天，病毒暴发，系统崩溃了，书一部分没了！后来一直购买杀毒软件。但后来，杀毒软件竟然免费了！安德森认为，免费经济的前沿在中国和巴西。那么，作为在前沿生活的我们，真正理解“免费”这种新商业模式了吗？我们能拿“免费法则”做些什么？

问题大了。

（［美］克里斯·安德森：《免费》，蒋旭峰等译，中信出版社2012年版。）

大历史与人类

看见《大历史与人类的未来》这样书名中带有“历史”的书，客串历史学论文责编的我一般会忽略：吃这碗饭有点时间了，你还跟我讲历史基础概念？所以从图书馆借这本书的时候有犹豫，借来后丢在边上也有一段时光。有一天有点心情，翻开看了几页。咦？怪了！讲人类历史，它没有讲希腊，没有讲亚历山大，没有唐代的长安，也没有穆罕默德，讲得最多的事之一，竟是金凤花。

打开百度搜索，发现真有这种花：“大灌木或小乔木，高达3米，枝绿或粉绿色，中国云南、广西、广东和台湾均有栽培。”这几个地方我都去过。恕我花盲，老样子的桃花有时还认得。至于金凤花？虽然看过了照片，真见了面要想认出来，悬！

“金凤花原理”，则是连百度上都没有了，要去“有道词典”。其网络释义是：“矿物质营养成分和气体（氧）很容易通过堆肥移动，但是同时又能保留营养成分和水，这就是金凤花原理（Goldiloks Principle）。”很好，看来是真有这么一个玩意儿。

讲金凤花，可能要从更基础的“大历史”概念说起。

在作者斯皮尔（Fred Spier）看来，宇宙无非两种体系：复杂适应系统和复杂非适应系统。“复杂”在今天也不再单纯是一个形容词，而是一个名词。复杂，意味着这个系统的构成有许多模块，这些模块间有很多联系，模块的组合还有序列性。复杂性的主要类型有三种：自然界无生命体、生命体、文明。复杂性运行需要能量维持。

这样下来才能说到“金凤花”。出乎意料，我前面的搜索全是徒劳。“金凤花原理”指的是一个盎格鲁—撒克逊的民间故事。故事的主人公金凤花姑娘是个小女孩。她偶然走进了小熊及其父母住的森林里的房子。主人都不在家，小姑娘很饿。她尝了尝几碗粥，发现大碗里的粥太烫，中碗太冷，小碗刚刚好。接着，她又去坐了坐几张椅子，发现大椅子太硬，中椅子太软，只有小椅子刚刚好。后来熊们回来，小姑娘逃跑了。

金凤花原理，说的是复杂性存在的环境，必须恰好合适。地球的存在对生命而言就是金凤花环境。如果地球的体积比现在小，那么其微弱的引力将无法保留大气层和其表面的液态水；但如果更大，那么其产生的引力可能会使所有鸟类无法起飞。生命的出现和演化也只有在金凤花环境中才能发生。

能量是维持生命的根本。从这个角度观察人类历史，结论会显得更加简明和别具一格。比如，一般说是人驯化了动物，如狗，殊不知也可以说是狗驯化了人，利用了人。君不见，当年狼与狗分家，狼初心不忘，坚持凶狠，今日已濒临灭绝；狗改变自己，不仅安全繁衍，总量可能比原来还大，如今甚至有人认为生活中没小孩正常，没狗却不正常。比如农业，实质上是与其他物种争夺太阳能。人类种植对自己有用的植物，消除相反的，最后是争到了更多的太阳能。人类不断利用更新的、其实是效率更高的能源，世界能源消耗和人均能源消耗可能是衡量社会发展的一个更准确的指标。而且按照热力学第二定律，系统的有序化必然伴随着熵的出现，简单地说你想要家里干净就必得清除大量垃圾出门。当然，如果地球是一个家，那么你的垃圾将往哪里丢？早年，人类是将垃圾丢在地上，再盖上一层土。这种习惯为今天的考古工作者倒是带来了极大的惊喜。还有一种有趣的猜想，是通过地球板块的运动将垃圾消灭在地球深处。难道我们今天用的石油是由此生成？

反正，这本历史书读到这里，我只能说原来我完全不懂历史。本书跟中学历史课本以及通常的历史写法完全不是一回事。不过，鉴于近几十年科学的飞速进展，我们的许多知识确实正在发生重大更新。再不跟，就跟不上啰！

（［荷］费雷德·斯皮尔：《大历史与人类的未来》，张井梅、王利红译，上海人民出版社2017年版。）

全球通史

我书架上的斯塔夫里阿诺斯（Stavrianos）的这套《全球通史》中文译本，1999年第1版，2003年第13次印刷。尽管按理说每次印量不会太大，但它应该属于畅销书。当时我买此书也许是为了印证“买书不读，读书不买”的格言，反正它确实沉睡多年。去年上半年拣出一读，顿时手难释卷。读了上卷“1500年以前的世界”，适逢儿子放暑假回家，于是向他郑重推荐，这两卷书就到了他的房间。不知道他读了多少，反正他返校后，我再也找不到下卷“1500年以后的世界”。大半年后，经临时请来打扫卫生的女工的一次彻底清理，下卷重见天日。于是我拿来将其放在枕边慢慢阅读，每次以一章为限。这固然因为此书容量浩大，信息丰富，每次读少一点，可以慢慢消化，也是因为每本好书我都舍不得马上读完，这与老饕细嚼慢咽沉浸享受美食是一个道理。前日我终于读完此书，但不愿坐下来写点读后感。几千年的全球通史，岂是寥寥千字、三二感受可以打发？

只是合上书页将书移至书架后，两天来，我却对书中的一段话念念不忘，今晨重新翻开：

> 至今世界历史在很大程度上是连续不断的技术革命的历史，技术革命要求进行相应的社会革命，而同时代人则不愿进行这样的革命。多少世纪以来的根本问题是，技术革命一直受人欢迎，因为它促使了生产率和生活水平的进一步提高。但是，世界历史上所有的技术革命都导致社会分裂，这种分裂要求在制度、思维方式以及人际关系等方面实行变革。然而，这种社会变革总是遭到人们的拼命抵制，其激烈程度一如人们之热烈欢迎技术变革。正是由于技术变革和社会变革之间所产生的时间滞差，才造成了几千年以来世界历史上众多的苦难和暴行。
>
> …………
>
> 现存的体制和习惯总是受到历史传统、启蒙教育以及社会秩序的维护。因为，对社会现状提出挑战总要遇到排斥、恐吓甚至迫害，很少有人能够或者愿意忍受这些。另外还存在既得利益集团的作用，这种集团顾名思义必然会因社会变革而丧失既得利益，因而通常总是反对变革。他们的反对通常总能成功，这不仅是因为他们具有雄厚的财力和良好的组织，而且因为他们利用人们对于社会革新的普遍厌恶态度。因此离经叛道者就被轻易地孤立起来，并且身上被打上亵渎神圣、颠覆或者在其他情况下对社会构成危险的烙印。

几个月前，我去一个极为熟悉的地级市。下了高铁，去出租汽车站，那天却没有平常排成几排的车。我几乎是本趟列车下车赶去排队的第二名乘客，上一趟列车的乘客却还没走完。原来今天是出租车司机抗议滴滴打车的集体行动。从理论上讲，滴滴打车显然符合时代潮流，当代的信息技术也使之成为可能。它是共享理念的真正落实，也减少了资源的闲置和浪费。然而，旧行业的人员在遭此突然的风暴时翻船落水，你让他们无怨无怒地接受又如何可能？

更有甚者，在人工智能技术日益进步的今天，机器取代人工已是当代不可逆转的趋势。然而，在几万年进化史中确立的一个观念——不劳动者不得食，规定人们必须在劳作中取得食物以及其他生活保障所必需的物质。观念和现实的剧烈碰撞，使得当前的社会乱象丛生。就业的困难以及由此而来的低薪问题，使得打工阶层困顿终日，还得不到持续的安全感，遑论登高发展。同时，据国际援助组织乐施会的研究，2015年，全球1%的富裕阶层所拥有的财富份额，已占财富总额的48%。在人们“不能工作”的时代（出租车司机正是步入了这个深渊），他们又将怎样生活？这需在观念和体制上有一个怎样的变革？这是一个亟待解决的问题。

变革是历史的本质。但是抗拒变革的人，有时也不完全是出于利己主义的考虑，而是出于他们对历史的错误认识。一般来说，越早的历史越为人们所理解，因为古老的准则已延续多年，古老的生活以及围绕生活产生的文化可以很好地帮助人们对其产生深刻的理解。但晚近的历史，由于变化的巨大，很难马上为世人所通晓。比如今天常常听到的关于现代战争的议论。这些发议论的人知道古代的霸权都是以武力侵占土地，奴役被占领者。但他们对第二次世界大战以来欧洲国家纷纷放弃或被迫放弃原有的殖民地这段历史，则完全闭目不见、充耳不闻。他们不想想如果靠武力可以征服他人，轻易取得利益，为何这世界六七十年来会是如今的局面？这种滞后的认知，确是当代社会发展的重要障碍。

至于我近年读史，极重要而且被反复印证的一点感受是，近代与古代不同。古代以军事和政治称王，秦皇、汉武、成吉思汗，乃至亚历山大等，概莫能外。科学革命以来的近代则是科技为王，邓公言科学技术是第一生产力，此亦尽窥当代世界底蕴之言。此书也说："今天的全球经济特点是：技术革新的快速度、不断改变的消费者的爱好以及一体化世界市场中的激烈竞争。所有这一切均要求灵活、效率和适应性强。""科学的实践需要迅捷的、无障碍的通信、对变化的迅速适应以及对普遍的看法提出异议的自由。"今天的社会如要发展，必须围绕科技与经济，一切要为这个中心服务。如以权力强斥其他，后果只能是社会的延滞和落后，延续短暂的时期后，必会出现陷落和崩塌。而如何调动大众对于科技及经济的积极性，就是考验执政者智慧的最终考题。

据说麦克尼尔（Mcneill）的《西方的兴起》是第一部专业史家所著并取得成功的全球史，初版于1963年。斯塔夫里阿诺斯的这部《全球通史》初版于1973年，后来居上。这是巴勒克拉夫的评价。

（［美］斯塔夫里阿诺斯：《全球通史》，吴象婴、梁赤民译，上海社会科学出版社1999年版。）

女王也“作”

“No zuo no die!”

这句中式英语今日已经很流行，所以“作”这个词值得一说。

“作”是杭州话中特有的一个词，至少我自己最早是在杭州听到的，指的是类似无事生非、无事找事而且找出麻烦来的一些举动。杭州籍作家张抗抗写过一部长篇小说《作女》，居然流行，可能这个词就是这样普及开来的。如今这个词已进入“英语”。当今之国际化潮流，谁能抗拒？

“作”在当今世界，是女人的专利，或者说是“女王”的专利。现在的女人，基本上可以在男人面前称王。不过本文要说的女王，那可是货真价实的。

英国女王伊丽莎白一世（1533—1603）是使英国变得强大的英主，“黄金时代”的开创者，又以童贞终其一生。这几个标签，大致可以概括她的成绩及特点。

但女王毕竟也是女人，她也经常“作”。她治国理政很成功，有一个特点是吝啬。她上任时英国负债累累，而她则以抠门著称，最后搞得国民皆富。她外出巡游，用的全是贵族接待的钱，完全没有公费开支。只是一到个人打扮，她花钱可毫不手软。她有大约超过3000套的华服，可以想象有些衣服宛如《阿房宫赋》中之宫人，“有不得见者，三十六年”。而她身旁的侍女，只能穿黑或白或黑白相间的服饰。如果谁胆敢违反这一准则，必定大难临头。

宫廷内谈吐既文雅华丽，又巧妙幽默，有时也“作”。比如有位伯爵觐见女王，弯腰行礼时不慎放了个屁。他自惭形秽，自我放逐7年不进皇宫。下一次见面时，伊丽莎白女王诚恳地接见了他，并开言：“伯爵阁下，我已经忘了那个屁。”

伊丽莎白女王有个表侄女，就是苏格兰女王玛丽·斯图亚特。两人既分又合，分大于合。最后，被推下王位逃到英格兰被拘禁的玛丽，因试图谋杀伊丽莎白被处以极刑。但年轻时，两人分掌一国，权势相当。有一年，苏格兰派出一位学者型贵族詹姆士·梅尔维尔爵士出访英格兰。他就碰见了一大堆会让今天的男士们感到为难的问题。如：两个女王相比各自有什么特点？此爵士不愧为外交家兼男人的典范，只听他答道：“两人最大的缺点，就是都太美了。”女王对此不满意，继续追问。他回答道：“伊丽莎白女王是英格兰最美的女王，玛丽·斯图亚特是苏格兰最美的女王。”

“我们俩谁比较高？”伊丽莎白女王停顿了一下又问。

爵士表示玛丽更高一些。

“那她太高了。”女王回答：“因为我不高也不矮。”

（［英］艾莉森·威尔：《伊丽莎白女王》，董晏廷译，社会科学文献出版社2014年版。）

鸦片战争究竟是怎么回事？

我自己知道鸦片战争，可能是在初中的历史课本里吧，或者在高中？那时正当“文化大革命”，何时有历史课已记不清了。当然，到现在，我已彻底明白，要真正了解一场战争，必须得看看交战多方的说法。1840年的那场战争，是英国与中国打的，起码得看看两国的书。至于一战、二战，参与国家众多，就更复杂了。就这样，在书店里看到英国学者蓝诗玲（Julia Lovell）的新著《鸦片战争》，我就毫不犹豫买下了。确实，她站在英方角度讲述，补充完善了许多信息，而这些信息，应该是当年的林则徐都不知道的。

比如说鸦片贸易是否正当？不仅中国对此有质疑，英国的东印度公司也不能说就有满满的自信，所以在将毒品运往中国的过程中，也是做了一些手脚试图“洗白”自己的。它“只是委托、安排印度数以千万英亩的罂粟种植，监管鸦片的制造过程，最后，监督着把鸦片打包装进芒果木制成的箱子，运往加尔各答拍卖。从这一刻起，东印度公司就洗手了，剩下的事是任由鸦片走私贩子把鸦片运到中国海岸，停泊在珠江口的伶仃岛，在那里等待的中国批发商会先用银子从广州的鸦片商那里购买许可证，再到这里换成鸦片，而这些银子则会用来购买英国市场需要的茶叶和生丝”。所以我们面对这些老牌的帝国主义国家，千万要有高度的警觉和细心的审视，人家不会一下就让你抓到确凿的把柄的。

再比如，鸦片究竟是个什么东西？服用之后有何感觉？有何危害？在中国，鸦片被当作药用其实已经多年。但即使从现代医学的观点来看，鸦片对人类体质的影响还有许多未知之处。鸦片中的吗啡是一种麻醉剂，鸦片还能产生多巴胺，这是使大脑产生愉悦的荷尔蒙，同时它也可能导致妄想狂、猜疑症和精神分裂症。鸦片还会成瘾。在当时的中国皇帝看来，食用鸦片者会蔑视社会秩序，危害巨大。

跟林则徐唱对台戏的义律是个什么人？在这方面，看我们祖先的记载肯定不如看英方的记载客观。我惊讶地发现，义律竟然是一个废奴主义者。他自己也讨厌鸦片，反对鸦片走私，但他希望中国能将鸦片贸易合法化，这样鸦片的价格会大幅下跌，让英国人自动退出鸦片走私，附带的可以让中国全部负起鸦片贸易的责任。后来接替义律的璞鼎查则完全是个执行上级命令的职业军人了，中国与他根本没法谈。但在义律手下，两国的冲突他还是力图想有所控制的。

我们以前都听教材中说，由于广东备战得法，英军转攻舟山。其实根据当时武器对比，中国的备战根本起不了什么作用。英军是为了惊动中国皇帝。他们认为广东官员肯定不会将自己的败绩全部呈报中央，所以另辟战场。

这一条讲得有理。

1841年1—3月，英军的记载是清军死亡超过2000人，英军是1人死于受伤，3人被自己的武器误杀。这么悬殊的对比，是冷兵器对峙热兵器的结果，不是单凭勇气与有限的知识可以理解的。(当然英国的记载也可能有误。)

我自己曾经寻觅到那场战争发生时浙江文士的一些记录。但在看了一部分后，我明白这基本上不能当作可靠的依据。当时的中国人太不了解世界，甚至连国家出面去跟英军谈判也没有真正懂英语的官员出面。要求他们“知己知彼”，不是天方夜谭又是什么？幸好我们已过了那个时代，现在通晓外语的，不仅是精英人士，连义乌小商品城的大爷大妈都很有两把刷子了。

（［英］蓝诗玲：《鸦片战争：毒品、梦想与中国的涅槃》，刘悦斌译，新星出版社2015年版。）

跨西伯利亚大铁路

略通中国文化的国人，应该都知道牧羊的苏武。苏武羁留北地凡19年，《汉书·苏武传》云："始以强壮出，及还，须发皆白。"苏武被留置的北海，即今天的贝加尔湖一带。我朋友中常有人夏天前往贝加尔湖旅游，走的应该就是这条跨西伯利亚大铁路。

俄罗斯的罗曼诺夫王朝，其实是一个治国非常成功的王朝。仅说扩张这一点，1613—1917年，俄罗斯帝国每天扩张142平方千米，最后占有过地球表面1/6以上的土地。莫斯科在帝国的西部，这个帝国的东部，真是辽阔得不得了。据说18世纪时，女沙皇伊丽莎白·彼得罗夫娜曾让堪察加半岛的6位处女到当时的首都圣彼得堡来，让帝国官员护送。结果走到一半，即贝加尔湖畔的伊尔库茨克，处女们都怀上了官兵的孩子。政府把这些官兵换掉。当到达时，她们不仅生下了头胎，还怀上了二胎——她们一共走了3万里路！

这样辽阔的国土，怎能没有铁路？这本《通向世界尽头》，讲的就是这条跨西伯利亚大铁路的故事。此书由英国作家克里斯蒂安·沃尔玛（Christian Wolmar）撰写，笔触深得英人轻松自如的文风要旨。尽管故事令人深思，文笔仍活泼跳脱，让人读来不费力气。其实，决策要造这么一条铁路，对19世纪末的俄罗斯帝国而言，是一件极为艰难的事情。造了有什么用？造路的钱从哪儿来？造路的工程师和工人在哪里？金属材料在哪里？一路的恶劣地质条件如何应对？每一项看上去都是难以完全解决的极端难题。沙皇倒是早有造路的意愿，但财政大臣出于吝啬一直故意延误，一直等到谢尔盖·维特于1892年出任此职，这条铁路才动工。维特还建议让皇储尼古拉大公担任铁路建设委员会主席，这位23岁的主席对此也兴致勃勃，工程才得以顺利开展和推进。其实，我们只要想想金温铁路，其上马经过多少艰难险阻，即可想而知。即使造的是这么一条小铁路。当时也经常有人在严肃追问：温州没什么工业，农业条件也很差，这条铁路造好了有东西运吗？有人坐吗？成本拿得回来吗？今天的人可以嗤笑这些问题，但你想想，当时的你真能回答这些问题么？而且还要让人相信你说得对？难！实在是难！

修建和修补铁路的曲折故事，这里已没有必要复述了，有兴趣的话自己去看书，只要提到其修建队伍中曾有一支是华人即可。不过，和一般的印象相反，据说这支队伍也不是很能吃苦耐劳，远比不上俄罗斯的罪犯劳动队。我现在所想的是，哪一天，我能够带上这本书，坐上这条铁路的列车，去贝加尔湖看看苏武逗留过的地方。不知哪位朋友自告奋勇出来带队？我愿鞍前马后追随。

（［英］克里斯蒂安·沃尔玛：《通向世界尽头：跨西伯利亚大铁路的故事》，李阳译，生活·读书·新知三联书店2017年版。）

百年前的非洲狩猎

读书读累了，纾解的一个办法是读点轻松的书。这本《在非洲》就是这样从图书馆来到我的桌上的。我虽未去非洲旅游过，但肯尼亚的草原和野兽，至少还在电视上看过。

没想到这是一本关于狩猎的书。

更没想到是一本关于百年前狩猎的书。

百年前的狩猎，跟今天有什么区别？最根本的区别就是：今天狩猎已经不流行，偷猎还差不多。但在百年前，狩猎是一项非常正当的活动。不仅可以搞，而且可以大张旗鼓地搞，炫富式地搞，搞得你自惭形秽，自叹不如。

为何如此？我想不外乎以下几个原因：

一是非洲的野兽实在太多，而且横行了几千几万年了。在原先的生活中，人基本上是处于弱势，人们怎么也想不到那么多凶猛的野兽会濒临灭绝。二是当时还没有今天的生物链概念，人们觉得很多野兽本属多余。三是最关键的，就是当时的人们觉得非洲正宗的生活方式应该是农耕，以耕种出来的农产品来满足日渐增长的粮食需求。而野兽，肆意破坏耕地，啃灭植物，实在该死！比如斑马，书中说：“绝对是无用的，驯化它们的努力一直都没有好结果。它践踏平原，撞破篱笆，刨烂开垦的耕地，实际上没有履行任何天职，只不过是给狮子提供食物而已。只要有斑马逗留的地方，那里就会出现狮子。”说到底，这是农业文明对游猎文明、采集文明的一次必然的碾压。四是既然野兽还吃人，人怎么能不反击呢？话说东非高原的查沃在修铁路时数周内，有两头狮子霸占了工地，吃掉了28个本土招募来的工人。还有一个故事，说的是从前有一队奴隶穿过丛林，受到监工的残暴虐待。他们被10人一组用链子锁在一起，每个奴隶颈上都有一个铁环，链子穿过铁环连接全队。有一次，一队10人逃跑了，心情开朗，开始憧憬未来。但他们碰上了一头狮子，狮子吃掉了队列中的最后一位。他们不敢惊动猛狮，继续逃命。第二天，狮子追上了他们又吃掉了最后一位。就这样奔逃追逐9天，9位奴隶被吃掉了，剩下一位拖着沉重的9个铁环继续奔逃……

所以，当“美国漫画之父”、记者约翰·麦克库森（Johe Mccutcheon）前往非洲狩猎时，他参加的狩猎队完全是豪华阵容。团队里每一个白人，一般需要配30个本地人来照顾他。帮他持枪的就有4位，他们帮你拿着各种各样的枪、望远镜、照相机、水壶等，并且保证你想开枪时必有一支上好子弹的枪。团队里还有厨师，游猎族们的很大一部分快乐取决于他。厨师通常还要配一名助手。每个白人还要有一个帐篷男孩，负责照看他的帐篷、床铺、浴缸、衣服以及其他私人物品，还要洗衣服、烧开水、伺候主人吃饭等。最后是脚夫，每位脚夫要头顶60磅的物品。还有马夫，每匹马或骡子必须有一名马夫。队列里通常还有很多小孩，他们不是雇来的，都是偷偷混进来的。开始几天他们躲在暗地里。直到过几天后，已无法送回去了，他们就成了正式的狩猎队员。

够了！不能再显摆了！估计今天的读者胸中已经燃起了对殖民

主义者和环境破坏者的愤怒的熊熊烈火。然而，有几件事，在此不能不略作交代：

一是麦克库森先生成功地射杀了第一头狮子，接着是第二头、第三头……他实现了自己的男子汉梦想。不过，据他说，射狮子不危险，射大象才真正危险。

二是他与美国前总统西奥多·罗斯福一同狩猎了一段时间。

三是他雇用的众多恪守职责、让他满意的当地劳务人员，全是索马里人！

大家想想，索马里人今天是个什么样子啊！

（［美］约翰·T.麦克库森：《在非洲》，范伟译，中国人民大学出版社2010年版。）

比利时国王的阴魂

关于比利时，孤陋寡闻如我，只知道两个人，其中一个人还是假的，那就是小说家克里斯蒂笔下的大侦探波洛（新上映的电影《东方快车谋杀案》中的新波洛将旧形象颠覆得体无完肤）。如果你提醒我，那是一个假人，那就对了。剩下一个，倒是如假包换的比利时人，是个国王，叫作利奥波德。我知道他，是因为有人将他作为“两面人”“阴阳人”的典范。他在国内文明执政，在非洲肆意抢掠，甚至大量残杀平民。

至于利奥波德国王如何在国外为非作歹，这本由美国记者、作家亚当·霍赫希尔德（Adam Hochschild）撰写的《利奥波德国王的鬼魂》有较为详尽的介绍。此国王在位是1865—1909年。其时，欧洲列强皆有广袤的殖民地。比利时作为一个小国，难以与列强争锋，但国王对殖民主义沉醉成迷，把眼光对准了尚笼罩于迷雾中的非洲。在探险家亨利·莫顿·斯坦利的帮助下，利奥波德国王创建了刚果自由邦。

这位国王在刚果干了什么？主要是先“拿”象牙，后“拿”橡胶。这些东西在欧洲都可以卖高价，而在他控制下的刚果，则靠抢掠。他打着自由贸易的旗号，骗取列强的同意，然后组建军队，驱使土著为他效力。他的部队将部落里的女人扣留，迫使其丈夫交够橡胶才放人。如有不服或看不顺眼者，他就实行砍手惩罚。说白了，就是搞奴隶制，不是搞市场制。利奥波德后来还把从刚果赚到的利润投到中国修建铁路，狠赚了一笔。他在1892年还将说服中国远赴刚果修建铁路一事忽悠成功。540个中国人中，300人死在了那里；残部有走路到非洲东海岸的，想在那里乘船回家，不知后来有没有回来。

刚果自由邦的名声毁于两个人之手。其中一个是莫雷尔，英国青年，英国公司与刚果政府官员联络人。他在码头上看到从刚果运来的象牙和橡胶越来越多，但轮船回到刚果都几乎没有什么货物。那么，这个交易是如何完成的？尤其是，运到刚果的还经常是枪和子弹。后来才知道，军队发给士兵一颗子弹，必须上交一只手才能报销，因为军队怕士兵用枪打猎。仅1903年一个收集点，就曾发出去159支枪和40435发子弹。莫雷尔从此投入与利奥波德国王的舆论战斗，他几乎没有在这场斗争中得到任何好处，可能还赔上了一些发展机会。他的同盟是一个爱尔兰人，英国驻刚果的外交官。这位外交官冒着在政府机构工作的种种不良后果，给莫雷尔提供了大量有杀伤力的“炮弹”。他们使国王的奴隶制行为成了一个国际性事件。

其实利奥波德国王很理性。有一次他在书房与几个大臣谈话。一阵风吹过，将几页文件刮到地上，国王让王储将文件捡起来。一位大臣抢着去捡，国王阻止他说：“让他捡。将来宪政制度下的国王必须学会弯腰。”然而在刚果他却肆意妄为，据估算，丧命于他管辖下的土著有1000万名。有个大臣评论晚年的国王说他“只有两个心愿：死去前成为一个亿万富翁，不让女儿们继承他的财产”。

关于国王和他的敌人的战斗，可说之处实在太多太多，其间多牵涉人性的根本，仅凭这篇小文，实在无法介绍。而关于殖民主义在近几十年内的全面崩溃，我们的反思也还远远不够。尤其是掌权者已换为本国人民，政治的黑暗却不逊已往，刚果日后的遭遇就是最好的例证。

对此，我们又能说什么？

就像这样一本优秀的著作，美国的10家出版社中就有9家不愿意接受出版，比利时还有人说："地域之犬又被放出来攻击伟大的国王了。"

当然有一点是确切的，目前攻击利奥波德国王已无须受牢狱之灾。

（［美］亚当·霍赫希尔德：《利奥波德国王的鬼魂：贪婪、恐惧、英雄主义与比利时的非洲殖民地》，扈喜林译，社会科学文献出版社2018年版。）

大流感

“非典”疫情，是我一生碰到的最大的群体性恐慌事件之一。恐慌性事件有各种各样，作为知道一点历史的中国人，我觉得我的一生已足够幸运，但是，“非典”的印象仍是极深。它来得恐怖至极：传染上就基本得死，传染又是通过空气，与病人或病毒潜伏者一起坐个飞机、火车什么的就可能染上。那你想，自己得病死去还不是分分钟的事情？“非典”的消失，卫生学专家也许知道，但作为平民百姓的我至今仍莫名其妙：为什么天气一热起来疫情就过去了？大规模的隔离固然起了大作用，但也忒虎头蛇尾了吧？读了美国历史学家约翰·巴里的《大流感：最致命瘟疫的史诗》，才算有点明白。原来，如果“非典”病毒真来自果子狸等动物，那么，这种病毒改变了宿主，即从动物到人类身上后，通常其毒性会削弱，这样就很可以解释为何它来时气势汹汹，走时偃旗息鼓。但是从历史上看，瘟疫的流行不但很难在以后绝迹，而且很可能会卷土重来，哪怕是在现在这个科学似乎昌明的时代。

《大流感》写的是1918—1919年横扫世界的流感大流行。大家都知道那是第一次世界大战的当口。一战共死亡1000多万人，伤2000万人，给大家的印象已经是血肉模糊、惨不忍睹，殊不知大流感的死亡人数远超战争，当今估计为5000万至1亿人左右。战争的人群集聚特别是士兵的集聚，更为传染病暴发提供了方便。而且在这一次的大流感中，最容易死亡的不是老弱病残，而是20—40岁的最强壮者。在芝加哥，他们是41—60岁死亡人数的5倍。一名瑞士医生说，他没见过50岁以上的重症病人。在南非的城市中，20—40岁的死亡者占总死亡人数的60%。事后的解释是，年轻人的免疫系统太强，对入侵病毒发动了大规模的应答，使肺部充斥液体和碎片，无法进行氧气交换，所以在患病后会突然吐血而亡。而且在不发达地区，病情更为凶悍，正如天花当年在美洲发威一般，大流感在较少经历流感的封闭的贫困地区更是如入无人之境，无法确切统计它在哪里杀死了多少人。

1918年的世界约有18亿人，如以5000万至1亿的死亡人数计，死亡率为1/16至1/8。如果现在已有60多亿人口的地球再次流行类似的大瘟疫，将有1.67亿至3.33亿人死去。而且从来没有像今天这样有那么多的动物与人类混居，比如猪、鸡、鸭、羊、牛、鸽子等。作者坦言："我们对新的疾病流行准备得有多充分？"

"当我写下这句话时，我们还没有准备好。毋宁说，完全没准备。"

作者从许多方面进行了分析。作为外行，这里就不再重复了。[①]

（［美］约翰·M.巴里：《大流感：最致命瘟疫的史诗》，钟扬等译，上海科技教育出版社2013年版。）

① 按：此文写于新冠肺炎疫情传播之前。

奥匈帝国的衰亡

两次世界大战德国都是两线作战，只不过同盟者不同：第二次世界大战是意大利、日本等，第一次世界大战则是奥匈帝国。不过，以前人们对第一次世界大战德国西线对抗英、法的作战知之甚详，而常忽略研究它与奥匈帝国对东线的作战研究。此次看到《哈布斯堡的灭亡：第一次世界大战的爆发和奥匈帝国的解体》，作者杰弗里·瓦夫罗（Geoffrey Wawro）是军史专家，告诉了我们很多大战轶事，不少极为有趣。

《孙子兵法》说“未战而庙算胜”，说的是发动战争前必须先计算战胜的可能性。从这个角度看，奥匈帝国完全是个“庙算胜”的反面典型。20世纪初，欧洲与世界正处于一个民族主义的时代。奥匈帝国还是一个“二元帝国”，一半是匈牙利，从钞票到样样东西，全用匈牙利语；另一边是奥地利，其钞票用德文和其他八种语言（波兰语、意大利语、捷克语、塞尔维亚语、克罗地亚语、斯洛文尼亚语、罗马尼亚语、乌克兰语）。在各个方面，奥地利都无法掌握匈牙利，只有靠不断的让步寻求表面上的一统。以前的军队通行德语，所有新兵必须懂80个军事方面的德语词。后来匈牙利人可以说匈牙利语，其他民族起而仿效，军官的命令对其他民族无法通行。军事演习时，参谋快马抵达前线用德语厉声责问：“敌人在哪里？”前线将士一脸茫然。此事发生在战时，可没人笑得出来，除了敌方。部队里派系林立，贪污腐败，钩心斗角。巨大的帝国，其里早已败絮充塞。

第一次世界大战的第一枪固然是由暗杀发出，第二枪则是由奥匈帝国入侵塞尔维亚打响的。如果第二枪紧随第一枪打出，胜算的机会可能略大，其合法性、合理性和情绪性会大增。但两者已隔一个月，事态已慢慢平息，塞尔维亚也为并不由自己策划的暗杀吞咽了部分苦果，但奥匈帝国却在此时"开枪"。它对自己的部队完全缺乏了解：各民族的人员并不想为一个凌驾于各民族之上的帝国卖命，军队的火器配备明显不足且质量低劣，军队的战法还是推崇以前的勇气和集体冲锋，完全忽视新出现的机枪的威力，指挥机构思想陈旧而且并不敬业。所以，奥匈帝国三次对小国塞尔维亚的进攻均告失败，对俄军的战斗更是出现过离奇的一幕：一支6人的俄军巡逻队，不小心在树林里碰上两个完整的奥地利步兵营，马上举手投降。一名奥军官用捷克语说："不！让我们向你们投降。"于是6名巡逻队带着2千名奥军战俘回营。当然，德国军队的战斗力要强得多。与奥军对垒的俄国军队，也存在着与奥军一样的诸多问题。有位俄国军官在1915年1月21日写给母亲的信中说："这场战争最令人费解的地方，乃是我们渐渐地不恨敌人……我想那是因为我们有同样的遭遇，我们都是被迫去做最违反人性的事——杀害同类。"

1918年，第一次世界大战结束；1919年，哈布斯堡帝国宣告解体，波兰、捷克斯洛伐克、匈牙利这三个新国家诞生。这个帝国懵里懵懂地对敌人拔出利刃，却结束了自己的性命。

（［美］杰弗里·瓦夫罗：《哈布斯堡的灭亡：第一次世界大战的爆发和奥匈帝国的解体》，黄中宪译，社会科学文献出版社2016年版。）

以色列的荣耀与悲情

上一个春节，我是在以色列过的。一年杂事纷纭，记忆斑驳，如果今日追问我对以色列的印象，首先能够想起的倒是不少中小学生在野地里远足的图画。他们或行走，或奔跑，在荒野中，稀稀落落，看来渺小，倒也坚毅非常。还有就是他们在公开场合的克制，没有听到过他们放声大笑和高声说话。他们时挂笑容，但似乎掩不住忧郁，忧郁中又带有力量，坚如磐石。他们与巴勒斯坦人形成一个强烈的反差。我看到的是一个团结的、奋进的国家。

当我拿起阿里·沙维特这位以色列著名专栏作家、左翼分子的《我的应许之地》开始阅读，我方明白世上本没有什么完美之地。在他看来，以色列目前存在着五大隐忧：巴以冲突难以止息，区域霸权面临挑战，犹太国合法性正被削弱，以色列社会更加两极分化，政府难以应对军事占领、社会分化等严峻挑战。更简单地说，以色列是在威胁之下占领了原先属于他人的领土成长起来的。目前的以色列左派关注占领，右派则注重威胁。这两种观点不得不说都是片面的。问题的严重性在于：这种片面撕裂着今天的以色列。

在作者看来，20世纪五六十年代的以色列是接近完美的。从大屠杀幸存的犹太人来到一个从战火中崛起的贫困国家，不再想过去的苦难，不再提伤心的往事，埋头苦干，不计荣辱，“每个人只是不停地向前跑，一直跑。从50年代中期一直到60年代末，没有一个人曾经停下过脚步”。这个民族是聪明、踏实、苦干的，关键是团结的，他们不屑于玩一伙人欺压另一伙人的把戏，不搞投机钻营谋取公职借此躺在安乐椅上享福，而是一起苦干。在此，我又想起了旅游途中导游讲述战争爆发时海外犹太人奋起报名参军的场景，导游的先生同样如此。妻子问他：你在部队能干什么？他回答：我去洗洗衣服也是好的。她揶揄他在家没有洗过衣服，但她心底里为自己的丈夫自豪。

1973年，埃及、叙利亚等国在安息日对以色列发动突然袭击，最后以色列击败了敌军。自此之后以色列开始在约旦河西岸巴勒斯坦地区建立定居点。作者是完全反对这一做法的，他以为这种全凭武力的占有是极端主义。“一个占领别国领土的以色列是注定要失败的”，“我们的目标是划下一条边界，并为这条边界争取国际认同，然后逐步地、谨慎地退至这条新的边界”。其实，早年的犹太复国主义者反对自己阵营中的极端主义分子，要求他们尽量在法律认可的范围内行动。作者仍然坚持这种理想。

国内的种族分裂也是以色列发展的一大隐忧。这个新移民国家的创立动议来自欧洲。但1939—1945年，东欧的犹太人几乎全部遇难。在1897年犹太复国主义萌芽时，东方犹太人占犹太人总数的7%。1945年即大屠杀之后，东方犹太人已占10%。1990年的以色列，东方犹太人占了50%。东方犹太人祖居东方，有不同的文化烙印，总体比欧洲的犹太人要落后于现代化。如今，两派相互指责，互相鄙视。这种危险的间隙正在扩大。

写过《世界主义》的阿皮亚说：“对人类各种风俗与信仰的广泛接触，必然导致旅行者自身信仰的变化。”我则要说，对任何一个社会深入的观察和分析，都会击破观光者的美梦。肩背挎包、手提相机的行人毕竟不可能了解陌生社会的精髓。当然，以色列的光荣仍可夸耀，它的经济和科技都在世界上引人瞩目，对现状的批判应被视为向更高目标发展的准备。

我基本上是个脸盲，所以平常很少去打量照片，但此书作者的头像，我真的注目良久：富有活力，一双流露着智慧的眼睛，生动而不刻板的脸部表情，让我完全可以想象以色列的明天。

（［以色列］阿里·沙维特：《我的应许之地：以色列的荣耀与悲情》，简扬译，中信出版社2016年版。）

活在何处？

一个历史学家看来是天生的精神分裂症患者，他可能是这个世界上最痛苦的生活者。一方面，他观察着强大但潜伏的历史的海流，并预知她流向何处，会带去何许变动；另一方面，他又得在事件未发生之前消磨一个个冗长的、无聊的、燥热的下午，无奈地听着无所不在的苍蝇漫无目的的嗡嗡声。他的生活和思想被撕成了不仅是互相割裂、简直是直接冲突的两块。等候晚点民航班机的愤怒者，与他相比，完全小巫见大巫。

卢博米尔·什特劳加尔的回忆录，就展示了这种冲突。他1943年高中毕业，由于战争做了工人，1945年加入捷克斯洛伐克共产党，1957年任捷克斯洛伐克南捷克地区书记，1959年任捷克斯洛伐克共和国农业部部长，1961年任内务部部长，1968年秋起任捷克斯洛伐克中央书记，1970年任捷克斯洛伐克总理，1988年辞职。现居布拉格。

计划经济下的目标讨论有时甚为荒唐。什特劳加尔在任农业部长时，参加过一次政府内阁发展经济的讨论。每个部长都承诺在自己的行业里产出更多并且降低成本，但同时他们也提出一些看来必要的条件，如更多的投资、进口和金融手段。交通部部长承诺铁路将运输更多的原料和商品，但要求新增一千节车厢和几十台机车。作为农业部长的他承诺提高每公顷的产量，但要求有更多的化肥和更多的进口。外贸部长建议取消所有部里的小汽车，代之以出租车，节约下来的钱可以给各个部使用。大约一周之后，农业部的工作人员将一匹母马送到了外贸部，还附带了一块牌子，上写："给部长的出租车。"

当农业部长去见总统并且被告知中央将增加农业投资并请部长给出方案时，总统被震惊了。这个农业部长说：在目前这种形势下，不仅他对中央削减一半农业投资没有意见，剩下的一半要不要给都可以重新考虑，因为这笔钱不能解决任何问题，连零的收益都不会达到，完全等同于被扔掉。总统有点惊讶，说再想一想。这一想，就把农业部部长想成了掌管大权的内务部部长。

庞大的内务部，其职责是"系统地抓住所有社会上消极的东西"。作为部长的他非常不喜欢这种状态。他大规模地削减间谍机构，力图将工作法制化，这让他有了许多反对者。不过，在对待职责上，他是尽心的。1964年9月，他在赫鲁晓夫访问捷克斯洛伐克一家合作社时，被责令保证访问的绝对安全。于是，他选择了"一个唯一可能的方案"：让首都布拉格附近的所有州、县安全部门的人员清晨乘公共汽车——自然，都是穿着老百姓的服装——赶到这个村。访问进行得很好。只是到了最后，赫鲁晓夫看着聚集的群众，问捷克总统："这是些什么人？为什么看上去不像农民？"总统有准备地回答说："……这些是从各个村来的客人……"

1968年，苏联出兵布拉格。在这种情形下，捷克斯洛伐克的领导者有多种选择。但显然这些选择大多又都是正确的，因为得看选择是为了什么，比如说是为了未来和永恒，还是为了当下。但是还可以有一种新的角度的思考：几年后，作为捷克斯洛伐克总理的他访问芬兰，唯一一次见到芬兰总统乌尔霍·吉科宁（Kekkonen），听总统说："我们芬兰人直观地乃至残酷地学到了，没有一个国家能够做到所有我们想做的事情。需要注意和考虑到其他大国、小国、邻居，所有和我们有条约联系的国家。有时候我们要尊重另一方的意思和做原则上的让步，即使这对于我们不是最合适的。政治家也有自己的理想和预见。有时需要他们在那阶段放弃，以至于从相互关系的观点来看，对于另一方是不合适甚至于是完全不能接受的。但这不是表示对此我们永远忘记了。在合适的时候，我重新回到了这里，有时，虽然晚了一点，但是我们获得了成功。"接着他意味深长地补充说："世界不断地在起变化，只是我们希望所有的变化都将指向人类的利益。"这段话实在太精辟。仅仅在几年前当我偶然悟出基本类似的意思后，我立马取消了自己在阅读中对小国历史命运的关注，同时更深深地意识到：大国的步伐，牵一发而动全身，所以在做各种历史选择时，更需要极端的睿智和穿越感。

什特劳加尔用了不少篇幅批判当今的捷克社会。他应该是站在政治家而不是历史学家的立场来说这番话的。正好在此刻，我瞥见了我正在阅读的另一部杰作——克劳迪欧·马格里斯的《多瑙河之旅》——中的一段警句："成为意识形态的遗孤是自然的，因为人总有一天会失去自己的父母。这是一个悲伤的时刻，但不是诱引我们亵渎亡逝之父的时刻，因为这不表示我们要放弃曾经被教导的事物。"这段话说在苏联解体前几年，但是它也真正穿越了历史。

（［捷克］卢博米尔·什特劳加尔：《回忆与思考——卢博米尔·什特劳加尔回忆录》，郦明译，中央编译出版社2012年版。）

探寻哥伦布之前的美洲世界

在生活中老是会碰到一种人，他们几乎是传统的崇拜者，什么都是老的好：食物是老的好吃，产品是老的耐用，环境包括空气等是老的安全……除了抽水马桶和手机，他们什么都抱怨。在他们的眼中，传统是亘古不变的完美，只是到了他们这一代，世界才不依人愿地发生了巨变。

其实，不光常人如此，有时历史学家也会坠入这种思维。这里只说哥伦布。哥伦布发现美洲后，世界才真正成为全球化的世界，各种物种在美洲和各大陆间交换，改变了世界的面目，史称“哥伦布大交换”。

那么，在哥伦布以前的美洲又是如何一种景象？

大家长期认为是：印第安人于1.3万年前跨越了白令海峡，他们凝聚成小而孤立的群体，对环境的影响小之又小，整个美洲大陆的大部分地区长久以来是荒原。在此情形下，读查尔斯·曼恩（Charles C.Mann）《1491：前哥伦布时代美洲启示录》，顿觉一片混乱。它直接挑战了人们长期以来的认知。

这是一个专业记者撰写的书，所以充斥了大量生动的例子、亲身的见闻以及合理的推断，非常好读。

诚如作者所说，人类社会经常会存在“霍姆伯格之误”。霍姆伯格是个博士生，1940—1942年，他在玻利维亚贝尼省一个原住民群体中生活并研究，1950年发表了《长弓的游牧民族》。这本书很快被视为人类学经典著作，人们要了解南美洲印第安人都不能绕过此书。这个西里奥诺群体只有150人，生活在贫穷与饥饿中，没有衣服，没有家禽，没有乐器，几乎没有宗教。他们识数不过三，不会生火，不会防雨防虫。1000年来，他们的生活似乎没有改变。

但是后来别人的研究发现：西里奥诺人之所以那么落后，是因为20世纪20年代的天花和流感病毒。这个群体原先有3000人以上，由于传染病，在不到一代人的时间里，人口减少了95%。由于人口极少，只能近亲婚配，所以种族的质量就更加下降。而且白人牧场主和军方为了取得他们的土地还在迫害他们。到1961年，人们在飞机上发现，地形地貌明确显示这里千年前已有非常发达的文明，遍地的台田、壕沟宣示了这一点。所谓“霍姆伯格之误”，就好比碰上了一个从纳粹集中营逃出来的难民，却认为他属于一个一直光脚、挨饿的文明一样。

与此类似的还有亚马孙河。今天一般都认为亚马孙丛林是原始森林，但历史真相可能更为复杂。公元前2000年，就有居民在这里开垦土地、种植庄稼。根据某些学者之研究，原来在亚马孙河流域住满了人。

为何后来此处人烟稀少？

也是欧洲人带来的传染病惹的祸。有个历史学家说：人们没有在16世纪和17世纪在此遭遇到原始森林，“它是18世纪末和19世纪初的产物”！换言之，欧洲人不是毁坏了原始森林，而且血腥地创造了它！

新闻记者撰写的书精彩好看，但在科学性上一定会被质疑。

此书也不是一本定论之作，但在我看来，它的思路比那些专讲传统不知变通的人要正确得多。比起那些陈陈相因、陈腐乏味的专著，我还是愿意读一本这样开启脑洞的书。而且它开启得是这样有理。

（［美］查尔斯·曼恩：《1491：前哥伦布时代美洲启示录》，胡亦南译，中信出版社2016年版。）

战争历史的秘密

女人爱好八卦，男人爱好战争。所以看见一部《战争史》，作为一个男人不得不买，尤其是“我们时代最卓越、最博学的战争历史学家”（护封赞语）约翰·基根（Joan Keegan）所著。

在还没考索基根究竟为何方神圣前，这本400多页但还不算太厚的《战争史》已经来到了我的案头。人所共知，读书人对好书，只会嫌其薄，读《红楼梦》《鹿鼎记》，只会叹其易尽，怎会厌其未完？正如没有嫌茅台过多的酒徒一般。我阅世不算多，但有次偶入某闺房，见有上百双女鞋，女主人并未嫌多。人类上下几千年，中有涿鹿之战、牧野之战、长平之战、淝水之战等，西有希波战争、伯罗奔尼撒战争。一大堆军事天才如亚历山大、成吉思汗、拿破仑等，打过多少战争，光是一次“二战”足可让人“玩味”多年。如此丰盛，又如何写进一部几百页的小书？

翻开《战争史》的目录，却见只有寥寥五章：人类历史上的战争、石、肉、铁、火。对第一章关于“何谓战争”的概念论述，我兴趣不大，宁愿先看到具体内容后再回头反思。后面四章的题目倒是易懂，说的是战争时使用的武器。也难怪，从这个角度来写，倒也道出战争的一大方面。而由石到肉、铁、火的演变，不就是科技的演变？选定了武器，也就意味着选定了战争的类型。石头当然是人类最早的作战工具；凭借马就成为骑兵，是游牧民族的作战方式；铁器与骑兵可以并行，但各有侧重；到火药，毫无疑问已是现代战争。核武器不也是大火吗？

读传统的史著，总会碰到不少难以索解的疑团。“中国现代四大史家”之一的吕思勉先生在《两晋南北朝史》的第一行就说：“自三国以前，异族恒为我所服，至五朝乱起，而我转为异族所服矣。”其实我们都知道，汉武帝启用卫青、霍去病击溃匈奴，到了后来，晋朝却被赶过淮河，再到后代，南宋干脆亡于元，明代干脆亡于清。从大的角度来看，这些战争都可以被视为农耕文明与游牧文明的对战。但是游牧文明的战争有哪些特点？为什么农耕对游牧先则取胜，后来则败绩连连？此书的考察就比较细致。它指出农耕民族养牧畜都是有较长期的打算的，而牧民视牧畜则不过是长着蹄子的食物，宰杀时干净利落一击致命而不引起畜群骚动，是他们的主要技能。他们管理畜牧的经验也支持了他们在战斗中的技术，随时可以拔营出发也是他们善于发动侵略性战争的原因。复合弓和马镫的发明可能也是关键之一。战争的乐趣也是游牧民族的毕生追求：成吉思汗曾问跟随他征战的蒙古人什么是生命最大的乐趣，有人回答说是放鹰打猎，他说：“你错了。人间至乐是追敌杀敌，夺走他们的全部财产，让他们的女人哭泣号叫，骑他的马，睡他的女人。”至于穆斯林帝国在马背上的胜利，则很可能是由于首次引入了思想的力量。

约翰·基根特别强调战士文化。他自己还是孩子时得过一场大病，终身残疾，不良于行。18岁时，他按义务兵役制的要求去体检。几周后，他收到一封官方来函，通知他被归为终身不适于服兵役之列。但他的父亲参加过一战，他自己19岁考上牛津，选择了军事史专业，毕业后去英国桑赫斯特皇家军事学院任教。他认为，军人有一套自己的文化："惩罚更加专横绝对，奖励经常不是金钱，而是纯象征性或情感性的，但社群成员都心悦诚服。"他断言，有些男人一辈子干不了别的，只能当军人，就如有些女人只能在舞台上得到真正的满足一般。特种的生涯，足以让特种的人陶醉并终身追求。

此书读来，明显的不足之处，是他一有机会就与说过"战争是政治的延续"的普鲁士军事理论大家、写过《战争论》的克劳塞维茨作对。按我的阅读经验，我将基根的重要性排在克氏之下，尽管至今我未读过克氏的大著。道理很简单：真正的高手眼空四海。值得你反复与之辩驳的人，很可能水准在你之上。

（［英］约翰·基根：《战争史》，林华译，中信出版社2015年版。）

现代世界如何诞生？

百年之前，中国人尚未找到在新时期占统治地位的意识形态，于是思想界百舸争流，互不相让。梁启超通过“讲学社”邀请世界学术名流来华讲学，每年一人，先后请到杜威、罗素、泰戈尔等大师，在中国思想界不时掀起滔天巨浪。百年之后，清华大学国学院第一届“王国维纪念讲座”，请来了英国剑桥大学人类学教授麦克法兰。他花一个月时间讲了8次，主题为“现代世界的诞生”。尔后，讲座由几乎是麦克法兰的专门汉译家管可秾译毕，结集出版。时下的中国不是百年前的中国了，麦克法兰虽以我看来堪称大师，在中国也难获昔日的荣光。然而，“讲学社丛书”的总序有一句话写得真好：“真正会读书的读者和真正会听讲的听众，都不会只从一位作者那里，或者只从一位讲演者那里，就指望找到不可撼动的、足以当作信仰来膜拜的‘绝对真理’；相反，那‘真理’就算还确实存在，也从来只是隐隐约约地，闪现在互不相让的学术对话中！”社会界的真理，如我读了几十年书后之所见，真的不在凝固的书页上，至少是在各书的交锋中——当然，与实践的交锋则更为可贵。

每个人的生命都是如此短暂，以至于我们难以真切地认识我们所见的时代。以往的历史更何堪言！麦克法兰从一个问题起步：从欧洲发源的新制度，经过几百年的历程，为何在世界大部分地区得以实施？当然，这个问题完全可以反过来：为什么此新制度在近日世界上的一些地区毫无效力，即使有心人加以实施仍然败绩连连？这两个看来完全相反的问题，其实同一。麦克法兰是正面予以回答的。但我相信能从反面回答的，同样堪称大师。

何谓新制度、旧制度的分野？

麦克法兰用一个简单的分辨原则："旧制度将生活中互不相干的领域混成一锅粥。""相反，现代社会对不同领域进行深入划分，致使生活中没有任何一个领域，无论是亲属关系、宗教还是其他，能够提供一种基础性原则。每一个领域都被另一个领域所制约。"

这个原则在不同的人们看来当然还可争议，但麦克法兰就从此一点出发，完成了回答现代世界如何诞生这段遥远的航程。在这段航程中，他巡礼了战争、贸易、技术、物质生活、种族和阶级、文化、家庭、友谊和人口、公民社会、权力和官僚制度、法律和暴力、教育、语言和艺术、知识、宗教与伦理、民族性等，轻拢慢拈，丝丝入扣，以一种自洽的逻辑，全面回答了提出的问题。

麦克法兰讲的是英国的历史，但因为处处可与中国的历史相比对，这种讲述不仅饶有趣味而且深具启发性。随手翻到一页，道是："英格兰绝不容许刑讯，也不容许以刑讯相威胁。"我们任何一个人都可以轻松想起中国古代的县太爷让差役狠打犯人的场景。严刑之下，何辞不可得！但是直到今天，仍然有不少人相信不用这种暴力手段就无从发现罪犯。也许这些人有点道理，但和平社会适宜经济发展，又是亘古不变的真理。穿行于这些历史事实当中，我们的思路自然大为开阔，所谓脑洞大开，应该就是指这种状况吧。

种种洞见，无法在这篇小文内展开。我只说一句，此书高屋建瓴，涉及面广而不琐屑，有纲举目张之感。而译者文笔流畅，有极高的语言造诣。买不买，读不读，你自己看着办吧。

（清华大学国学研究院主编：《现代世界的诞生》，［英］艾伦·麦克法兰主讲，管可秾译，上海人民出版社2013年版。）

往日的雾霾

在近年遭遇难以忍受的雾霾后，我们想起了一两百年前伦敦的雾霾。1800年，伦敦烧了100万吨煤炭，人均1吨。那个世纪中叶，煤烟已弥漫在英国的许多城市，但是很奇怪，几乎没有人认为它会有损人类健康。原来英国人将疾病的起源归于瘴气，“而瘴气是一种不可见的气体”，是腐烂的动植物发出的。煤烟中的酸性物质和碳是强效消毒剂，可以消除瘴气的危害。如此人们当时反而欢呼煤烟的无所不在。

细菌学的进展改变了人们对瘴气的看法，但这种改变来得并不及时。一开始，人们对细菌学其实很讨厌。这些所谓的科学家从小水滴等里找到那么多根本看不见的细菌，找到以后又束手无策，这不是存心恶心人吗？数十年后，发明了抗生素，人们才算舒了口气，认为细菌学毕竟还有点用。从此引起的变化是，人们开始知道煤烟根本无法消灭细菌，而且还会对呼吸带来害处。到20世纪上半叶，英国人才开始明白煤烟是一种污染。其实，我们大家何尝不是如此？当雾霾初现，许多人只是不习惯，有家颇有影响的报纸还说，某国大使馆测定雾霾是为了从国内多拿健康补贴。当然，身边患呼吸道疾病的人数随即快速增长，我20多岁的儿子从小以来咳个不停，而到了空气好的地方症状就明显好转。这些明显的事实很快提醒了大家。如果今天有人胆敢出来说雾霾有益于健康，大家能用痰砸死他！

读这本《发明污染：工业革命以来的煤、烟与文化》，你会觉得人类社会还是有许多共同的规律，连很多疑虑都是共同的。比如说，尽管煤造成了巨大的污染，但毕竟是工业化的重大动力，人们不可能完全拒斥它，对其抱有好感的也不在少数，所以就有人天天担心煤用光了怎么办。英国经济学家和逻辑学家威廉·斯坦利·杰文斯（William Stanley Jevons）便因为在1865年做出一个预言而闻名：英国将在数十年内耗尽煤炭资源。还有人担心某些生物种类的灭绝。如浅色的胡椒蛾越来越少，出现黑色的且数量在增多这一现象，有人做出解说：黑蛾躲在被烟熏黑的苔藓上，可以比浅色的更易躲过鸟的捕捉。不过，到了20世纪50年代，英国开始禁烟后，浅色蛾类又很快在许多地方出现了。还有一个问题是，污染由谁引起，是由企业还是家庭？伦敦人民为此争辩不休，这也让我想起了今天中国的雾霾产生原因是煤炭、工业废气、秸秆燃烧还是小汽车尾气排放等引起的争辩。前两天碰到一个科学家，他告诉我中国的雾霾主要由农业中的化肥引发。我赞成各种各样的探究，当然探究要有科学方法和依据，但按照英国的经验，要搞清楚这类问题都颇费时日。

这本书最大的问题，即它是由一个历史学家写就，而非一个科学家，所以关于污染的许多问题的科学答案，书中无从给出。当然，科学和科学家都逃脱不了历史的影响，但那又是另一个问题了。

（［美］彼得·索尔谢姆：《发明污染：工业革命以来的煤、烟与文化》，启蒙编译所译，上海社会科学院出版社2016年版。）

试看世上，几多阴谋？

阴谋论是个什么玩意儿？简单地说，它往往认为：世界上任何一件事，特别是突发性的大事，都是由一群人或一些秘密组织在严密的操控下发生，所以这些事都不是表面看上去那样简单。英国安迪·托马斯的这本《阴谋论》，介绍了古代以及现代世界阴谋论的典型案例。有空时翻翻，倒也不失为开眼界之一法。

我自己最早听说的阴谋论案例是珍珠港之战，就是日本突袭珍珠港，美国随后加入“二战”的那次。似乎没有人指出那是罗斯福总统自己派人炸的美国舰队（其实按阴谋论的逻辑，这种说法一定会有，只不过我没听说），但有一种强烈的揣测认为，罗斯福完全知道日本的这次突袭，但由于美国大众不愿打仗，所以罗斯福索性让日本人得逞一次，以激起美国民众的滔天怒火。否则，为什么那天美国舰队最好的战舰都不在珍珠港？显然是故意躲避轰炸嘛。还有人援引总统行政助理乔纳森·丹尼尔思的话：“打击的损失比他期望的要重。”有个海军中将则干脆说：“我至死都认为是罗斯福下令让这次偷袭发生的。他肯定知道一切。”至于2001年的“9·11”事件，质疑的人就更多了，他们认为是美国政府自己策划了袭击，主要是要将战火引向中东。

阴谋论的典型案例还有美国总统肯尼迪被刺案。至今为止，打了几枪、凶手是谁等关键性细节仍为人争论不休。至于今天的我们，对1997年戴安娜王妃车祸事件更为熟悉，可以来多谈谈。她的司机，官方鉴定是酒后驾车，但人们质疑说血液标本被调换了。而关于为什么她被杀，有人提出是她跟穆斯林相爱并怀孕，也有人认为是她的丈夫想除掉她以便再婚，也有人认为是她反对军事活动妨碍了军火商获利，所以招致了谋杀，但更有趣的一个观点是说，由于当时的美国总统克林顿喜欢上了她，导致希拉里嫉妒，希拉里逼迫克林顿除掉了王妃。更有人说戴安娜根本没有死，现在她还住在一个隐秘的人间天堂。

更有名的阴谋论例子，是宣称美国的宇宙飞船登月事件是伪造的。不过对此，我真的没有什么好说的了。

我个人从来不认同阴谋论。人都有自己的计划，都会打自己的算盘，所以人人想搞阴谋是没有问题的。只是这把算盘不是你一个人在打，而是全世界的人都在打，你怎么可能保证你的计划能在这个世界上完美实施？如果世上有那么多完美的阴谋，那么治理这个世界也就太容易了。记得鲁迅也曾说过，捣鬼是成不了什么大事的。在这里也不是要拉大旗作虎皮，而是表明我同意鲁迅的这个观点。我不否认一些权势集团想捣鬼，但捣鬼其实很不容易，可能比不捣鬼更难、更麻烦。特别是我们，作为一个认真的研究者，碰到什么事，绝不能首先作阴谋论的假设。

最后要说一句，其实在西方，阴谋论更流行。总有许多人写一些稀奇古怪的观点，只要掏得起钱，就能出版发行。如果我们的译者和出版社喜爱这样的书，我保证我们的图书市场将会“繁荣”得多，但同时也会无聊得多。

（[英]安迪·托马斯：《阴谋论》，曹鹏飞译，时代文艺出版社2015年版。）

不是让你随便去学刘邦

也不记得是谁说的话了，说一个学者，假如没什么能研究，就研究自己的老师吧。台湾的薛仁明，如果这样干，就可以研究胡兰成和林谷芳。但他显然更有出息，研究的是孔子和《史记》。我冲着“天人之际”这个曾思索过的好题目，买了他的书。翻开一看，首篇讲的是刘邦这个“大流氓”。

说刘邦是个流氓，这是历史上的共识，不是拿来做标题党博眼球的。比如他在兵败溃逃时几次将自己的儿女推下马车，父亲被项羽抓走说要烧了吃时，他说可以分我一杯羹。刘邦为流氓，无疑矣！但是这个流氓为何能一统天下，一直以来没人能够很好地说解。我自己也曾不止一次读过《高祖本纪》，却也不甚了了。

薛仁明首先说清楚了刘邦到底流氓在哪里。

刘邦年轻时喜欢施舍，但是自己不干活不赚钱。没钱的人又爱施舍，钱从哪儿来？“廷中吏，无所不狎侮。”喜欢跟同僚开玩笑，恶作剧。这种恶作剧，有点让人难受，但是又不到让人愤恨的程度。特别是当你快抓狂了，他会像啥事都没有一样岔开话题。而且“好酒及色”，这句不用解释了吧？只有这样的人，才能在项羽射中他胸口一箭时弯腰大叫：“啊，射中了我的脚趾头了！”只有这样的人，才能拜韩信为大将，擢陈平于诬谤之中。项羽无颜见江东子弟因而自刎，刘邦可不会干这种傻事。败了，回去晃荡晃荡，靠着萧何天衣无缝的后勤工作，又带着兵出来了。

书中关于刘邦“约法三章”的解说评论，确是鞭辟入里、独具只眼。刘邦占领关中后说：“杀人者死，伤人及盗抵罪。余悉除去秦法。”后人研究，说汉法与严酷复杂的秦法实际上差不多。那么，难道刘邦在瞎说？或者是记载这段话的司马迁在拍马屁？薛仁明说，都不是！事实上，一般人，不可能知道秦法有多少，连刘邦自己都弄不清，但是讲清这三条，对一般人，就够了。外国的历史，一讲都是什么法律。中国人不同，统治者觉得法律最好备而不用，一般的老百姓以不知道为好。刘邦的法，就是备而不用的法，像家里有很多条家规，但以备而不用为好。薛仁明还说，今天的教育有怪象：有些人受西方影响，觉得一定要让学生知道所有的校规。他觉得很好笑：一个人如去研究校规，一定是想钻校规的空子的。一般的学生，只要好好上课，好好学习，就够了，去研究校规干什么！这一段，说得真好！

薛仁明还为刘邦别子弃父的行为平反。他以为，刘邦如带着儿女逃命，乱军之中，死的概率很大。但如给对手俘获，出于种种考虑，小孩反容易活下来。至于父亲，被项羽俘虏了，说什么软话都是无济于事，如果心慈投降，被一起杀掉的可能性就是99%了，反不如挺住说硬话，可能会有意外的收效。

刘邦能学吗？能学，但也不能随便学。像刘邦这样的人，只能在乱世中出头。换成一个治世，一般来说，当个中层干部已经不错。这也就是司马迁所说的“天人之际”。一个人要成功，需要天时和自己的努力。有才能而没有天时不行，有天时而没有才能更是白搭。互联网确实开启了一个大时代，成功的我只看见了马云。当然，还有马化腾、丁磊什么的，可都不是你我！但是，我们也看过托夫勒的《第三次浪潮》，知道未来有“互联网革命”喔！

（薛仁明：《天人之际：薛仁明记〈史记〉》，广西师范大学出版社2017年版。）

关于胡公的故事

胡则，永康人尊称胡公。胡公对于永康人的意义无须分说：他不仅是北宋一位副部级官员，更是居于雄奇方岩上的胡公大帝，是浙江中部广受祭拜的地方神祇。据说1959年毛泽东到金华时，也亲口提到“为官一任，造福一方”的胡公。在永康，胡氏为第一大姓。

5年前，永康市胡公文化研究会首次工作座谈会在杭州召开，会上，我冒昧地发了言，认为可以从学术研究和文化再建构两方面展开研究。而学术研究，无非三个方向：一是穷尽式的史实研究；二是对胡则转变为胡公，即由人到神的过程，展开研究；三是影响研究。会后，我供职的浙江省社会科学院浙江历史文化研究中心，立下了一个《胡则传》的课题。

课题的承担者是浙江大学历史研究领域的后起之秀陆敏珍。我很早就知道她，但见面很晚。应该是21世纪初，我撰《永康旧景》时，找到了她的硕士论文《从人到神：中国民间神祠个案研究——永康方岩“胡公大帝”神祠的历史考察》参考。我觉得这篇论文写得很不错，遂自作主张，推荐到《浙江社会科学》发表。几年后，我在一个机构碰见她的先生，要来电话号码会了一面。时光匆匆，至今转眼已有10年。10年间，我见她英姿奋发，在浙江大学评上教授，又时常到世界各国著名大学访学。她英语娴熟，古籍知识渊博。她告诉人们，学问其实还是有人在做。

这次陆敏珍的《胡则传》出版，在我看来，基本上完成了当日我在会上提出的“三个方向”中的前两个方向的探索。我非宋史专家，无力评判此书是否尽善尽美，但根据我多年的读书经验，说它已八九不离十不算不靠谱。其实，关于胡则的记载可谓稀少，如果一定要在《宋史・胡则传》和范仲淹的胡公《墓志铭》中寻觅微言大义，制作翻案文章，往往会穿凿附会，沦为荒唐无稽之论。最要紧的，是应该从北宋当年的一般情境中去认识胡则，搞清楚当时常人会怎么干，而胡则则在哪点和常人不同。这就需要对宋史有通盘、深刻的了解。要完成此任务，陆教授确实是最恰当的人选。比如说胡则原来是不是叫胡厕，胡则如何督运军粮、管理矿业、救援外商，包括奏免丁钱，此书都广泛结合当时情况予以明辨解答，这远非一叶障目者所能企及。而从文人和士大夫两个角度来认识胡则，认为其“皆有不足”的讨论，更使胡则的形象明晰于过往。书中就胡则与丁谓的关系，也写得极其透彻明白：人以丁谓为能人、为奸相，胡则则以其为友。如此行事，也切合胡则既作为一个官员，也作为一个有担当的永康人的身份。

至于解答胡则如何由人到神的重任，则由此书的最后一章承担。这本是陆教授硕士论文的重点，此处写来应该不费力气，还理清了变迁的线索。不过我可以补充一点：对胡则由人到神的转化，千万不能忽略永康建立文化自信的地方性努力。如书所说，胡则是宋代婺州的第一个进士，更是永康在中央政权任职的第一位高官。唐宋之际，中国的政权重心逐渐南移，南方文化进入中国文化的中心。胡则由人到神的转化，也是南方地方文化逐渐进入中国文化中心的自我建构的努力。其间具体人事的运作今日或已难知，但对此动力源必须有充分的估量。

在一次关于永康历史文化研究的会议上，我曾提出过四个重要的方面：胡公、陈亮、应宝时、手艺人。目前，一、二、四方面都已有相当不错的成果，比如这本《胡则传》，尽管引证广泛，结论复杂，但是行文顺畅活泼，只要具有一般的文化水平即可读懂，而且可以预期，短期内很难有超过它的同类著作。所以，在此应该向陆教授及其他支持者表示感谢。这里应该提到施瑞瑛先生，在本书中提到的外国友人访问方岩居中其做了不少牵线搭桥的工作。他为人谦逊，从不居功，所以在此书后记中也找不到他的姓名。

（陆敏珍：《胡则传：历史、传说与叙述者》，浙江大学出版社2015年版。）

如果重新评选“四大发明”

“四大发明”，谁都知道，是火药、指南针、造纸术、活字印刷术。好好的“四大发明”为什么要重新评选？难道是吃错了药、搭错了神经？看官且慢，细听国内科学技术研究大家江晓原说来。

原来学术界对“四大发明”争议甚烈。看看反对派的理由，其实也很有意思：

火药：火药其实有黑火药与黄火药两种，两者之间没有任何关系。黑火药由硝石、硫黄、炭按一定比例混合而成。黄火药，即炸药，是一种化合物，先被当作染料，后用于军事。两者之功效相差极大。我不是化工专家，但看见过打鸟的火枪，弹药应该是用火药和铁沙子制成的，火药引爆后产生推力，推动铁沙子击中小鸟。这种弹药，打鸟可以，打人就不一定打得死。炸药的功效无须再说了吧？黑火药为中国发明，争议不大，但与1771年发明的黄火药确实不是同一个东西。

指南针：当代以司南为指南针的原形。汉代的《论衡》说：“司南之杓，投之于地，其柢指南。”1945年始，我国有人开始制造司南；1947年，有一篇论文说已经用天然磁石制成了司南。但是，这具司南至今没人看见过。1952年，当时的中国科学院院长郭沫若访苏，行前请该院物理研究所制一具司南作为礼物，然而就是造不出来，无奈采用了电磁线圈充磁，才算成功。这从反面证明了司南的不可信。

造纸：东汉蔡伦造纸，史有明文。但自从1957年陕西灞桥出土“灞桥纸”（即麻纸）后，有些专家将纸的发明年代从东汉拉到了西汉，于是引发了争议。争议的关键在于，如果降低对纸的品质等技术的要求，古埃及的莎草纸就可以进入争夺发明者的行列，而它要比“灞桥纸”早约3000年。

活字印刷术：这本来是最无争议的一项，但2001年，韩国1966年在清州发现的《白云和尚抄录佛祖直指心体要节》（印刷于1377年）被联合国教科文组织认定为世界最古老的金属活字印刷品，由此引发了韩国与中国争论发明权的风波。1966年时，中国正当“文化大革命”，无暇理会这件事，如今发展成世界性事件，悔之已晚。其实，这本经书本来可能就来自中国。但是质疑者还有一个问题：既然中国北宋就发明了活字印刷，为何后来千年仍然采用雕版技术？

这个问题虽然看来尖锐，但连我这个外行都早已想通。我大学毕业后去单位工作才第一次看见中文打字机，硕士毕业后才在印刷厂看见排字师傅在满满的字盘中拣字排版。这种方式，公文打字尚便当，两三千字即可搞定，但学术刊物，怪字奇字颇多，便不易。当年排字师傅的文字功底，绝对不亚于今天的中文博士！如果中文要搞活字印刷，必须配备上万汉字，而且常常不敷急需，像朱镕基的“镕”字，当时有些报刊印刷时都找不着字。所以，1439年古登堡发明的活字印刷能够马上普及就顺理成章，因为它只需要不到100个字样！这也告诉于我们一个科学史上常见的真理：发明者不一定能使用，使用者不一定自己发明。

古语云天时、地利、人和，岂是虚语！

江晓原以为，如果考虑三个原则，即有广泛影响、尽可能大的发明优先权、足够的科技含量，他推荐的中国古代科技“四大发明”，应该是：丝绸、中医药、雕版印刷、十进位计数。

其实，“四大发明”确实可以推倒重排，关键是看谁有足够的权威。

（江晓原：《中国古代技术文化》，中华书局2017年版。）

历史学家看当代

要让学生学得好，又不能给过大的压力，怎么打分？成功的经验早有：1946年的无锡辅仁中学，数学、化学、生物用英文课本，历史、国文用中文，功课极紧，但是同学们进步很快。老师打分不是全班比，而是每个人跟自己比。老师觉得你进步了、尽力了，就加分；退步了，就减分。这样，同学之间的紧张关系就没有了。许倬云在这样的氛围中，学得很快乐。不过，他的这个班是10个人。

许倬云是残疾之身，这身残疾也来得不寻常。他妈妈怀他和双胞胎弟弟三个月时得了病，营养不够。在母体内，弟弟强壮，抢得了营养，导致许倬云在出生前肌肉就没发育好，一生与轮椅和拐杖结伴。但他受教育却异常顺利，1949年，在台湾读的台湾大学，后又到芝加哥大学读了博士。他在马路上开个高尔夫球车。警察要看他驾照，他说没有，警察给他考试，通过后给他发了驾照，从此他驾着这车满城乱跑。

许倬云的书，大陆几乎全出版了，我也多数看过。但你要问我哪一点印象最深，抱歉，我以前还真说不出来。现在想来，他的书没有一个简化了的中心、大概念。不过，这次在他的口述史《家事、国事、天下事》中找到一句，我觉得极好：“天下没有固定的

‘社会科学方法’，也没有什么放诸四海而皆准的方法学教科书。至于历史理论，则运用之妙存乎一心，绝对不能死套，要用你自己的悟性去悟，能够悟到多少是多少。”这话虽不奇，但要领悟需不少功力。我酷爱《史记》，如果有人问我司马迁与许倬云怎比，这个好回答：司马迁是“叙述史学”，在叙述上我以为至高无比；许倬云是“解释史学”，“解释史学”如何解释，也是高下存乎一心，“每一种书都有它的好处和坏处，每一个学者都有他的长处和短处”（许倬云语），这里再没有绝对的优劣标准。

当代学术，务在专、精处成名。许倬云的《中国古代社会史论》《汉代农业》《西周史》是名作，当之无愧。他是善于从一滴水中见太阳的大家。像《汉代农业》，一看题目，绝大多数人没兴趣，其实他虽研究汉代农业，却也写透了中央政策调控下的中国社会，写透了我少年时乃至今天仍存在的“农村的商业化”这个问题。《中国古代社会史论》写的是春秋、战国的社会变动，他写作的底气来自读《左传》时编的2000多个人物的谱系，这2000多人涉及100多个家族的谱系。我们平常拿起《左传》，基本上看不懂，最主要的便是姓名搞不清，相互的关系更搞不清。等到此事搞清，春秋、战国的激烈变动便能了如指掌、了然于心。同是“读书”，其间相距，何止以道里计！

许倬云不仅学有盛名，社会活动也不落人后。在台湾，他与蒋经国、陈诚、严家淦等都有多次晤谈。以他的学识，对此自然也有许多心得和评价。他的学术思想对于过去、现今乃至未来的中国，确有极强的穿透力和预见性。比如他论述“利益固化”，就讲得最好：如果社会愈走愈保守，掌权者“利用这么一个固定、僵化的局面，长期把持资源，造成分配极大的不均匀，许多吃亏的人、弱势的人，忍到不能忍的时候，就起来革命，可以是思想革命，也可以是政治革命、社会革命、经济革命，但经济革命往往呈现为一连串的变化，而不是爆炸性的大乱”。东方世界在民主这一环上没有根底，“但我们有妥协、协商的习惯，可以从这方面下手。我们没有真正成熟的群众，但是我们一向有文化精英，与群众做了分工，我们一向有不患寡而患不均的传统，但是又一向不许走极端”。他的理想并不是做一个纯粹的学问家，更非政治家或商人，而是孔子所谓的“人”，与马克思“全面发展的人”意义也相近。

（陈永发、沈怀玉、潘光哲访问，周维朋记录：《家事、国事、天下事：许倬云先生一生回顾》，南京大学出版社2012年版。）

学贯中西，放眼未来

记不得是谁说的了，但是他对史学当代状况的描述真是精准异常：职业历史学家在写着一篇又一篇枯燥至极的分析论文，而爱好历史的大众们则到处听不负责任的外行们忽悠。

幸好，华人世界，还有许倬云！

生于无锡、长于台湾、学成于美国芝加哥大学的许倬云，毫无疑问属于当代之史学大家。进入老年后，他致力于为大众写作，近期已见《大国霸业的兴废》《现代文明的成坏》《台湾四百年》等。我最新读的是《中西文明的对照》。这样的题目，如不是这样的大家来写，保证不值一提。

对中西历史的准确把握，是该书的亮点之一。比如第一页，先介绍了当代关于人类起源于非洲的来自基因研究的新观点，但是，许先生马上发问：本来在其他地方居住的其他人种，究竟到哪里去了？因为“在古代，人类掌握的工具不可能造成灭种的灾害”。这一问，力等千钧。

近世以来的史家，出乎对近代中国落后于世界的愤慨，常常追溯到秦朝的大一统专制政治制度，认为这个制度是万祸之源。许先生则平实地说：“秦始皇统一天下，创建了一个前所未有的大帝国，其管理系统之完备和充实，在当时……可谓独步。”秦汉帝国具有专业化的政府。这个政府既有训练官员的机制，又有收集信息的功能，所以具有强大的整合能力，可以将中国的各部分开发融合。这与罗马帝国完全靠军事力量实施征服，根本异趣。到了唐代，相权由个别独揽改成集体领导，从此沿用至清，除元代外，基本没有改变，其间的经验教训也颇值得总结。尤须注意的是，唐朝时，许多交通中心变为商业城市，城市发展由计划性的方形结构渐渐转化成商业性的线性结构。“今天日本的邮政地址，还是沿袭唐制，以町、番、目为单位。”“在这些自然发展成形的城市中，居民活动就不再由坊、里隔开，而是沿街道开展。”有趣得紧！书中还提到，培根归纳的中国“四大发明”，其实是从中国文明对欧洲文明发展影响的角度着眼，有人却因此以为中国只有这四样发明。荒唐！

对未来的理性展望，是该书又一亮点。当然，人过知天命之年，阅历渐多，情绪平和，也知道世上没有十全十美的主义，更没有优质优秀到无须变革的制度。中国从中古的独步天下到近代的屡屡挨打，其根本原因就是总沉浸于先进文明的幻象，而不再谋求革新发展。大一统的中国，自有大一统的优势：其文化相当同构，不事异端，减轻了内部的冲突。但根本性的弊端也悄悄伴随：碰上大变局的时代，缺少多方面的选择和弹性的调节能力，缺少对自我变革必要性的认识以及自我突破的勇气。明、清的海禁，客观上击杀了民间社会为开放而做的努力。所以，在基督教文明伴随近代科学创建一个新时代时，中国对此视而不见，坚守稳定更坚守僵化，终于造成百年悲剧。

前车之覆，后车之鉴。海峡两岸都已经进入新的时代，回看向来处，不能无动于衷。后现代文明，正在逐渐呈现，在这贞下启元的阶段，东亚这批中国文化的子孙何以自存？何以作更好的发展？一个最重要的警告：视野不能狭窄和短促，结构和思想不能僵化，在面对未来时，不要自限脚步，自设藩篱。来日多难，也多机缘，如何自求多福，全在我们自己的选择。

十几万字的小书读毕，巨大的问号和惊叹号长亘心头。

（许倬云：《许倬云说历史：中西文明的对照》，浙江人民出版社2013年版。）

智商测试

智商测试是否必要，要看有多少人需要测。百年前，即20世纪初，英国人在打布尔战争。有一天，在南非的开普敦港口，站着一位英军上校团长。面对运兵船运到的如长龙般络绎不绝的新兵，他仅凭着自己说不清道不明的直觉，大叫着给新兵分配行当："步兵！骑兵！炮兵！呃——医务兵……"

到了第一次世界大战，迅速膨胀的兵员规模在呼唤某种评价系统。此时此刻，美国心理学家们因没人搭理而备感失落：化学家、物理学家、生物学家和医生都很有事干，可心理学家又能干点啥呢？这个时候，心理学家就军官遴选的方式分成了两派：一派主张智力测试，将智力低下的人淘汰出局；另一派则选择更全面灵活的方式。这让刚面世10多年的智力测试题，第一次大规模派上了用场。当然，对于浴血奋战的军队来说，智力测试究竟有没有用，谁也说不清。"难道能够正确地回答'为什么猫是有用的动物'——此问题出自试卷——的人在看地图和领悟长官的命令时，会比其他新兵表现更为出众？"但是，聪明的心理学家们在战争结束后，瞄上了另一个大市场——学校。由此，智商测试的大门真的被打开了。

相信大多数读者都知道智商这个字眼，也大多会同意有一种方式可以测度智商。但是，我越读这本《智商测试》，对智商测定越是疑惑。是的，我们都知道，人的知识依赖于学习能力以及学习经验，但是何谓能力，何谓经验，它们能够分开来吗？人们真的能够设计一套完美的试题可以让全球不同文化的人一起推行这套试题可以不顾各人的文化旅程而得出公平的结果吗？从智商测试的历史来看，回答颇不乐观。相反，有时它还为灭绝人性的提议推波助澜，如现在已不再流行的优生学。

但是，某种测试仍然是亟须的，而且看来似乎是有道理的。我自己大学毕业已30多年，有时同学在一起聊天，指点评论，倒真觉得从聪明程度看，各人实在没有太大差异。那几张神秘的高考试卷保证了日后的结果。其实，古代科举考试不也是如此？尽管考的是无涉现实的八股文，但如何破题，如何起承转合，仍然可以考出一般人的水平高低。虽有老是考不上但会写鬼故事的蒲松龄，但这只能说是少有的例外。

所以，今天的高考改革怎样改才合理，我认为没有人能完美地回答这个问题。人多了，必得考试，而且必须越考越难，因为如果拉不开考者的分数差距，考试便也失去意义。至于想在考试中体现真实水平，只能说是一种美好的设想，因为你根本不可能设计出那么一套完全反映智力水平的试卷。但即使反映不出来，考一考总归有用场，而且用场不小。当然，有了测试，就必有人想尽办法去准备。各种复习班不要说在中国盛行已久，在美国其实也弄了多年了。所以说，想靠改革考试方法完全改变学生的学习方法，也只是不切实际的幻想。只要我们不把智商测试看成完全科学的方式，弄一弄也没大错，也会有一些收获。

（［美］斯蒂芬·默多克：《智商测试：一段闪光的历史，一个失色的点子》，卢欣渝译，生活·读书·新知三联书店2009年版。）

钻石恒久远，一颗永流传

本人平日很少看电视，更少看广告，然而那句“钻石恒久远，一颗永流传”竟然冲破道道难关，直抵我的心头。一日在家冥想：家中何物可以流传于后？目前家里最多的是书，偏偏又不是宣纸古籍。几十年后，这种书的纸张必定硬化破碎。其他日用品更是不值一提。“难道真的去买一颗钻石？”问题来得稀奇古怪，但如此推演，倒也不无逻辑。

当然，等到读了汤姆·佐尔纳（Tom Zoeliner）的《欲望之石》后，才知道这则“恒久远”的神话，恰恰是到了晚近才被制造出来的。换句话说，哪怕是100年前，也还根本没有如今看上去似乎天经地义的这种观念。在日本，到20世纪60年代才开始席卷这种观念。更早的日本婚嫁根本不需要钻戒：高贵的男人无须追求女性，努力吸引女人的注意完全不是武士应有的行径，家中长辈加上媒妁自会操心此项事件。然而，正与销售员卖鞋子给一直赤脚的人一般，1966年，“收到钻戒的日本新娘人数还不到1%，到了1981年，这个数字飙升至60%。在经过10年持续的广告宣传促销后，钻石婚戒在将近九成日本新娘的婚礼中扮演着举足轻重的角色。过去完全没有人注意的东西，成了必要之物”。

钻石在日本的成功，其实已有先例可法。20世纪30年代，钻石图谋进入美国，其原因就是美国已成为世界首富。如何撬开美国人的钱袋？关键在于中产阶级，要影响他们的思想、品位、嗜好，引领潮流。有一个商业规律，越是经济不景气时，越要投放广告。广告宣传的关键，是要告诉美国的年轻人：钻石是准备结婚的年轻人的必备品；不是众多选择之一，而是唯一的选择！关于钻石的一系列广告暗示：钻石应该送给妻子和女儿，这表明情感的重要性以及财富比生命长寿的道理。在二战时，广告暗示收到了钻石的女人在丈夫上战场时不会出轨。写得最过分的广告是："没有男人知道自己对妻子的爱有多深，直到她不在身边。如此突兀又无法用言语表达的领悟，终究还是可以通过钻石传达。"言下之意是：只要买过钻石，老婆死了都没关系了。更吊诡的是，如此情意绵绵的广告，多数出于一位广告业未婚女性之手。

钻石是目前世上已知的最硬的自然物质。它形成于地球的深处——地幔，在将近1094℃的高温下慢慢被挤压而成。如果从纯使用的角度考虑，它只能拿来对付一些比它稍软的坚硬物质，我能想到的只有划玻璃。如果用途仅止于此，钻石开发这个行业小之又小，但商业天才们调动社会各种力量，把它送上了财富之巅。

既然是财富之巅，围绕着它会有很多故事：在非洲动乱的安多拉，每一颗钻石都与百姓的血泪相伴；印度成为全世界的钻石工厂，无数童工用他们必将严重受损的眼睛赚取工薪；俄罗斯已经制造出人造钻石，尽管专业机构能够鉴别出它们与自然钻石的区别。至于我，鉴于年纪过大（当然更关键的是另一条众所周知无须道破的理由），买钻石的想法毕竟还是被我自己扼杀于初萌之时。

其实，类似发明，中国人几千年前就已有了。“黄金有价玉无价”，你不至于没有听说过吧？

（［美］汤姆·佐尔纳：《欲望之石：权力、谎言与爱情交织的钻石梦》，麦慧芬译，生活·读书·新知三联书店2016年版。）

皇宫菜单

如果说中国是世界第一大“吃货”国，我起码可以算是“吃货”的倾慕者吧——为了吃而奔跑四方的境界目前本人尚未达到，也许永远也达不到，但是，对披露出的皇宫菜单，尽管这辈子是没有可能亲身经历了，看看也还是有兴趣的。如此，就有了对《菜单中的秘密：爱丽舍宫的飨宴》的阅读。

该书第一章披露了1994年6月7日法国总统密特朗招待美国总统克林顿的菜单：

餐点：龙虾慕斯，佐以鱼子酱；鹌鹑焖松露；什锦香草沙拉；乳酪；糖渍莓子点心。

酒与香槟：

酒：蒙哈榭（Les Montrachet），1986年，［宝尚父子（Bouchard Pere et Fils）酒厂］；拉克鲁斯酒庄（Chateau de Lacroux），1970年。

香槟：于那神父粉红香槟（Dom Ruinart Rose），1985年（于那酒厂）。

我们看这种单子多半不知其所以然，所以还得接着看分析：

首先，法国菜招待贵宾，一定少不了龙虾、鱼子酱、松露、鹌鹑这些高级食材。

酒必须上两种：白葡萄酒和红葡萄酒，以香槟结束全场。此酒单上搭配前菜龙虾的哈蒙榭白酒，是勃艮第地区的特级酒，甚至可以说是“圣品”。大仲马曾说：“在它面前，你应该先脱帽、鞠躬致敬，然后才可以畅饮。”它带着一种蜂蜜和杏仁果混合的香味，充满润滑醇厚的味道，可说是逸品中的逸品。

比较耐人寻味的是与主菜搭配的波尔多地区拉克鲁斯酒庄红酒。酒的生产年份很好，口感纤细成熟度高，很能将松露的香味淡淡地带出来。问题是这款酒的产地不接受公认的酒类分级制度，所以它没有等级，因而缺少知名度。在这样一个级别的国宴上，为什么要选一个没有等级的酒？难道法国总统是想说：法国的好酒阵容壮大，哪怕是选一个没有知名度的，也能让异国来宾拍案叫绝？

当作者曝出主厨宴前递呈密特朗总统的三套准备菜单后，事情就明朗了。那三套方案，一套比一套豪华。豪华不在于味道，在于食材的稀有。这种不成文的规定是有传统的。

但是，密特朗总统选用了中间这套菜单。加上他又选用了没有知名度的酒，可见法国总统对美国总统上台一年后才访问巴黎有点意见，并且对相当于自己儿子年龄的克林顿有点倚老卖老。尤其是当3个月后中国国家主席江泽民访法时享用的菜单曝光，密特朗的态度就更加清晰了。至于这一次的菜单，请看该书第18页，此处不再赘引。菜单关涉的厨师、餐具等细节，也丰富细致，引人入胜。

如果中国菜号称“世界第一”，那么法国菜是唯一可以分庭抗礼的另一菜系。本书的作者是日本人，比较能从东方人的角度观察西方，所以本书的观点对我们来说更为亲近。

美食虽存于口，但有时也存于心。神游一下与中国菜截然不同的口味，也算一次全球性的跨文化交流吧？

（［日］西川惠：《菜单中的秘密：爱丽舍宫的飨宴》，尤可欣译，生活·读书·新知三联书店2014年版。）

“我读书多，你可别骗我”

有些日子了，买了一本《中国人的关系原理》，是北京大学出版社出版的，应该说是严肃认真的书。不过，至今没读。没读的原因是，我从部队转业的副手，看到了此书前言中的一句话：中国社会最重要的议题就是“关系”和“权力”。她说：这个我倒是早就明白的。这本书就搁在那了，再没打开过。这个决定，正确与否，我也不知道。

《钓愚：操纵与欺骗的经济学》，与其类似。它由两个诺贝尔经济学奖获得者写成，不太可能是穷极无聊的人胡编乱造借此骗钱的书。但快速浏览一遍后，我要说，它还算是一本严肃认真的经济学普及读物，却不能算是一本好书。讲到操纵和欺骗，我们中国人比他们强多了。有次我去一家宾馆开个小会，见到极大的会议室被包了场，里面全是上了年纪的大爷大妈。他们在听了报告后正狂购一种保健品。那不是操纵和欺骗还能是啥？召集我们开会的领导当即把宾馆经理叫来，让他以后不要出租场地给类似的活动。至于我自己，每过几年会换一下手机号码，原因是骚扰电话随着时间的流逝越来越多，多得难以忍受。这不？近几个月各种来历不明的电话骤然增多，基本上都是劝我投资的。在见过了生活中各类高利贷和互联网金融骗局的崩溃后，你说还用读书去学习避免受骗吗？而且，在生活中的各类骗局前，读书多的往往更容易上当。“我读书多，你可别骗我。”

但《钓愚》这个书名译得实在好，既表达了英文原意，又切合中国语言和现实。全书正文11章，加上导论、结论和后记，主要介绍和讨论了金融业、广告业、汽车业、房地产、政治选举、食品和药物等领域的操纵与欺骗。比如在食品领域，作者认为，百余年前出现的变质肉买卖在如今的美国已成往事，但当代食品公司凭借富含糖、盐和脂肪的加工食品，仍极大地欺骗着消费者，让他们更易患上冠状动脉疾病和糖尿病。至于药品，问题更多，制药公司会通过期刊赞助发表对自己有利的论文来提高新药的可信度。在金融业，作者将信用卡视为欺诈手段中的一种。当然，这些伎俩与我们熟悉的莆田系医院和搞竞价排名的搜索引擎比，真是弱爆了。

这两位诺贝尔经济学奖获得者写的这本书，其主旨不仅在揭露当前社会生活中的骗局，更在于提出单纯的自由市场并不能产生至善这个观点。这就与热心提倡自由市场的主流经济学产生了对抗，或者说，指出了主流经济学的一个主要毛病。其实，初学任何东西时，我们最希望学到几条明晰简洁的法则，从而指导自己在混乱和嘈杂中辨明方向、鉴定真伪。但当我们慢慢成熟，便会明白那些明晰而简洁的法则并不能覆盖全部生活。即使是学术，也不得不容纳许多彼此矛盾的法则。此书对我们的教益应该主要在于此吧！

（［美］乔治·阿克洛夫、罗伯特·席勒：《钓愚：操纵与欺骗的经济学》，张军译，中信出版社2016年版。）

谁可以说谎？

过年期间参加了一次饭局。饭局上，有个企业家兴致勃勃地介绍他的收藏，从青铜器到帛书、玉器等，有几件弥足珍贵，其中之一是帛书《老子》，疑为老子手写，且内容有流传本八十一章外的几章。他甚至还用手机展示了照片，但上面的字，我当然一个都不认识。战国古文字是门专门学问，我不认识很正常。但是，《老子》如另有佚篇，当是世界级的发现。在国际上，《老子》的传播可能甚于《论语》。我也试着提出疑问，企业家则回答说：其帛经过C-14测试，确认是战国时期的东西。

席后，我还在想，如果他收藏的《老子》是真品，那还得了？当然，赝品的可能性仍有。即使帛确为战国时物，也不能排除有人将假文字书写于真帛上。我在席间没问（一般也不会去问）他以多少钱购得该帛书，但事后想来这个问题非常关键。如果高价购得，那就有两种可能：一是物为真货，二是该企业家被骗了。如果是低价购得，那么假货的可能性就增至95%以上。他是被骗还是主动说谎，端看他购买的价格。但是，席间他表现得自信满满，看上去亦非有意误导我们。

节后，我拣起买来已有一段时间的《说谎：揭穿商业、政治与婚姻中的骗局》，更觉津津有味。该书的主题，与其说是帮助说谎，不如说是帮助揭破说谎。外国人写书，概念清晰，定义明确："说谎是一个人存心误导别人的有意行为，事先未透露其目的，并且对方也没有明确要求被误导。说谎的主要方式有两种：隐瞒真相与捏造事实。所谓隐瞒，说谎者只是保留某些事实不说，而未说出任何不实之事；捏造则更进一步，说谎者不仅保留真实的一面，而且无中生有。"自己记忆有误不算说谎，应对方要求说谎也不算说谎（如演员的表演），精神病人更不是说谎。而"所有谎言都会因欺骗者的行为而露出马脚，其间有两种迹象可循：其一是说谎者所犯的错误会泄露出真相，其二是虽然没有泄露真相，但它可能暗示了说谎者目前所说和所表现的并不是真相。说谎者泄露真相的错误，我称之为破绽；说谎者的行为虽未泄露真相，但告诉我们他是在说谎的错误，我称之为说谎线索"。

该书就是在大量研究的基础上，讨论如何进一步揭破谎言。

揭破谎言的研究其实不容易。随便举个例子，比如笑容，很容易用来掩饰谎言。为什么？因为人的面部表情，大部分都需要牵动3—5条肌肉，而笑只需牵动1条肌肉。而且笑又有几十种，仅这本书中就介绍了18种，而且都是真笑。识别假笑，有线索可循，但远不能百发百中。至于我们从影视剧中看见的测谎仪，作者说："几乎有关测谎仪的一切都争议重重，但有一点是所有使用测谎仪的人都同意的，那就是测谎仪无法直接测谎。测谎仪所测的只是自主神经系统的唤醒信号，即一个人因情绪波动所产生的生理变化。"测谎仪只能测出被测人的生理变化，如果他是无辜者，胆子小，一被测就会有生理变化，很容易蒙冤受屈。所以使用测谎仪必须谨慎，而且应该做好制定配套的辨别标准等种种准备工作。

很多人说谎暴露是由于罪恶感和羞耻感，但是看看国内那些卖东西的人，他们又怎能轻易暴露底价？外交家更是必须说谎。所以回到本文的开头，企业家介绍收藏时的自信，可能也并不是真的自信，而是出于商业习惯。我们其实都承认，有许多行业是允许谎言存在的。我只祈愿不允许谎言存在的行业（比如科学）谎言少一些。

（［美］保罗·埃克曼：《说谎：揭穿商业、政治与婚姻中的骗局》，邓伯宸译，徐国强校，生活·读书·新知三联书店2016年版。）

清单革命

在翻开《清单革命》读了一半后，我才意识到：其实早在一两年前，我已经在实施它所要求的革命了。

那是我所在的一个不太大的学术团体，常常要召开一些不太大的学术会议。那段时间，由于种种原因吧，每次会议的准备总有一些小小的不足。

说来也奇怪，这种会议已经开了好几年，以前倒是没有明显的瑕疵，为何到最近反而不行了呢？思来想去，只能说以前的精力较为集中，反应较为敏捷。时光逝去，这样的毛病实在难免。

既然无法跟老天对抗，只有写下一张会议准备清单。

我从电脑里翻出来这张清单，很简明：15项，每项2个字，一共30个字。

当然，从那以后，我和我的行政秘书顺风顺水，再也没有犯过这类小错误。

所以，我十分赞同《清单革命》的作者阿图·葛文德提出的一个前提：人，处理问题总会犯错。只不过错有两种：一是无知之错，即我们缺乏相关的有效知识，真不知道该怎么做；二是无能之错，即我们有正确的知识，但由于种种原因当时没有用上。我们今天能做的，是避免犯第二类错误。这就是“清单革命”所必须发起之因。

其实，犯无能之错，仍有坚实的理由：人的大脑，今天怎么能够有效处理海量的相关信息？遑论大脑本身尚有迟速高低以及进退之别。这本书的作者本行是行医，他说：世界卫生组织发布的第九版国际疾病分类，包括1.3万种不同的疾病、综合征和损伤。科学几乎给每一种疾病提供了治愈和缓解的办法，但是，这些办法都是不同的。你怎么能指望一个医生能记住1.3万种办法而且临场决定？

医院和医生如何有效地应对这个问题，通用而浅显，本文不再啰唆。这里重点要说的是这本书的实例，这些实例除了大量来自医学界外，还来自建筑界、航空界、商业界等。他从这些行业的做法中得到了重大启发：美国每年发生的严重建筑事故只有20起，发生率不到0.002%。这样的一种管理方式，对医学界自然大有启发。但这里，我更要说的是在美国，为什么一个人可以这么自由地跨界行走，展开研究？而在我们这里，哪怕去公立图书馆查点古书也是历尽折磨、最后难有所获？（全国皆如此！）城市对文明的发展起加速作用，是因为城市聚集了各方面的人才，是以工作成本降低了。而我们的管理体制以及文化，又如何严重地阻碍了城市功能的发挥！“改革红利”从减少政府审批权获得，同时也可由鼓励城市功能发挥这个角度获得，而且效益巨大！当然，这是一个世界性的问题了。

（［美］阿图·葛文德：《清单革命：如何持续、正确、安全地把事情做好》，王佳艺译，浙江人民出版社2012年版。）

你敢上“那儿”旅游吗?

旅游在今天，已是一个普遍得不能再普遍、简单得不能再简单的现象。有不少的游客，喜欢摩肩接踵、水泄不通的环境，但也相信有为数不少的游客，喜欢蓝天白云而少人打扰。那里幽静安谧，而美景则让你独享，你尽管对着她发傻，或说得好听一点是遐思。只可惜这样的际遇少之又少。前几天，我去了一个古寺，依稀有这样的味道。其实那也是碰巧：因为这个古寺还在修复和建设中，工人不多，动作也非野蛮，所以噪音不大。古老的佛寺，隐在新建结构之后，古树苍劲，红墙庄默，而且尚无僧众，我进入也不用买票和排队。在此追思80年前梁思成、林徽因来此调查古建的事迹，不觉怅然。只不过同行人都知道：工程一完，僧俗一聚，以后再难有此景象！

但是我从未听说过有熟人去那儿旅游，我说的是《那儿的印度河正年轻》的“那儿”。1974年底，爱尔兰的黛芙拉·墨菲（Dervla Murphy）前往巴基斯坦的巴尔蒂斯坦旅游。这块约1万平方千米的土地，属于印度与巴基斯坦有争议的克什米尔地区。此地的崇山峻岭，不是王羲之的江南绍兴丘陵，而是喜马拉雅山。居民生活极为贫苦，不少人疾病缠身。冬季的印度河寒冷刺骨，因缺少桥梁，人们时不时要涉水过河，遭遇大山雪崩也是常事，而此位女士的不便还得加上携带6岁的女儿同游。她有一个奇怪的观点："小孩5到7岁这个阶段比较能够适应艰苦的旅行。"为什么？"因为5岁以下的孩子生理还不够成熟，难以应付健康上的危险；而7岁以上的孩子，又不太能够以达观的态度适应生活中的不便，以及各种奇风异俗；孩童在8岁左右，就已经建立起自己对人生的看法（而且通常是强烈的），并不太乐意遵从父母的领导。"各位中国的父母亲，不知同不同意这个观点？

她们旅行的艰辛不易以语言表述。比如大人在路上基本靠走，小孩则骑着一匹蹒跚老马。吃饭，虽经常碰到好客的土著，但不卫生、吃不饱显然更经常。住宿，基本上所有住处都奇冷，且男女混宿，没有现代厕所。女主人公有几天牙痛，好不容易找到的医生被她斥为"笨蛋"，而笨蛋给她的药她研究半天后决定还是当作古董保存下来。在某处，她遇到了一个上尉的性骚扰，恰好又给女儿看到了。女儿事后觉得很好笑："他为什么会亲你啊？他很爱你吗？他没有太太吗？为什么奥兰柴布叔叔或是贾克叔叔亲你的时候，你都不会生气？是不是他们不会亲那么久？如果他们亲很久的话，你会不会也敲他们的头？"女主人公自己也觉得可笑：自己已经5个星期没有洗澡，衣服铁厚，头发黏成一团，指甲乌黑断裂，手掌如砂纸，脸看起来完全不像43岁而像73岁，竟然还有男人看得上？只有小女孩有时让人觉得实在有趣，比如他们在喜马拉雅山爬行时，她一直在问妈妈："我们为什么不一下爬到它的山顶呢？"

如果黛芙拉还活着，今年她是两个43岁了。人当然已非，不知今天的巴尔蒂斯坦如何？读了这本书，最后的一个问题是：你敢上那儿旅游吗？

（［爱尔兰］黛芙拉·墨菲：《那里的印度河正年轻》，阎蕙群译，人民文学出版社2016年版。）

没意思吗？那我们来做个游戏吧

赚钱很累，没意思？那让我们来做个游戏吧。

这可以是《游戏化思维》一书的中心思想。

当然，在今天，游戏已经成为许多家长的噩梦。多少小孩沉迷于游戏，对其他的一切不管不顾，什么忠孝节义、学习生活、家国大业、世界和平，与游戏相比完全不值一提，唯一可以比拼的可能只有上厕所吧！但青少年肾功能强啊，上厕所前也是可以忍很久的。唯一可以使家长不为孩子忧虑的办法，是家长也参与玩游戏。如今的爸爸妈妈，多是“80后”，他们就是玩游戏长大的。

游戏是儿童的天性。每一个孩童，都用游戏来触摸世界，练习人生。电子游戏诞生前的几万年都是如此！家长们的意思是：人长大了，需要正经一点了，老这么玩，怎么行！

但是工作有时真的可以转化为游戏。说到这里，我马上想到的是汤姆·索亚，马克·吐温小说《汤姆·索亚历险记》中的那个小家伙。

当年汤姆在外面太爱调皮捣蛋，这让监管人——姨妈，决心让他刷栅栏作为惩罚。那可是一排长30码、高9英尺的栅栏啊，要用刷子蘸石灰水刷上一遍，人生真是一片空虚！不过，当一个玩伴来到此地嘲笑汤姆时，汤姆已经想好了主意。他让刷栅栏看起来像是一个难得的机会，绝对不是干活，一般小孩还轮不到。就这样，汤姆不仅自己没刷，还用这个机会从好几个孩子手上换来了一大把玩具，包括半个苹果、一只风筝、一只死耗子，还有12个弹珠等。

《游戏化思维》说的就是如何在商业领域用游戏化的方式来推进工作。所谓“游戏化”，就是在非游戏的情境中使用游戏元素和游戏设计技术。该书开门见山的第一个例子，就是微软如何设计为办公软件测试其中错误。那是一个极其庞大的工程，负责编写的程序员很快忙得筋疲力尽，而且对错误产生麻木感。如果动用其他力量支援，就必须支出一笔极其庞大的预算，而且难以保证问题被彻底解决。罗斯·史密斯的团队最后提出的解决方法是：让世界各地的微软员工一起来干，根据表现的优异程度，设立一个积分排行榜。结果，有约4500名参与者查看了超过50万个对话框，报告了6700处差错。大多数人还觉得这活不错，甚至有些上瘾。公司由此省下了一大笔开支。

当然，游戏化有很多诀窍，还有禁忌。如想得知，请看原书。

游戏的力量真的不能小瞧。某人曾经创建过一个“点牛达人”的线上电子游戏，就是通过点击一头牛积累虚拟现金。游戏的创始者是用它来讽刺“游戏化”的。他觉得这么无聊的玩意儿，任何人点击过几次就会丢开。不料此游戏像病毒一样蔓延，成千上万的用户为此痴迷，一位计算机教授还以10万元的虚拟货币数荣登榜首。

那么，孩子真的因为痴迷游戏误事怎么办？说到这里，我也没有办法。但我要告诉你，虽说爱情有关人类的繁衍生存，肯定是大事好事，但人恋爱，也有很小比例会成为精神病，人类并未因此而禁绝爱情喔。

（［美］凯文·韦巴赫、丹·亨特：《游戏化思维：改变未来商业的新力量》，周逵、王晓丹译，浙江人民出版社2014年版。）

极地远征

近几年，社会科学文献出版社的“甲骨文丛书”声誉鹊起，好几个出版界的朋友对其交口称赞。同行相重，殊属不易。至于我，一个读者，看到这一套书，确实想读。那天在浙江图书馆的书架上，我看见一部《冰雪王国：美国军舰珍妮特号的极地远征》，不由自主地拿在手里。但一边拿，一边也在想，自己毕竟还有一份工作，不可能去遍读天下哪怕是有趣的书。这本书带回去，会不会翻上几页就会合上？换言之，1879年7月8日“珍妮特”号的北极探险之旅，有没有可能让我关注始终？

就是在这不轻不重的疑虑中，我打开了此书，但不知不觉间，我就看掉了1/3。随后我又想起了借书时的疑虑，但过了一小会儿，又已将此疑虑完全抛开。

事后想来，是不是书中讲述的当时人们对北极的猜想引发了我的兴趣，吸引了我注意？在140年前，极地尚未有人类涉足，那还是一个完全神秘的区域。北极既是一个磁场，也是一个抽象的概念。当时有个德国地理学家认为，人类对地球的两极一无所知，相当于一家之主不知道自家阁楼是什么样子。不仅是科学家，普罗大众对极地也是极其向往，好奇得心痒难搔。当然，当时人也没去过南极，但由于探险水平较高的国家恰好都处在北半球，因而北极成为迫切需要探索的极点。

不过，世人对于北极，已有比较流行的猜想。航海家在北纬80度附近碰到了坚冰的阻隔，这没错。但在这个冰圈以内，你们猜想可能存在一个开放的美好世界。由于太阳的直射，或地球自转的翻腾效应，或地球在那里有一个排热口，或较深的盐水水体不可能结冰，大家认为北极的海水也很可能不会结冰，或者至少在夏季不会结冰，那是一片开放极海。人类可能会在那里找到新的生物乃至新人。如果探险者能用经过加固的轮船撞破冰圈，终会到达开放极海，发现让世人震惊的新奇事物。

恰巧，《普特南月刊》1869年第11期上的一篇长篇论文又提出了这个理论。它认为，太平洋上有一股黑潮，从热带经过中国台湾和日本，最终流入开放的太平洋。它是一股暖流，是一个“传送带”。这篇论文认为，暖流一定会流经白令海峡，藏身于北极的冰层之下，流向开放极海。轮船只要带好温度计，循此暖流航行，一定可以到达北极。

1844年出生的“珍妮特”号船长德隆，就是在这个理论指引下扬帆远征。他们带了3年的补给，全船共33人，包括3个中国人，一同向北极进发。需要说明的是，这3个中国人全是广东人，他们的工作是烹调食物。可见中国食物之美不是到今天才享誉全球的。

实践恰恰证明了理论的虚妄。“珍妮特”号出发后仅2个月，就被围困于浮冰之中。熬过了一个冬天，到第二年夏天，船体依然动弹不得。又过了一个冬天和夏天，船动了。但更不幸的事发生了，军舰被溶化的浮冰压沉了。33位船员坐上自带的3只小船逃生。他们上了几个荒岛，最后到达了俄罗斯的西伯利亚地区。从近海到陆地的航程充满险情，他们决定冲刺求生。结果是两艘船上了岸，一艘船下落不明。船长在的第一艘船在，上了岸以后，依然需要面对杳无人烟的原野。走了几天后，全队实在无法继续前行，于是派两个人先行求救。这两个人也遇见了当地居民，但一是由于语言不通，二是由于他们确认当地居民完全没有搜救同伴的各种实力。于是，他们在碰上了第二艘船幸存的人员后，他们才开始回头搜救。此时第一艘船上的其他人员早已命丧荒野。

最让人扼腕的是，过了好几年，还有人将已安葬的船长及其同伴的尸体掘出，试图寻找人性卑劣的证据。但是，这些英雄们的身体均十分完整，没有人食人的迹象。尽管这样，谣言仍然不绝于世。作为读者，你读到此处时，有何感喟？

自哥白尼将地球中心论发展为太阳中心论，自达尔文将人是高贵的生物的观念发展为自猿进化而来，自弗洛伊德挖掘出人类精神深处的本能，人从世界上唯一的统治者变成了理性动物。这本来没什么错，但是依此否认人类在文明上可能的高度，一切依据“人本恶”来解读，又抹杀了人类进化的成绩及可能性。其实，人在某种情境下，是可以达到极高的道德高度的。

最后交代一下，那三个中国人，有一位死里逃生，后来成为臭名昭著的罪犯，到晚年改邪归正，据说开了餐馆，还当过一段时间的警察，死亡时间不明。

（［美］汉普顿·塞兹：《冰雪王国：美国军舰珍妮特号的极地远征》，马睿译，社会科学文献出版社2017年版。）

孤筏重洋

太平洋中部的波利尼西亚群岛，被广阔无垠的大海环抱。18世纪初，欧洲的探险殖民者初次踏上这块土地时，完全被惊呆了：他们自居为地理的大发现者，却没有想到这样的地方早已有人类居住。惊诧之余，一个问题自然而然来到人们的心头：这些人显然不可能从岛屿中自然长出，那么他们是从哪块大陆上移居过来的？

20世纪30年代，当挪威动物学家托尔·海雅达尔到达马克萨斯群岛的一个小岛上时，这个问题似乎有了确定的答案：波利尼西亚人从东南亚迁徙而来。但是，海雅达尔在聆听老人讲述历史故事以及观察风向、宗教遗迹、人类长相等各种迹象后，慢慢形成了自己的一个看法：他们应该是从太平洋的另一面——南美洲，迁徙而来。

10多年后，海雅达尔在纽约跟一个老科学家讲述他破天荒的猜想时，马上遭到了迎头痛击："你错了，绝对错了！你知道为什么吗？答案简单之至。他们没法到那里去。他们没有船。"

"他们有木筏。"海雅达尔迟疑地小声反驳。

"嗯，你可以试试，坐在木筏上，从秘鲁到太平洋岛屿。"

为什么不呢？在美国，常有人有着各式各样的奇怪念头，但这是一个科学的时代了，必须以科学、以实验来证明。海雅达尔下了决心。

如果你觉得航海的过程刺激有趣，我也不好说什么；但我觉得海雅达尔的航海准备过程，更有意思。你不妨接着看看。

在探险家俱乐部，海雅达尔看见了美国空军物资司令部配备实验所的赫斯金上校。上校正在介绍他们新发明的装备，并许诺，俱乐部成员在下次探险时可以选用他的任何一项新发明。唯一的条件是使用后要提出意见。后来，海雅达尔到了五角大楼，找了国防部的国外联络科科长，科长安排他们与后勤部实验所的李维奇上校见面。他们在这里看到了防晒油膏、不透水的睡袋、掉在水里也能点着的火柴、在水里也能浮起的刀子。正当他们兴高采烈之时，上校说："嗯，我们现在一定要进去和老板谈一下。我们能不能给你们这些东西，他才能决定。"

老板是一个身材矮小，十分精明干练的军官。他用刀子一样的眼光打量来客，问上校来客的来由，并追问他们能报答我们什么。

上校低声下气地说："我们希望在这次远航中，说不定可以根据他们所处的艰苦环境，将使用这些新食粮和若干装备的情况写成报告。"

军官毫无所感，冷冷地说："我一点也看不出他们能报答我们什么东西。"

办公室里一片死寂。

"但是，"那位首长突然说，"勇气和胆量也该算上。李维奇上校，把东西给他们！"

英国军事代表团后来也提供了不少装备，其中有一样东西是驱鲨粉。海雅达尔礼貌地问：在海面上洒这种粉，真的能驱赶走鲨鱼吗？英国人微笑着答道："这正是我们想要知道的！"

关于经费、签证、木筏用材、木筏制造，到处都是这种热情而好玩的经历。在短促的几个月内，他们竟然搞定了所有的远航准备工作。

至于真正的孤筏远航，大家可以上网看看同名电影，看看这个筏到底是什么模样。尽管我仍然认为书比电影棒。2012年，世界影坛出现了两部漂浮重洋的电影，另一部便是著名的《少年派的奇幻漂流》，李安的作品，让素不甚重视电影的我心醉神迷。但兴许是我已被原著图书彻底迷住，所以才总是觉得电影《孤筏重洋》味道不够好。

《孤筏重洋》一书，在全球有几十种译本。我找到的译本是重庆出版社2005年的《旅行与探险经典文章》第一辑。读完这一本，我在网上马上买齐了另外的九种。

再一条八卦是，著名诗人海子自杀时带的4本书中，就有这本。我的观点是：既然读了这本书，就绝不该自杀！

（［挪威］托尔·海雅达尔：《孤筏重洋》，朱启平译，湖南人民出版社1981年版。）

今天读《论语》就读这本

《论语》是不是必读书，因人而异。但今天如果要读《论语》，我推荐《论语新注新译》，杨逢彬著。

近几十年来，《论语》最通行的读本，当然是杨伯峻的《论语译注》。此书20世纪50年代初版，我买的是1980年的第二版。当时我大四，假期中只身北上，登岱岳，访孔庙，归途经无锡，购此书归，通读一过，后来时常翻阅。近人和今人的《论语》读本，我尚有钱穆《论语新解》和李泽厚《论语今读》，我同事董楚平先生赠我一册《论语钩沉》。古人的，朱熹《四书章句集注》自然是有的；近现代，程树德《论语集释》征引680种古籍，最为详赡，我也有。我不是《论语》专家，作为一个对中国文化有点兴趣和试图研究的人，对《论语新注新译》，虽然只读了一部分，但还是要勉力推荐。

空言无益。先看书第一篇第一章，再与《论语译注》比一下，看结果如何。

《论语》这一章原文，大家都很熟悉：

> 子曰："学而时习之，不亦说乎？有朋自远方来，不亦乐

乎？人不知而不愠，不亦君子乎？”

“子曰”，译为“孔子说”。但作者强调这是对男子的尊称，近似于现代汉语的“先生”，所以译为“先生说”可能更为准确。但为什么没这样译？因为《论语》中有不少“曾子曰”，如译成“曾先生说”，恐读者一时难以接受。杨伯峻本（下面称“杨本”）则径曰：《论语》中的“子”指孔子。

“时”，指定时或者适时。“时习”定时复习。杨本说：“一般人解为温习，但应解为实习、演习。”此书则以为，从先秦典籍看，“习”还没有“实习”的含义，所以取何晏《论语集解》引王肃语：“时者，学者以时诵习之。”按时、定时也。

“不亦说乎”，杨本译“说”为“悦”。此书同，但着重指出：“不亦”在当时出现频率很高，是一个反问句，略等于现在的“不是……吗”“不也……吗”。

“有朋”杨本译为“弟子”。此书认为“弟子”乃晚近解经家之说，不能同意，还是采用“同门”“同志”的旧说。

“愠”，杨本译为“怨恨”。此书考察多种先秦典籍后，发现皆为“恼怒”意，遂不采“怨恨”说。

寥寥32字原文，埋伏众多奥秘和争论。当然孔子及其孔子言行记录者的原意，肯定单一明白（即使蕴含多意，也是作者心中明白想说出来的多意）。后人既以其为圭臬，也无非是要与同代人说清楚孔子到底说了什么。这是一个现在来谈非常具有科学性的问题。自然科学不必说，很多人以为文科无科学。此说复杂不易辨明，但语言学在文科中是很具科学性的一门学问，这是大家都同意的。否则，如果每个词都有不同的意义，那普天之下，谁找谁说理去？也正因为如此，便有各种各样的所谓权威的语言辞典。

语言障碍主要来自地域和时间的不同。对《论语》，障碍当然来自时间。古今词义不同，语法不同，生活环境更是大不相同。诸如此类，造成后人对前人原著理解的困难。当然，汉语学家对这些障碍的清除做了许多工作，但最常见的毛病却是创新过多。他们对古书先有自己的想法，然后利用“双声叠韵”“一声之转”“声近义通”等貌似高深的方法，一下子把要解释的字解释成他想要的意思。至今为止，有多少论文专著是这样写成！所以王力先生说过：“假定这种研究方法不改变，我们试把10位学者隔离起来，分头研究同一篇比较难懂的文章，可能得到10种不同的结果。”这当然是荒谬的。

如何在解读古人著作时逼近原意？杨逢彬认为，无非是多找同时代著作的证据，越多越好，排比求出正确的解读。在这方面，其实古人早已做到，有代表性的就是清代的王念孙、王引之。我自己大学时的古汉语老师每当讲起“二王”时便敬仰不已，乃至神思飞越。但是今天，二王可以超越，秘密武器就是电脑。查找一个词、一个句子，人脑岂能比电脑？如有良好的数据库，再有时间，在这方面的成就确能超越古人。

当然，话虽好说，这本《论语新注新译》也做了12年，而且有几年需作者全力以赴。可见学问非易。“十年磨一剑”，还是说得短了。

最后的感受是，粗看下来，这本书还有两个缺点。一是文字上，准确性是够了，美感缺一点。当然，文学语言的多义性与语言学中语言的准确性存在天然的冲突，所以也可以理解并且置而不论。二是这个封面设计实在不够大气，完全缺乏权威的感觉，反不如中华书局的杨本《论语译注》，简简单单，气象万千。

（杨逢彬：《论语新注新译》，北京大学出版社2016年版。）

关于茶叶的一些事

清明时节，江南细雨纷纷。如果面对窗子的你不是掌着一盏酒，而是捧着一杯新茶，茶叶舒展，玲珑剔透，你看见的可能是一个更具诗意的世界。

今天，茶已为世界各地的人所喜爱。“下午茶”这个名称就出自英国。那是“一段享受的时光，是拜亲访友的时光，是午餐和晚餐之间的闲谈时光”。相比于其他饮料，茶对人体可能更为健康。我还记得那次访问俄罗斯的一个科研机构，主人摆了下午茶来招待我们。我们出于矜持和习惯几乎未有动作，他们自己已把茶食和茶一扫而空。

茶叶的种植和制作的秘密，最早为英国人所刺探效仿，最后成为世界性的饮品。当我翻开《茶叶大盗：改变世界史的中国茶》时，我还以为这本书的重点在于后半个标题，应该讲述中国茶如何改变世界。读了几页，我发现该书的重点倒是讲述英国维多利亚时代的植物学家罗伯特·福钧如何窃取中国茶的秘密，并将其引至英国的。搜检了原书的英文书名后，只得说翻译得不靠谱。原书名是 *How England Stole the World's Favorite Drink and Changed History*。明明是“英国人如何窃取极致饮品及改变历史”嘛。当然，全书读起来还是颇为流畅、传神，但书名确实应该再斟酌。

19世纪，中英贸易额不断上升。新兴的资本主义国家需要将自己的产品销到全世界。但是，面对中国许许多多的有用场的农副产品，特别是茶，英国除了鸦片以外没有太多的东西能予以交换。这当然既因为许多工业产品不适于中国百姓的需要，也因为中国百姓穷苦买不起更多的工业品。想想我自己的童年吧，那是“文化大革命”前的岁月，我的农民兄弟基本上都穿着家人织成的布衣服和做的布鞋，晚上舍不得点“洋油（煤油）灯”，看得见且大家认得的唯一的家用电器，如赵本山所说，就是手电筒。再往前推百余年，贸易状况可想而知。

顺理成章，英国人产生了自己来种茶的念头。在他们的殖民地印度，有着与中国产茶地相似的土壤和气候条件：喜马拉雅山南麓云山雾罩、湿润非常，有肥沃的土地，而且也有霜冻。问题是：如何获得中国最好的茶苗、茶籽以及相传千百年的制茶工艺呢？

1848年，罗伯特·福钧乘船来到上海。由于中国官方不允许茶的秘密流至国外，福钧乔装打扮，装了一条假辫子，经过杭州，前往安徽松萝山——那里有着至今仍享誉国内的松萝茶。在途中，福钧参观了一座茶叶加工厂。他发现，为了让茶叶卖相好看，加工者加入了一种颜料——亚铁氰化铁以及石膏。这些东西皆有毒。当然，中国人自己喝的茶不需要添加这些材料，不过他们也没想过这些东西对人是否有害。福钧窃取了样本，这成为后来英国作出决定应该自行种植、加工茶叶的无可辩驳的证据。读到这里，不能不想到今天我们还有不计其数的食品生产加工者在干类似的事情。他们坚决不吃自己生产和制作的食物，宁可花钱去购买其他很可能有与自己相同的生产和制作过程的食物。眼不见为净，真理啊！

福钧雇的兼向导、仆人、搬运工等众多身份于一身的王某，安徽休宁人，松萝山下住。所以，他的家就成为福钧寻觅茶种的最佳地点。他拿出小小的一点现金，就让王宅周边掀起了一场贡献茶种的热潮。尽管国家有着自己的宏观打算，但升斗小民根本不会知悉还有那样的规定，即使知道，估计也无意去执行。他们当然也不会想到此举是在砸自己的饭碗。一年后，福钧又出现在福建武夷山，此次他要的是红茶，而且亲眼看见了大红袍。至于福钧如何在保存茶种、茶苗等事务上鞠躬尽瘁，这篇小文就不详述了。当植物小偷，其实是蛮考验智商的。时至今天，确凿无疑的一点是：在印度大吉岭上生根发芽的首批红茶树苗，就来自于福钧之手。

当然，以今天的眼光看，茶叶及其制作工艺的外流不可避免。其实，从哥伦布开始，动植物就开始全球性地扩散了，任何努力都扭转不了这个趋势。这也算是造福或者说危害人类的一个举措吧。如果没有番薯和玉米，中国哪能有清中叶以来的人口爆炸？但是，这本《茶叶大盗》，我以为还是能给今天的人们一些警醒。前几天，我偶遇一位来自湖北的朋友。他每年春天会去杭州龙井茶人的家，目睹新茶的采摘和制作，再买下几斤带回家。我本人也是这样，托同事是龙井茶人的福，每年寄一点明前新茶至香港师门。

（［美］萨拉·罗斯：《茶叶大盗：改变世界史的中国茶》，孟驰译，社会科学文献出版社2015年版。）

不同的人类社会

任何时候任何社会，人都有穷有富。多数情况下，人还是想做个富人。但是怎么做，讲清道理，并不容易。于是就有人研究。同理，国家也有穷有富。目前世界上有220多个国家和地区，为何有贫富之分？这个当然也有人研究。我自己，就读过戴维·兰德斯的《国富国穷》，还有埃里克·赖纳特的《富国为什么富　穷国为什么穷》，都很不错。这次读贾雷德·戴蒙德的《为什么有的国家富裕，有的国家贫穷》，更是觉得好，有特点。特点何在？是因为写书的人不再是一个社会科学和人文学科研究者，而是一个自然科学家。

二战结束时，贾雷德·戴蒙德（Jared Diamond）刚好8岁。童年时，他是一个新英格兰北部的野鸟观察者，同时还是一个占星家，拥有一架天文望远镜。受母亲的影响，在大学毕业时，他已学会了7种语言，还精通古典音乐。1962年，他获得实验生理学博士学位，从事研究胆囊的流体输送生理学专业；第二职业是研究新几内亚的鸟类。

1985年，他接到了麦克阿瑟基金会的一通电话，通知他获得了麦克阿瑟奖金，每年有45000美元，连续5年，而且没有任何附加条件。他以外还有20多人获得此奖。基金会负责人相信这些获奖人能对世界做出非凡的贡献，5年的自由时间将让他们更加卓有成效地工作。在得奖后的迷惘过去后，他撰写了《第三种黑猩猩》。此书确实没有辜负基金会的苦心，此为“人类大历史三部曲”之一。第二部即《枪炮、病毒与钢铁》。此书获普利策奖，全球久负盛名。第三部是《崩溃》。能看见的他写的书，中文版的，我全读过，除了一本《性趣何来?》，此书没看，是因为没找着。而且我表示，我真的很想看。

自然科学家出身的人，写书至少有两大特点：一是结论清晰，特别不像哲学家，他写下的每个字你都认识，摆在一起却不知道他在说啥；二是特别讲论据，尤其是数字论据。

戴蒙德谈国家贫富的原因，只谈了两点：一是地理，二是制度。

决定贫富的地理原因是什么？第一，看这个国家是否处于热带。如是热带，绝大可能是贫穷。温带国家一般比较富裕。我自己拼命在想反证，但搜索枯肠，只想出来一个新加坡违背了这条规律，而且也只是近几十年的事情。第二，看这个国家有没有丰富的自然资源。结论是，如果有，多半贫穷。江湖上有一句行话，叫“自然资源诅咒”，说的就是这个。资源一般不会均匀分布，所以会造成内部的不平等，甚至诱发内战。另外，钱来得太容易，也会导致工作精神的丧失以及各种各样的腐败。第三，原来富裕的，由于对环境与人口问题应对不当，也会变得贫穷。

制度决定国家贫富，这谁都懂，世界上有极好的例子说明这一点。但是，此书最有意思的是，解释良好制度出现或不出现的原因。戴蒙德将笔触伸向了历史：“拥有悠久农业历史以及得益于农业发展而形成的悠久政府历史的国家，比那些农业历史短和政府历史短的国家享有更高的人均收入。”这里的中心词，一是农业，二是政府。两者的历史都是越长越好。这个结论很有意思，值得进一步深入研究，如果用这个框去套中国东北，也刚刚好。

戴蒙德的这本不到10万字的小书，囊括了许多有意思的内容。至少可以激活思维。由于其论据都是科学化的事实，就是说具有可证伪性，你不同意尽可以与他讨论辩驳。篇末的“延伸阅读”更是介绍了一堆原始外文文献。今天有外文阅读能力的读者不要太多！

（［美］贾雷德·戴蒙德：《为什么有的国家富裕，有的国家贫穷》，栾奇译，中信出版社2017年版。）

人类社会如何避免崩溃？

贾雷德·戴蒙德（Jared Diamond）是活着的大师级思想家。他的“人类大历史三部曲”包括《第三种黑猩猩》《枪炮、病毒与钢铁》和《崩溃》。前两部早已读毕，第三部也已买来几年，但出于对同一个人撰写多种著作必有重复的疑虑，我让它在书架上“孤芳自赏”。今夏，我不经意地打开书。前面关于蒙大拿的内容略显冗长。我看了几章，适逢去北欧旅行，尽管我已知道作者写到维京人的处境，但还是嫌书太厚太重，且不经读，便带上了另一册书去。

在北欧五国领略了一番当地风情后，我回家再次打开书，观感完全不一样。原来我看到的冰岛，并非是天造地设的原始冰岛。丹麦的导游跟我们说，冰岛乃不见绿色之国，森林覆盖率是0。所以当我下飞机，见到遍地褐色的火山石，不长一草一木，细观唯有莓苔时，脑海中不由得浮现出严复所译《天演论》的开头：

> 赫胥黎独处一室之中，在英伦之南，背山而面野。槛外诸境，历历如在几下。乃悬想二千年前，当罗马大将恺彻未到时，此间有何景物？计惟有天造草昧，人功未施，其借征人境者，不过几处荒坟，散见坡陀起伏间。而灌木丛林，蒙

茸山麓，未经删治如今者，则无疑也……

而贾雷德·戴蒙德告诉我说，在维京人公元870年前后占据冰岛时，冰岛仍有1/4的土地长着茂密的森林。“但是他们将森林清除一空，辟做牧场。砍伐下来的树木则拿来做柴薪、木炭和木材。在短短几十年内，岛上80%的森林被清除，进入现代后这一数据上升至96%，而目前冰岛的森林覆盖率仅为1%。”而且考古学家分析，这些木材不是被丢弃就是被毫无意义地烧掉了。近日我们看到的冰岛，并不是地老天荒的原始状况，而是环境被严重破坏后的结果。它跟澳大利亚一般，茂密的森林给人土壤肥沃的错觉，一旦滥伐开始，贫瘠的泥土再也难以长出草木。如此说来，我在冰岛南部看见的绿色草场，再也不是优美环境的代名词，而只是牲畜过冬的无奈选择。

《崩溃》中研究了文明史上崩溃的几幅图景，如复活节岛、玛雅文明、格林兰维京社会，加上现代的卢旺达、海地等，但同时也研究了从困境中独辟蹊径转而胜出的一些案例，如蒂皮利亚岛、新几内亚以及日本。作者极有启发性地指出：在某种条件下，小型社会自下而上和大型社会自上而下的努力皆有可能成功，但中等社会却常常步入困境万劫不复。在全书的最后部分，作者研究了人类社会为何会做出灾难性的决策，历史对于我们有何意义。读着这些文字，真的觉得作者对人类的忧心和爱，而且绝不是心灵鸡汤。

让期待剧透的阅读者们失望吧。我希望的是对我这篇文章略有兴趣的人，能捧起贾雷德的《崩溃》一读，同时认真地思考一下人类的命运以及自己的责任。这真的不是大话。

（［美］贾雷德·戴蒙德：《崩溃：社会如何选择成败兴亡》，江滢、叶臻译，上海译文出版社2008年版。）

从部落里走出来的世界主义者

奎迈·安东尼·阿皮亚（Kwame Anthony Appiah）是美国普林斯顿大学的哲学教授。他跟奥巴马一样，父亲来自非洲，母亲则出生在英语世界。阿皮亚的父亲是加纳人，阿皮亚在父亲的社会生活过。在那里，具有共同祖先的一个群体，中国人叫宗族，他们叫阿布苏亚（Abusua）。它与宗族最大的不同是它属于母系社会，所以阿皮亚属于他母亲的阿布苏亚，至于他爸爸，对不起，属于他妈妈也就是阿皮亚奶奶的那个阿布苏亚。阿皮亚的舅舅扮演阿皮亚父亲的角色，真正的父亲则对自己的子女扮演英国家庭里舅舅的角色。阿皮亚的妈妈和舅舅一起为孩子们谋食谋衣，还有教育。

阿皮亚父亲去世时，阿皮亚的一个姐姐坚信是一个婶婶对他施了巫术。所以她绝不食用这位婶婶在治丧期间送来的食物，家里其他成员也不能吃。有意思的是，她不反对其他亲属来吃。因为巫师的攻击目标是特定的，不属于攻击目标的人吃了没事。而且，巫术是可以禳解的，阿皮亚的姐姐确信，如果买回一头羊作为祭品，婶婶的巫术就可以被破解。

你怎么跟阿皮亚的姐姐说呢？你难道跟她说：世界上存在一种肉眼看不见的病毒，有时甚至用大倍数的显微镜还看不到，但是能够杀死活蹦乱跳的成年人？阿皮亚的姐姐听后，可能会觉得这个理论比巫术更不可信。当然，这个理论在欧洲也讲了很长时间，经过多少实验，又经过多少推理，还有普及教育，人们才相信的。所以，切记切记，不要轻易嘲笑他人的智商。

在阿皮亚度过童年的地方，今天仍然有许多向旅游者索要东西的乞讨者，而且这些人并非都是乞丐。他们会问："您给我带了点什么来？"或者："你能把我带到美国去吗？"或者："您回去后能给我寄一块手表（或者手机、电脑等）吗？"还有人会要求办理签证、买飞机票和找一份工作。作为旅游者的我们可能起初会丈二和尚摸不着头脑，继而恼怒非常。阿皮亚解释说：在那里，要办任何一件事，都需要找到一位大人物。所以向某人索要东西，就是邀请某人成为他的赞助人，这标志着他认为你具有相当高的社会地位。"这是一种表示尊敬的方式。"古罗马时期的"接受赞助者"跟这其实差不多。有句古老的格言是这样说的：

> 如果有人恨你，就不会向你索要东西。

从非洲的丛林来到现代化的大都市，阿皮亚进入了一个全球化的陌生社会，所以由他来阐述"世界主义"，即陌生人如何共处共赢非常合适。他的基本观点是，先尝试着相互理解、共同相处，在习惯中先解决大部分问题。单一的价值观可能是更有害的，而没有单一的价值观，世界可能更为和平。相处有时候需要时间，可能还需要一点诡计。比如有个边远的部落，喝生水，婴儿经常夭折。外来的医务人员让他们先烧开杀菌后再喝，他们就是不听。她烧开了水，让大家来看，说那些冒出的泡泡就是水中的精灵，烧开了水，精灵就逃走了，婴儿就不会生病了。于是，水烧开了再喝就开始在这个热带地方实行。

阿皮亚虽然是个哲学教授，但是这本书写得灵活、流动，完全没有欧陆那种沉重、烦琐的症候。只是同样需要慢读细思。

这本书的责任编辑叶芳，是我大学同学。书是问她要的，读了才对得住。她的女儿嫁了美国人，已生两个小孩，她已经是一位世界主义者了。

（［美］奎迈·安东尼·阿皮亚：《世界主义：陌生人世界里的道德规范》，苗华建译，中央编译出版社2012年版。）

关于《江城》的三句话

《江城》，彼得·海斯勒（Peter Hessler）著。关于这本书，我只说三句话。

第一句：这是一本关于重庆涪陵的书。

我大学读的是中文，但是“涪陵”，早年一直念成“培陵”。那时我吃到的榨菜，最好的是海宁斜桥榨菜，而“涪陵榨菜”还远远没有登上A股市场。涪陵有名的还有白鹤梁，号称是“世界第一古代水文站”，我知道得较早，但也没将它与涪陵联系起来。今天的涪陵，在榨菜名牌的带动下，已经不太有人把它的名称念错了。而且我还知道书中主人公所在的涪陵师专现在已经更名为长江师范学院——就在前几个月的一个会议上，我认识了来自该校的两位民族学青年学者。

第二句：这是一本美国小伙子观察20世纪90年代中期中国涪陵的书。

涪陵，一个地级市，20世纪90年代中期是什么面貌，我们闭目可思。如果这本书由中国人自己来写，估计没多少人愿意看。其实，《江城》这部书刚火时，我也没有看。不看的理由正是这一条：一个小破城，又是十几年前的事，有啥看头？但我的态度，架不住此书的火。《江城》在2012年2月初版，到我买这本书的2016年6月，已是第14版，印数达到22.6万册。今天是多少，我没查。但略懂图书市场的人都知道，这是一个很不容易的数字，特别是在没有动用任何特殊手段的情况下。这本书好就好在是陌生人来看我们熟悉的东西，我们习以为常的东西。自己的生活，太熟悉了，觉不出什么花样。一个完全陌生的人，却觉得其中颇有深意，大有文章。他看我们事事新鲜，我们看他看我们，也觉得事事新鲜。27岁的海斯勒和一个22岁的同伴，来到这个他们以前闻所未闻的地方任教。而且这个地方50年来没有美国人居住过。50年前呢？也许有一个，但那个外国人也可能是个德国人。

这本书很厉害的一点是，我们都觉得极为普通的场景，它能写出极为深层的意思，让人反复琢磨，欲罢不能。比如春节前一天，有户人家请这个美国人去吃饭，他们家刚满两岁的小孩一看见他就开始大哭，无论如何都止不住，家人只有把他打发到另一个房间去玩。我们对这幕场景当然无动于衷。太正常了！但作者心想，如果是美国的圣诞晚宴，知道孩子见到外国人会大哭，他不知道自己还会不会请人家来吃饭。经此一语，吃饭、客人、节日等词语确实有了新的更深层的意义。

第三句：这是一本两大文化相互了解以及相互不了解的书。

到这里，可以说说作者在中国发生过的两场公共对峙了：

第一场，是作者在中国最激烈的一场争吵。他在一个烧烤摊上，买了几串烧烤，吃完后继续看报纸，这时有个小个子走上来朝着他的脸大叫“哈——啰——”，他不理。小个子在烧烤摊上抓了一根香肠，推到他的面前，一边大声叫：“吃！吃！吃！”中文名为何伟的作者一巴掌打掉了他的香肠。小个子号称要去找朋友来对付这个外国人，然而又不肯离开。何伟此时来中国已一年多，是这里的老面孔了，很多做小生意的人都认识他。过了一会儿，大家都干自己的事去了，而且对何伟都视同当初。小个子更加生气了，大叫："我们中国人不需要这样的外国人！"何伟对他说："你们中国人也不需要这样的中国人吧！"围观的人鸦雀无声，但是显然，后来没有人支持小个子。小个子是擦鞋的，没有人让他擦鞋。后来下雨了，大家散了。

另一场冲突。他们两人快回国时，拿了摄像机在拍关于涪陵的一切。走着走着，到了码头一带，平常他们从不去那里，没有人认识他们。一开始的拍摄还是很顺利的，一人负责逗乐，一人专心拍摄。突然，取景器一片漆黑。一个40好几的男人拖着一个皮包，挡住了取景器，说："我是一个市民，你不能在这里拍摄，这是违法的。"何伟说："我也是一个市民。我在这里拍摄不违法。"冲突开始激烈，围观人群的嘀咕声越来越大。一看情形不对，两人火速撤离。

事后他们将这段录像看了几十遍，也没有看出围观的人群在哪个时间点突然站在了他们的对立面。他们也意识到，很重要的一个原因是他们完全不认识码头边上的人。在前一个场景里，小个子认为他们是外国人，但其他人都知道他不仅是外国人，还是何伟，熟悉的程度足以使人们撇开抽象的国界与民族。而在码头，由于没人认识他们，国界的不同就变成主要因素了。这也是为什么一些激烈的严肃主题的争吵只发生在网上和微信上，而很少发生在现实社会熟人之间的原因。中国的熟人社会自有特别的规则，而技术条件又大大拓展了公共交往的空间，于是，两个社会空间便会因此发生混淆、混乱，而导致许多本不会发生的冲突发生。今天许许多多貌似重大的对峙，可能不少是由此发端的吧？

这种对峙和冲突，从眼前的生活情形看来，不易全面消除。唯有见多识广，见怪不怪，就是俗语说的“提高素质”，方能增强对话，减少冲突。说到这里，不禁得拔高一下：咱们不是要建立人类命运共同体吗？见了一点点不常见的，就少见多怪，大声嚷嚷，甚至秽语相向、拳脚相加，何来人类共同命运？

彼得·海斯勒另有一部走红之作——《寻路中国：从乡村到工厂的自驾之旅》。鉴于本人不会驾车，所以不会再写那本书的书评了。将话在这里说完吧：这两本书都是好书，值得国人一读。

（［美］彼得·海斯勒：《江城》，李雪顺译，上海译文出版社2012年版。）

理论家的游记

近年来发现，游记是很好的东西。现在我经常看的游记有两类。一类是我正准备去某地，出行前必得找些游记来看看，知道一下某风景区离高铁站多远、住宿是否方便等细枝末节的东西。写得越琐碎越好，让人有技术上细微充分地了解。这类游记，网上唾手可得。不过我也没敢多看，尤其是上边晒的照片。我怕的是，我真的去了后，看见的与照片上的一模一样。那我还去干什么？另一类是去过某地后，想从更多角度地认识一下自己去过地方的风貌、感受一下它的精神，此时第一类游记就完全不管用了。只有理论家写的游记才能满足这种需要。最近读的由加拿大和以色列两位社会科学家联合主编的《城市的精神》2卷，就是这样的作品。

该书第一卷写到了纽约、巴黎、北京等大城市，第二卷则辟了三个板块：中国城市、大型全球化城市、小城市。作者有些是该城市的老住户，有些则是客居。很奇怪，居住地并非写得好差的决定性理由。最差的一篇，是写成都的，作者小时候就生活在那里。他的文章之所以不好，是把本文所说的第二类游记写成了第一类。没有深刻地剖析，没有独到的体验，一看就不是社会科学家出身。果然一看履历，他是个记者。他本不应在这类书中站队。

如果让我来选两篇写得最好的，那就是写耶路撒冷和塞萨洛尼基这两篇。耶路撒冷，我去过，也能感受到那里浓烈的精神氛围。但是这里讲得更透："在耶路撒冷，精英是由教授、大学老师、拉比和政府官员组成的；而在特拉维夫，精英则是商人和律师。所以耶路撒冷人说他们的城市是精神之城。""2008年耶路撒冷的平均失业救济金每一天107谢克尔（大约30美元），远远低于特拉维夫的水平（140谢克尔）。从2010年开始，11.38%的耶路撒冷企业宣布面临破产或倒闭的风险，而特拉维夫的比例是7.02%。耶路撒冷许多人不工作。耶路撒冷的许多巴勒斯坦人很难找到工作，而许多极端正统派教徒不愿意工作，他们更愿意花时间研究《圣经》和《塔木德》。"所以，当我在回忆自己在锡安山上低头巡视星罗棋布的坟墓时，当我在狭窄的小巷中穿行追随耶稣当年的行踪时，切切记住此地不是以色列的全部。以色列，从整体上来说，绝对是一个科技国家。

至于塞萨洛尼基，抱歉，我根本不知道在哪个国家。仔细搜寻后，才知道它是希腊的一个城市。近年来，欧洲经历了一波难民移民潮。叙利亚、阿富汗等地的难民多从希腊涌入欧洲。2015年的希腊，49%的青年劳动力失业，反移民运动不出意料地蓬蓬勃勃。但是塞萨洛尼基这个小城，对来到门口的穷困陌生人，不仅打开家门，而且马上提供自己吃的食物，然后才询问陌生人的身份和来意，而且还要将家中最好的床铺让给客人使用。对这个城市而言，这是荷马史诗《奥德赛》时就已形成的城市精神。请你不要先质疑此事究竟可行与否，只要知道该小城今天仍然这样行事。该文作者在此地碰到了一个来自伊拉克的渔夫，在聊了一会儿后，渔夫坚执要把刚捕到的那条大鱼送给客人。作者思忖着："也许他还没有证件，这条鱼可能就是他仅有的晚餐。"但是这个城市的人们就是这样。读到这里，我想我在有生之年定会去寻访一次这个精神上的人间乐园。

让理论家们来撰写游记，本质上是一种极有可能失败的冒险。他们常犯的错误是对日常生活熟视无睹或者陷入极端的偏见。不过前者有许多平凡的游记可以补救，后者也可满足人们对事物独到认识的特殊需求。人的脑子毕竟不是广袤的广场，而只是有限度的房间。装进每个房间的物件必须浓缩凝练而且独特。

（［加］贝淡宁、［以］艾维纳：《城市的精神：全球化时代，城市何以安顿我们》，吴万伟译，重庆出版社2012年版；［加］贝淡宁、［以］艾维纳主编：《城市的精神2：包容与认同》，刘勇军译，重庆出版社2017年版。）

你要彩礼，我要嫁妆

近年来中国农村嫁女索要彩礼的情况越来越严重。

西北师范大学教授李怀2017年在《浙江学刊》上发表了一篇论文，披露他老家甘肃庆阳，娶妻的彩礼从2001年的3800元上涨到了2016年的96000元，谢媒礼从100元变成了5000元，客人红包从10元变成了100元。他还援引了老家的顺口溜。它是这样说的：

> 庆阳女子太值钱，想要媳妇先攒钱。
> 好不容易攒点钱，娶个媳妇全抖完。
> 盖起新房还不行，必须整体大装修。
> 电视冰箱不用说，沙发空调洗衣机。
> 今年正礼十二万，追节还得八千八。……
> 娘家一夜变东家，婆家霎时一扫光。

它大大加重了农村男子家庭的负担。家境稍微贫寒一点的，很可能娶妻无望。

但奇怪的是，在另一处地方，是女儿出嫁必须带着丰厚嫁妆，否则无人“接盘”！

我说的就是印度。在印度，女儿带着嫁妆出嫁是古老的风俗，但是弄到后来，婚姻渐渐变成了买卖，每个男人都可以凭他的地位、身份等开出嫁妆价格。我没去过印度，只能援引《中国人与印度人》中说到的较过时的情况。比如“一个英美大学毕业生、医生、工程师、地位较高的文职官员或专业人员，20世纪80年代初，可以收获30万卢比以上的嫁妆。一个精明的办公室勤杂人员，要价10000—20000卢比。”1990年，约有5000名妇女死于嫁妆制度，同年刑事部门登记的结婚不到1年的新娘因婆家嫌嫁妆不足而自杀的事件有2478起。

一方是娘家向男方索要彩礼，一方却正好相反，向女方索要嫁妆，而且价格均长期上涨，令人难以招架。两者是不是可以考虑化战为谈，开通“婚姻互通渠道”，一举解决两国基层民众的婚姻经济问题？

要研究这项措施的可行性，必须先搞清楚问题。

这个问题就是中国男子和印度女子为何一定要结婚。关于中国男子，好办，大家都是中国人，都觉得一个男子没有结过婚，简直不是一个完整的人，至少没有享受过人生。对娶不到老婆的男子，多数人以怜悯的眼光看待，而非羡慕。（当然，有钱并拒斥婚姻的情况例外。）另外，“不孝有三，无后为大”，男人没有生过儿子，简直不行。至少传统中国就是这样！而印度女人，为何要结婚呢？这不是我们中国人通常能够理解的，它与宗教有关。印度教经典认为：“结婚是神把女子赐给了一个男子，女人结婚是获得宗教拯救的途径，因为女性是不能单独被拯救的。”换句话说，她能结婚，真是上天保佑！所以印度女性一定要嫁出去。这是她的命运，也是家庭的责任！

从这个角度来看，中国男子与印度女子的通婚简直天造地设。

双方都有一定要完成的任务。如果是古代，女性都讲“三从四德”，中国和印度皆然，则确实没有问题。但是当时的交通状况不容许通婚。现在交通是没问题了，但人开始变，特别是女性，已经开始强调个人感受，并逐渐投入生产活动、赚钱，两者婚后的隐患就增大了。

当然，我这么设定，纯粹是电视剧级别的。只是整天闷在家里看那些无聊至极的肥皂剧，还不如来构想一部多少有点新意的作品。你说是吗？

（尚会鹏：《中国人与印度人：文化传统的比较研究》，社会科学文献出版社2015年版。）

人类的战争

50已出头的笔者，小时候受到的教育是：人类从原始共产主义社会而来，向共产主义社会而去，中间的过程是残酷的阶级斗争，战争在这期间不可避免。

最后一句话千真万确，其他或许应该再研究：未来的共产主义社会固然没有战争，原始社会有没有战争呢？关于这一点，历来有不同的看法。近代政治学的开山鼻祖霍布斯就认为，人性本恶，自私自利，残暴好斗，所以应该成立国家（利维坦），人们将自然权利托付给它，它保证社会的和平。《利维坦》这本书写于1651年。但对后世影响同样巨大的卢梭则反对这一点，他认为人性本善，原始状态下的人是完美的，是文明造就了人类的不平等以及种种恶行。《论人类不平等的起源和基础》写于1753年。

当然，用现在的眼光看，这两位都是空头理论家。“拿证据来！”现代人的思维已经比较科学和实在了。所以，这个任务只能交给考古学家。

不过，考古学家有时候也是靠不住的。比如说，20世纪50年代的考古专家，大多经历过二战，所以他们多数在考古发掘的任何地点都看到了战争。但一二十年后，新一代的考古工作者接受了米德《萨摩亚人的成年》中认为的原始民族爱好和平的观念后，在任何地方他们都看不见战争了。当然，1991年在阿尔卑斯山发现的3300年前的“冰人”，的的确确是死于暴力而非自然灾难。

黑猩猩可能是人类最近的近亲。1974年1月7日，科学家第一次观察到一个族群的黑猩猩主动攻击另一个族群的同类。在1998年以来的10年中，科学家们使用GPS装置，发现乌干达境内某个族群的黑猩猩总共发动了几十次突袭，杀死了21只其他族群的同类并抢占了它们的地盘。

不过，另一个让人目瞪口呆的场景出现在动物学家面前：1986年12月21日的非洲万巴，有两个不同族群的猩猩相遇了。两个族群坐下来相互瞪视。半小时后，第一个族群中的一只雌性猩猩站了起来，从容地穿过空地，走向另一族群的一只雌性猩猩。接着，她们面对面躺下，相互将生殖器贴在一起，不出几分钟，双方开始喘息、尖叫、痉挛。接着，两个族群的对立完全解除了，现场一片狂欢。

这群猩猩叫倭黑猩猩，与黑猩猩在130万年前分化。更重要的是，书中写道：“这两种物种的基因与人类基因的差别是相同的。如果黑猩猩之间的战争暗示人类或许是天生的杀手，那么倭黑猩猩的狂欢活动则暗示人类是天生的情种。”

到这里，伊恩·莫里斯（Ian Morris）2014年的新作《战争》达到了高潮。如果说莫里斯的基本思路是沿袭霍布斯《利维坦》的话，不能不说《战争》一书的前半部分写得稍啰唆了一些。莫里斯将战争分为建设性的战争和非建设性的战争，所谓建设性的战争就是通过战争来减少暴力，否则反之。他的精彩之处是阐明了任何事情都有它的界限：战争造就了帝国，但一旦帝国的扩张超越了自己的界限，就会引来更多的强有力的敌人。而第六章他关于人类暴力由来的论述，也就是本文介绍的主要内容，更是精彩绝伦。哪怕是光为了读这一章，《战争》这本书就绝对可买可读。

（［美］伊恩·莫里斯：《战争：从类人猿到机器人，文明的冲突和演变》，栾力夫译，中信出版社2015年版。）

人类为何合作？

我们中有不少人从小学开始就发现谚语有些自相矛盾。“一个好汉三个帮”有“求人不如求己”等着，“浪子回头金不换”有一句“狗改不了吃屎”作对，“万般皆下品，唯有读书高”更有一句“百无一用是书生”全部抵消。其实，尽管自然界的规律要等到培根、牛顿等以后才清楚认识，社会的规律却自有社会以来人们就开始体悟了。这些人所共知的谚语在当今世界各民族中多有相近的说法，即明证。当代社会科学的一个重要任务，无非是给这些规律澄清适用的条件。

所以科学家们有活干了。而且关键的一点是，原本大家想来应该是社会科学家的事，现在同时也是数学家和生物学家的事了，尤其是有了数学生物学这样的新学科后。马丁·诺瓦克，哈佛大学数学与生物学教授、进化动力学中心主任，穿越于牛津、普林斯顿、哈佛的科学奇才，他对数学的看法是：它不仅仅是数学、形式和抽象关系，更是规律和内在一致性。“甚至宇宙本身就可以用数学进行精确推导：宇宙中发生和存在的所有事物、任何事情，都是根据宇宙规则进行逻辑推演的结果。”原来，是哲学家在干这类事。而数学家与哲学家的区别是：数学家需要纸、笔和一个废纸篓，而哲学家只需要纸和笔。

生物会随机出现突变，最适于环境的会继续生存，这是达尔文的观点。基因总是以生存为第一目标，哪怕是利他主义的行为仍然携带此核心，这是道金斯。而诺瓦克提出了生物演变的第三原理：合作。在他的实验中，公平策略总是在这个充满不确定性的世界中率先胜出。

利用计算机模型、数学和实验来揭示进化中合作的产生机制，以及合作如何成为这个现实世界的一部分，是本书的精华，也是全书着力叙述的繁复过程，在这篇小文章中自然无法详细复述。这里只想说，这些实验是一步步逼近现实的，而实验的设计是科学家的主要工作之一。比如最早研究"囚徒困境"，最佳策略是"以牙还牙"。计算机程序虽会正常运行，但人和其他动物都会犯错。人有时会分心，大脑会"短路"，情绪会有起伏。谁一辈子没做过一些蠢事？这就是噪声。这时实验就必须修改程序，得出的结果也会有所区别，但合作的程序时常会占优势。不过，我们可以公布一下他的最后结论："没有一种策略是真正稳定的，也没有一种策略能获得永生。一切周而复始，循环往复。幸运女神不会永远向一个人招手。"到此，我不禁想起我国不朽的名著《三国演义》："话说天下大势，分久必合，合久必分。""是非成败转头空。青山依旧在，几度夕阳红。"

该书让我特别感兴趣的另一个实验，引进了民族性后的关于惩罚在合作过程中起何等作用的跨文化研究。全球有16个国家的城市参与了研究。研究结果是："英国人一直怀有公平意识，而希腊人则渴望报复的机会。雅典和马斯喀特的玩家的报复性惩罚水平最高，他们对合作者采取的惩罚行为是来自首尔、波恩、诺丁汉和其他城市玩家的6倍之多。萨马拉、明斯克、伊斯坦布尔和利雅得的情况则居于两者之间。”这个结果，“与社会科学家在世界民主调查中总结出来的市民合作规范与法律规则相吻合”。简单地说，在一个对执法机构充满信任的社会，报复行为通常较少出现。相反，惩罚行为则更为经常，合作受到抑制，人们有更多的“搭便车”动机。这就很好地解释了在一些国家中人们的互利互惠多于另一些国家的原因。原来合作也是要通过社会规范促进的。而没有公平和正义，一切都无从谈起。

（［美］马丁·诺瓦克、罗杰·海菲尔德：《超级合作者》，龙志勇、魏薇译，浙江人民出版社2013年版。）

今日人人都会碰到的重要议题

《人类简史》《未来简史》火了，于是市场上便有了同一作者的《今日简史》。今日怎么会有史？完全不通嘛。看原文，是*21 Lessons for the 21th Century*，这就对了。不过，题目不通，有时其实也不要紧，看过前两本知道这位以色列作者尤瓦尔·赫拉利的，也不在乎这个。

总体看下来，这本书不如前两本。一个人的见识总是有限的，写了两本书，想表达的大半已经表达。但是读下来，有些地方还是很有意思。

譬如说，人有什么能力？回答是两种：身体能力和认知能力。人类原先靠身体能力生存和发展。后来有了机器，身体能力相对不重要起来，认知能力因而显得重要。但是，新出现的人工智能可以替代人的认知能力，那么未来的人类还有什么用？在今天的以色列，有大约50%的极端正统派男性犹太教徒从不工作，他们把生命奉献给研读宗教经典和举行宗教仪式。他们一半靠老婆工作养活，一半靠政府补贴。世人经常诟病他们。问题是：当人工智能可以取代人类工作后，这些正统男性犹太教徒是否会成为我们的楷模？

譬如战争。在古代，经济资产主要是实物资产，因此可以通过占领征服来掠夺资源、贩卖战俘等。今天的经济资产主要是科技和体制知识，而这是无法用战争来掠夺的。所以现代不可能再打一场古代的战争，除非发现了武力占据知识并发生效益的新方法。所以，今天我看到不少类似古代战争的热血口号会忍不住发笑。当然不谙世事的人不管这个。

在我看来，最精辟的是这一段：2015年11月13日，极端组织“伊斯兰国”在巴黎发动恐怖袭击，造成130余人死亡。他们宣称这是为了报复法国空军轰炸“伊斯兰国”，并称被法国空军炸死的所有穆斯林都是殉教者，将在天堂享有永恒的幸福。

问题来了：如果这些殉教者在天堂享有永恒的幸福，那他们生在这个痛苦的人类世界干什么，去天堂不是更好吗？而且既然有了更好的去处，他们的同志又为什么要发起报复行动？说不通啊。而且他们为什么要杀人？他们会把敌人送进天堂吗？

为什么他们会相信截然不同的两个故事？

其实，人类经常会相信不同的甚至互相冲突的故事。这是因为人类的有些神经元彼此不经常聊天，更因为人在世界上生活永远同时拥有多种身份：一个男人可以是社会主义者，同时又是丈夫、儿子、友人、古玩爱好者等。这些身份构成繁复，有时会互相冲突。如果将人只看成一种身份，便成了极端主义者。而这种主义，从长远来看，断然不可行。举个例，如果一个领导只把下属看成遵循自己指令的操作手，而从不让他们欢笑，那么他的指令或会被贯彻，但也永远不可能得到下属衷心地爱戴，因为他把下属的属性单一化了。多重甚至矛盾，才是人的真实社会本性。

读此书，最心折的，就是这一个观点。

（［以色列］尤瓦尔·赫拉利：《今日简史：人类命运大议题》，林俊宏译，中信出版社2018年版。）

社交媒体两千年

社交媒体第一名，在中国当然是微信。Facebook我们不用，连个中文译名都弄不道地，“脸谱”？那是戏。“脸书”？还不如叫“刷脸大全”更合原意，但四个字太长。现在的人醒来后、睡下前都会看一下微信，几乎和上厕所一样必需了。一个外在的器械与你内在的器官竟然一样重要，且使用更为频繁，委实让哪怕是早二三十年前的人都难以想象。

然而，按英国汤姆·斯丹迪奇（Tom Standage）的看法，社交媒体至少已有两千年的历史。罗马帝国的庞贝古城，公元79年被火山掩埋，反倒将当时的状况保存得八九不离十。媒体研究者将目光投到建筑物上的涂鸦。当时的涂鸦不像今天一样被视为不洁行为，而是司空见惯，正相当于今日的社交媒体。涂鸦中最显眼的是支持某某竞选市政官的政治口号，但也有反唇相讥的妙语：“小偷要求选某某。”涂鸦中有不少格言警句，相当于今天的心灵鸡汤。更有不少广告语，表达爱情的屡见不鲜，最无聊的是：“某某在此大便。”有一条涂鸦在庞贝出现了四次：“啊，墙啊，你承载了如此多的无聊字句，居然还未坍塌，真让我吃惊。”还有一条说得更为直截而本质：“不管是谁，想写就写！”

宗教改革者马丁·路德肯定是借用社交媒体取胜的伟人，当时他是一位神父，兼做大学老师。1517年，他发现一个名叫约翰·台彻尔的僧侣在出售赎罪券，教众买了后可以避免现世的惩罚，并确保死后不经炼狱直升天堂。这比中国清明节烧纸钱厉害多了，因为中国人烧的是假钱，台彻尔收到的可是真金白银。但大众的确需要这种商品，蓄谋通奸的多半会先买一张备着吧。这些赎罪券名义上是用于军事远征和建造大教堂，但经手者会将部分中饱私囊，也在意料之中。

马丁·路德对此写了异议，即著名的“九十五条论纲”，关键是他将论纲贴到了兼做大学告示板的教堂大门上，手抄本和印刷件在两周内传遍了德意志。各种评论也蛇随棍上：有一个叫约翰·埃克的神学家质疑路德，马上又有另一个神学家写了379条论点反驳。结果我们都知道：路德赢得了大众。

对本质上追求自由的社交媒体进行管理，也是一个自古以来的难题。理想主义者和乐观主义者认为真理与谬误战斗必然会取得胜利，但是如果我们细心观察，就会发现在不同时期的不同国度，法律、制度、社会习俗等对社交媒体都有过严酷的压制。

当然，每个国家的重点很不一样：比如无线电管制，美国是为了尽量增加广告收入，英国是为了维护和推广精英价值观，德国则是为了进行纳粹宣传。

此书最让人吃惊的论点是：今天我们所谓的老媒体，即报纸、电视等，在历史上是一个反常现象，社交媒体一直是交互式的，譬如咖啡馆就完全是一个交流信息的场所，对咖啡馆也曾有过严控但很快便消退了。

所以，今天的脸书和微信并不是新媒体，而且无疑它们在正常的工作中能起到极大的作用。如果有人质疑玩微信等是浪费时间，那么也要知道前人对印刷品、泡咖啡馆、看电视都有过类似的指责。科技在进步，社会在发展，从来没有纯粹的善，也没有纯粹的恶。

（［英］汤姆·斯丹迪奇：《从莎草纸到互联网：社交媒体2000年》，林华译，中信出版社2015年版。）

食品造假与打假

很多年前了，有一天，会吃而不会做的我心血来潮，挺胸凸肚，在非买菜高峰的时候巡视了一下家边的菜场。卖主们自然群起表示欢迎，我则不屑地走过一个个摊位。到卖活虾的水盆前，终于“降尊纡贵”，问了一句：“这虾可是真的吗？”卖虾的少妇一笑，回答道：“如果这是做出来的活虾，比真的还金贵呢。”自知闹了个笑话，我只得匆忙遁逃。

事后想来，自己的发问实在有毛病。但当时的问题其实是针对标签上的写法问的：“这虾可是标签上写的虾？”卖主回答得确实有理，正好反衬我的糊涂与不通世事，但是也留下了一个天大的漏洞：如果造假的成本小于真货，那就应该拼命造假？

果不其然，在食品的造假史上，这样的行为司空见惯。而且食品造假最丰富的历史来自英、法、德、美等老牌资本主义国家。初看如石破天惊，让人惊诧这些法制社会竟然管不住最常用的人类用品。然而转念一想，食品造假的关键原本不在于法制，而在于食品生产与销售的多环节。试问，有哪位精神和神经正常的人（不包括对生命绝望的伤心者）会在自己的日常饮食中作假甚至下毒？即使在食品生产中做种种加工如加入色素等，那种色素仍是来自另一种食物。但是如果这些食物是通过一次或几次转手卖给自己并不熟悉的顾客，那些人既无从了解食品质量，也不可能了解卖家本人，他们只从食物的外观上来判断（等到吃到口里为时已晚），这时就很难不使生产者玩点别的花样使产品更为漂亮和廉价，掺杂他物乃至有毒的元素（只要不是入口必亡）就会成为许多人的选择。另外，在日渐进步的自然科学家们眼中，世上万物何尝不是一张表上的元素的组合物？如果大自然费尽千辛万苦孕育出一种组合物，而自己在试管中不费吹灰之力就能制造出同一种组合物，以后者取代前者岂非天经地义？而要认定某种食品添加剂有毒，更是煞费周章。众所周知，科学结论靠的是双盲实验。如果要证明某种添加剂有毒，你必须用实验。但这个实验又怎么做？首先，告诉试验者你吃的东西可能有毒，这使得心理因素首先会影响实验结果；其次，食物所含元素千变万化，你很难证明是你指定的某种东西导致了不良结果，因为也许是你所忽视的另一种东西引起的。而且道高一尺，魔高一丈，造假的技术不断发展，打假的技术只能追赶。从以上种种理由来看，食物造假岂非如日月经天、江河行地般自然而然？

当然，这种观点完全抹杀了食物打假的成就。英国的比·威尔逊所写的《美味欺诈：食品造假与打假的历史》，就不仅讲述了食品在工业时代的造假史，也展示了打假的巨大进展。18世纪的英国伦敦，除了新鲜食品以外的一切几乎都是假货。人们曾谴责中国茶叶为了颜色好看加上颜料，其实伦敦的商人早年曾用铜把黑刺李的叶子染成绿色来伪装成中国茶叶。各种各样的食品作假，令人发指，在此也不必详细征引，愿意效仿的可以花30元钱去买一本书学习学习。而当美国步入工业社会，食物作假更是无所不用其极，直到罗斯福和辛克莱联手发动“战争”才初步降伏了这尊恶魔。在今天，许多刚刚步入工业化社会的发展中国家，如孟加拉国，其人民仍然饱受食品造假的折磨，据说2004年此国的食品假货率已达45%—50%。

在人群中永远有利他的理想主义者，政府管制在食品打假中的作用也是永远不可替代。许多杰出人士提出了行之有效的措施，政府和法律为打假做出了艰苦的努力，应该说，今天发达国家的食品已经基本让人放心了。我们自己的状况，相信正在逐步好转。但是新的时代也在催生新的造假方法，世界不可能达到完全理想的程度：让我们在食用的时候不用睁大自己的眼睛。

（[英] 比·威尔逊：《美味欺诈：食品造假与打假的历史》，周继岚译，生活·读书·新知三联书店2016年版。）

他从美国来杭州研究天才

西蒙顿是美国加州大学戴维斯分校的心理学教授，研究天才学。他在上大学时，读过“文明史”课，交的课程论文中多次出现数学方程式。老师严厉批评说：“硕士生将普通法则套在历史进程上，怎么能理解历史？”听了这话，西蒙顿深吸了一口气。他后来用了50年的时间，证明老师的观点是错的。他的研究成果是：天才不会单独出现，总是成群结队而来。埃里克·韦纳请教了西蒙顿后，决心研究“天才地理学”，他在全球选了7个地方进行研究：雅典、佛罗伦萨、爱丁堡、加尔各答、维也纳、硅谷，还有一个就是杭州。每个地方都有一个词汇与天才对应。

与佛罗伦萨对应的词汇是“昂贵”。

我们通常认为天才超脱于世俗之上，金钱买不到天才。韦纳在文艺复兴时期的佛罗伦萨看见了什么？

首先，他看见了佛罗林币。它是世界上第一种国际货币。他看见了美第奇家族银行，它是佛罗伦萨的统治者。这个家族是伟大的艺术赞助人。但他们不完全是为了满足自己对美的渴求，还打算满足公众的渴求。他们推崇创新。他们给了艺术家条件：“不要让我太穷，也不要太富。”

至于艺术家，在这个充满名师的地方能够迅速成长。有过一项研究，关于诺贝尔奖得主，他们大部分将自己取得的成就归功于重要的导师。但他们向导师学了什么？是学习解决问题的能力吗？不对！天才之所以出色，不仅仅是因为他们找到了问题的答案，而是因为他们发现了新问题。比如米开朗琪罗。其实他接到的任务，完全属于宣传品。如何让宗教宣传更美？这种今天看来难解的问题竟然让他解决了。

这些伟大的天才受过多少教育？这又是一个有趣的问题。佛罗伦萨当时还没有正规的大学。但是有一项研究也表明：许多天才只接受了一半所谓的现代教育，而且他们多数是捣蛋分子。换句话说，读书读到某一个点可能就够了，再多读，可能就有副作用了。有心理学家认为，小学四年级是孩子创造性思维发育停滞的关节点。

有一点是经常引起误解的，那就是天才的作品不一定是杰作。“人类创造力巅峰时期的年代，同样也是产生不入流艺术和次等创意的母胎。”爱迪生持有1093项专利，多数是毫无价值的发明。毕加索有2万件画作，多数与杰作无缘。有人说：“大师级诗人一生写出的烂诗远远多过二流诗人。”如果世界上有一个“错误博物馆”，人们接受的教训会更全面。

韦纳来了杭州，想到了苏东坡和沈括，见了马云。中国文化、加上印度文化，对一个不是专门的研究者来说还是有些费解，这里就不多啰唆了。

（［美］埃里克·韦纳：《天才地理学》，秦尊璐译，中信出版社2016年版。）

探寻“桃花源”——北欧

早在许多年前，住在哥本哈根的英国男人、丹麦女婿迈克尔·布斯（Michael Booth）在报纸上看到了全球生活满意度指数排名，他生活的这个国度被评选为全世界最幸福的。他马上重新看了一下那天的日子，不是4月1日愚人节哎；再上网看，发现全球都在报道这则新闻。他只能想：“唔，这里的人把自己的幸福感隐藏得太深了。”他把目光投向窗外的街道，“我并不觉得他们有多欢快”。说实话，作为中国普通一国民的我，对这种断语也不是很接受。譬如我读福山的大著《政治秩序的起源》，也是满怀激动；但其第二卷在中国出版时，加了一篇导读《如何到达丹麦》。尽管作者马上声明这不是特指丹麦这个国家，而是指一种美好如童话般的状态，但我至今也没有把此书读下去。固有的怀疑主义倾向就是这样害人。

2012年，联合国有史以来的第一份《全世界幸福指数报告》出炉，丹麦再一次被评选为全世界最幸福的国家。北欧一共五小国，竟占其四。紧随丹麦后是芬兰、挪威和瑞典（第七名）。作为一名优秀的记者，布斯不得不去回应自己的疑虑（也是许多人的疑虑），于是有了这部《北欧：冰与火之地的寻真之旅》。我本人于2015年夏天前往北欧五国旅游，心里确也想追踪最幸福之地人们的社会和心灵生活。当然，旅行者的脚步毕竟太轻快了，轻快得一切都无从说起。

幸福不是硬件，幸福更像是软指标，它随人们的心态变化而定。所以作者向好多丹麦人问："你们真的相信自己是全世界最幸福的人吗？"他说从没有一个丹麦人发自内心地回答："是！"但还是这些人，一听到任何对丹麦的批判，马上都会反唇相讥："既然那样，我们怎么会成为全世界最幸福的人？"所以有人解释说：在丹麦，不幸福是可耻的。你说你不幸福，就是逼迫别人来帮忙，所以丹麦人说一切都好。更有人认为，丹麦历史上屡受欺凌，极其困苦，所以丹麦人看到一年过去了，一切竟然没有变得更糟，便由衷地高兴。期望值低，是丹麦人觉得幸福的原因。当然，这个国家以前一穷二白，如今高收入、高税收、高福利，社会上富人不多，穷人更少。由于收入基本平均，丹麦没有社会分层，人民最爱与人交往，最愿相信别人。当然，丹麦的报纸上也有大量诈骗、走私等报道。某个丹麦出版商还说：在北欧，他最相信瑞典人，因为他们缺少撒谎和欺骗的想象力。

布斯对丹麦的探究确实是多方位立体式的。他揭示了丹麦人性格中的多个隐秘方面，比如说"詹代法则"，也就是在人群中不要标新立异、出人头地，以免"枪打出头鸟"。（这不就是中国的老一套吗？）但是说到最后，当作者请丹麦人想一想，是否有一个更好的国家他们愿意搬过去生活时，他们几乎无一例外地回答——没有。

当然，从我这个游览者的角度看，挪威比丹麦更美，美的程度根本无法言说。峡湾是全球美景的最亮点之一，这是毋庸置疑的。更奇怪的是，在全球工业化和城市化的时代，挪威人却保留了传统社会的分布，一如既往地生活在各个偏僻角落。更有甚者，当石油在挪威的海中不请自来，挪威人拿这笔大钱成立了石油基金。用这笔钱，他们投资了全球8000多家企业的股权。他们知道这笔巨款总要拿来买东西，但他们希望哪怕是几代人以后，这笔钱的购买力也不低于今天的购买力。石油基金是现代挪威最大的成就，是负责任的财政管理的全球楷模。

在这篇小文章中不能再去罗列北欧五国的各种现象了。布斯的著作，应该说触及了各个方面，避免了简单化的定义。关键是，他的文章写来妙趣横生，英国人的幽默在此起了决定性的作用。你可以觉得北欧人乏味，但绝不会说此书乏味。而且我要说，在北欧游历十来天的区区经验，对读此书基本上没有带来干扰和剧透。观察还是应该在内部发生，而且最好是来自有跨文化交流经验的内部人士。哪天，也许我会再去一次北欧？

（［英］迈克尔·布斯：《北欧，冰与火之地的寻真之旅》，梁卿译，生活·读书·新知三联书店2016年版。）

文化就是用文来化

阿城最近出了文集，七卷。当年阿城以《棋王》《树王》《孩子王》“三王”出名，一时间小说江湖屏声息气，拭目以待，都想看他还能玩出何等玩意儿。那种状态，简直和阿城自己看张爱玲一模一样：大约是1984年底吧，阿城读《收获》上发表（其实是重发）的张爱玲的《倾城之恋》，“读后纳闷了好几天，心想上海真是藏龙卧虎之地，这‘张爱玲’不知是躲在哪个里弄工厂的高手，偶然投的一篇就如此惊人。心下惭愧自己当年刚发了一篇小说，这张爱玲不知如何冷笑呢。于是到处打听这张爱玲，却没有人知道”。

阿城后来到美国去，看他的文章，知道他跟陈丹青混在一起，也知道木心。但看得出来，他喜爱的是朱天文及其老师胡兰成，至少文字上有他们的影子：

> 70年代末，我从乡下返回城里。在乡下的十年真是快，快得像压缩饼干，可是站在北京，痴愣愣竟觉得自行车风驰电掣，久久不敢过街。又喜欢看警察，十年没见过这种人了，好新鲜。

读他文集第六卷随笔集《文化不是味精》，读得很快。觉得里面似乎没什么，但恍惚又觉得很有东西。可以感觉得到，他不是一个很自傲的人，时刻低调，说点什么，姿态也还是谦虚，跟通常的“北京油子”不一样。他很少立论，很少斩钉截铁的结论。但他骨子里很自信，有自己的准则，而且这种准则和独特，难以得到大众的欣赏，更不要说狂热推崇。比如目前的艺坛，是为编剧抱不平，电影、电视剧的编剧似乎都受委屈了。阿城作为编剧，却反复说只有导演才能为作品负责，其他人只是打工的。他提倡读书，但是提倡“素读”，即读书时不带自己观点，脑子空白地看，完了才用自己积累的东西跟它进行思想上的对谈。他又喜欢看《动物世界》等，从动物的角度来看人类。所以，才有了这本随笔集的首篇——《文化不是味精》。

阿城的意思是：文化不是给人家增添情趣、氛围等凑趣的玩意儿，文化是以“文”来安排人与人之间、人与社会之间的关系的一种相对于“武”的准则。在武的关系下，任何财富是靠力气大来抢夺、霸占的；在“文”的关系下，资源则大家都有一点。人之初是动物，所以一切都是武，受丛林法则支配。到了文，人类就文明多了。动物性是人的基础，没有武，就没有创新意识；但文化是人的主体，摒弃了文，人类就回到了黑暗时代。

阿城不是理论家，他是一个聪明至极的人，而且他当然是窥到了万物之真相的少数人。他深知万物的复杂性，所以很少有自己正面的论说，只在字里行间稍微透露一下自己的看法。所以这本书不可能看得很痛快，但是有滋味。我的办法是把它买回来摆在书架上，哪天想翻就翻上一翻，不必正襟危坐、丹黄甲乙。最后四个字是个成语，指拿了根笔边读边在书上画来画去。

（阿城：《文化不是味精》，江苏凤凰文艺出版社2016年版。）

走向暴力减少的未来

近年我读了不少书，其动力是对年华易逝的恐惧和对“朝闻道，夕死可矣”的部分认同。我也写了不少推荐式的书评，将自己觉得精彩绝伦的书推荐给友人确是人生乐事。但我自己最清楚，凡是真的产生极大影响的大书，是不可能马上提笔写出书评的。它们通常篇幅浩瀚，内容多面，让人不易接受，更难以遽下判断。然而，它们又常常复活于忙碌的生活的间隙，从深夜里跳出来，从漫步街头时跳出来，甚至从梦境中跳出来。我对这样的书总是充分崇敬，并保持适当的距离来让自己重新咀嚼吸收和判别。哈佛大学心理学教授斯蒂芬·平克（Steven Pinker）2011年推出的《人性中的善良天使》，译成中文两大卷，120多万字，就是这么一部大书。

为什么我觉得它是一部大书？近年来，我从事过一项属社会底层的农村手艺人的口述史工作，时间涉及20世纪40—90年代。在纷繁凌乱的事实中，我隐隐约约地觉得历史确在缓慢地迁移变动，而且是有方向性的变动。最简单的例子，新中国成立前的学徒，师傅可以随意殴打，篾匠们甚至还有传说：师傅看见徒儿活没有做好，让徒儿伸出手来，然后一刀，斩掉了徒儿一只手指。不过，师傅也斩掉了自己的一只手指。众人以为这天经地义，事件并无波澜。但后来完全没有可能出现这样的场景，师徒关系渐变温和、有序，再后来有些就像朋友；到最后更是没有徒弟来学艺了，因为手艺这个行当没了。再想一想，我们小时候读书，被老师打几下根本不算事。可如今，你敢动一动？……连自己的孩子打几下社会舆论都难以认同。这种缓慢的、似乎是无意的但是广泛的变迁，难道不是历史学中最应关注的头等大事？所以平克这部书第一句话说："本书多谈论的可谓人类历史最重大之事。"对此我不仅丝毫不觉得惊奇，而且很自然地认同。他说："无论你是否相信（我知道大部分人不相信），纵观历史长河，暴力呈现下降趋势；而今天，我们也许正处于人类有史以来最和平的时代。"

很多人不相信我们生活的社会竟有这样的变化趋势，20世纪两场大战，尸骨堆山，人们记忆犹新。但平克以大量的统计数据，从凶杀率、酷刑、战争死亡人数以及恐怖主义、家庭暴力等许多方面论证了暴力减少趋势的成立。他花了大半部书的篇幅告诉我们，21世纪最初10年的暴力水平是有史以来最低的。我相信这样的结论，因为这个结论有许多数据支撑，也与我日常的感觉相符。

比较麻烦的是怎么解释这个趋势。平克提出了暴力减少的一些原因：政府、商业、女性化、移情、科学和理性。写成《战争》的莫里斯（Ian Morris）则认为只有第一条是真正的原因：Empathy。这个词有不同的译名，在平克书的译本中被译为"移情"，在里夫金的《同理心文明》中被译为"同理"，其意应相当于孔子说的"己所不欲、勿施于人"吧。一个人施酷刑于其他人，他（她）是否应该想想自己如果受酷刑是什么感受？中国人多愿官大、权重、钱多、家贵，但早在南朝就有王子说："愿后身不再生帝王家！"因为帝王平素固然可以为所欲为，但一旦失势后受到的报复更为残酷。曹丕说："自古无不亡之国。"建立于权势上的胡作非为终会得到报应。问题在于，这种推己及人的想法容易产生，但将其固化为制度则是不容易的事情。当然，世界上如今有不少国家和地区已经建立了这种非暴力机制。这也就是平克能写就这部大书的现实基础吧。

当然，如果有人指出当代的暴力没有减少，而只是走向了隐蔽化，这类诛心之言确也很难简单地反驳。只是这种哲学式的深层思考应该在另一层面上进行，我们还是先相信平克吧。至于我自己，从30岁左右时的悲观主义者，近年来却慢慢变成了一个谨慎的乐观主义者。中华文明乃至于世界文明的新的建构确也需要这种态度。只是历史的长河有时尾巴稍稍一摆，就耗完我们凡人的半百光阴。

（［美］斯蒂芬·平克：《人性中的善良天使：暴力为什么会减少》，安雯译，中信出版社2015年版。）

第二辑　谈文论艺

重学文学理论

让一个从事某行业干到快退休的人来读此行的入门，作为我个人，不唯没有尴尬，倒是觉得必需。从事学问本有两途：从概念的定义和辨析可以入手，从生活中发现疑问也不是不行。中国人可能更强调第二种，但第一种也不能不说是学问的正途。只是每个人有自己的天性与习惯，比如我自己，就一直疏于概念解析、理论演绎，对人家提到的理论，常常不明所以。所以在电子书中见到“牛津通识读本”丛书中的这本《文学理论入门》，先行买下，读第一章过半后，又去书店买了一本纸质书。

老师在相当程度上决定了学生。我读大学中文系，是“文化大革命”后的第一届，到了学校，基本没有教材可用，第一门课开的也是前面的惯例——毛主席诗文。第一堂课讲的是《沁园春·长沙》。要知道，我同学中民办教师出身的可能有一半吧，他们中谁人没讲过这首？听了一节课，休息时大家大眼瞪小眼：难道这就是大学？只是没有人敢说。所以，当上“文艺理论”第一堂课时，相信理论可以指导实践的我们，人人摩拳擦掌，想一举把文学弄懂弄通。那位老师果然不负众望，讲着讲着，莎士比亚、巴尔扎克不用说，连卜伽（吴方言“伽”念长音，而“卜”念入声）丘也出来了，弄得大家“心旌摇荡”，不能自已。同学中有一大半人爱上文艺理论，后来还产生了在全国有相当影响的文学理论名家。

近一二十年来，文学理论界有了很多新理论。在论文答辩和学术会议上，概念乱飞，体系横行，弄得我这样的，一听到理论就自惭形秽。看到此书第一章的题目“理论是什么”，我不禁大喜。而且第一章才18页，好好读一遍就能知道理论是什么，未免太合算了。但读下去，我又慢慢失望起来。因为它不肯给我一个肯定的答案。作者说：理论是跨学科的，是分析和推测，是对常识的挑战，是关于思维的思维。它不是一组专门的文章，你看后就明白理论是什么，而是一套包罗万象的文集大全，总在不停地争论。更厉害的是，作者还说到了我，说我这样一个不通理论的人对理论的敌对、漠视，只因为承认理论的重要，就等于做了一个永无止境的承诺，承诺要永远不断地学习、不断地否定自己的观点。到这里，我才明白，原来理论是没有对错的，或可说是没有确定性的，它永远在此寻彼。如此麻烦的一个东西！

下面的题目是“文学是什么”。我大学时听的课和后来读的很少的一两种教材，都有对“文学”的定义，当然那些定义不完全一样。但是在实践中，我也深深体会到任何定义的不完备，没有一个文学的定义是至今为大家公认、遵循的。果然，这本书讲了五种文学的定义，然后告诉我们，这些定义都既对又不对。看文学，可以有多种视角，关键是，任何一个视角都不能把别的视角完全包含进去。

专业从事文学，经常碰到的一个问题是：这部文学作品说了什么？大学时现代文学课讲话剧《雷雨》，老师小心翼翼地介绍对《雷雨》主题的几种不同看法。不到20岁的我自以为比老师高明：“问一下曹禺不就完了吗？”后来真的，曹禺来我们这里作了一次讲座，当然我也没去问。但明白伟大的文学作品的意义并不完全由作家自己说了算，是要等到好几年后。但是问题又来了：作家说了不算，谁说了算？你说了算？凭什么你说了算？而且，读经典文学和读非经典文学，我们的态度是不一样的。读经典，我们是去把它读懂，去体会，去还原。有格调的说法是用诗学的方法。假如你读一部烂书也是这样读，结果可想而知，基本上是读者自己读到可入精神病院。但是，问题又来了：经典作品是谁定的？面对新作品，你怎么知道哪本是经典？你既然不知道哪部是经典，那你又该选哪种阅读方式？说实话，文学需要创新，但创新得好不好，这时候的判断是让许多文学理论家都束手无策的。旁人经常以为中文系毕业便能写小说、诗歌、剧本、报告文学外加总结报告、启事、请假条和网络小说，殊不知即便是文学研究和文学评论，貌似一样，依然相隔甚远。在一部新作前，你是虔诚的研究者还是品头论足的批评家？有时一下子还真找不到位置。

说到这里，大家也许已经明白，文学以及文学理论，最大的特点是没有确定性。每个人对文学作品的判断和陈述，仅仅是个人在他（她）自己的文学观指导下的一种文学实践而已。当然，有些趋向可能是存在的，如文学早年抒情多，近来则以叙述为主，也就是讲故事。“故事是我们理解事物的主要方式。科学解释事物的方法是把它们置于规律之下”，“然而生活却并不总是像规律一样。它遵循的并不是科学的因果逻辑，而是故事的逻辑”。在这里我要补充一点，情感的集中性产生抒情，生活的复杂性产生叙事。西门庆与王婆挑逗潘金莲的十个步骤，又怎么可能用抒情诗来写呢？

文学和文学理论到底说了啥，多数人即使觉得困惑但仍不会在意，觉得与实际生活无甚关系。但是，今天微信上的各种知识、各种观点确已使人真伪莫辨、无所适从。我们见一篇文章说得义正词严、头头是道，准备芳心暗许或者誓死追随，突然又看到持相反观点的另一篇文章，照样论据充分、高论滔滔，然后就不知道到底该听谁的。几百年前的理想的自由主义者，譬如弥尔顿和密尔，总相信真理越辩越明。然而今天越辩越糊涂的事多了起来。飞速变化的世界和我们每个人的生活，不也都呈现类似的面貌吗？在这个世界上，清晰无纠葛的知识、判断有不少，这也要承认，但无法得出共识的情况同样不少。中国人是该多想想生活的极端复杂性了。至少我个人以为，复杂性是当代生活的根本特征，同时也是当代理论的根本特征。

当然，最关键的问题是：对准确无误的，你要相信；对必有歧义的，你要宽容。切不要将处理两类问题与知识、理论的原则弄反。只是在现实中，弄反这两种原则的人，比比皆是。

（［美］乔纳森·卡勒：《文学理论入门》，李平译，译林出版社2013年版。）

青年拿破仑与文学

曾经将拿破仑看成“拿着破轮子”的时代已经过去，但至少我个人对他，除了认为他是君主和军事天才外，也没更多了解。拿破仑生于1769年，卒于1821年，可他的原始版本的书信集从2004年才开始出版，多达33000封。今天的人们远离那个时代的争斗与意识形态，能写出更为公正客观的大帝传记。

拿破仑出生于科西嘉的一个中产阶级之家，兄弟姐妹众多。他是个早慧的阅读者，从不参加同龄小孩的娱乐活动，总独自待在三楼的一个小房间看书。他自己说，9岁时看了卢梭800页的《新爱洛伊丝》，“它改变了我的思想”。在他出生前一年，科西嘉被意大利卖给了法国。只会意大利语的拿破仑，9岁时去了法国接受法语教学，3个月就学会了读写，差4个月10岁时去了军校。他日后经常督促低级军官阅读亚历山大、汉尼拔、恺撒等的战史。这些书他在军校时读了很多。与这些书可堪比肩的是我们的《史记》《汉书》，这些书是否能让我们10岁左右的孩子尽情阅读？拿破仑雄心勃勃，与阅读伟大的史学、文学著作不无关系。

在布列讷军校读了5年后毕业，15岁的拿破仑进入巴黎王家军校，遇到了三个杰出的老师。他在这里读了一年书，接受了“法国大革命信条中的法律面前人人平等、理性政府、精英政权、效率和激进民族主义”，但“对结果平等、人权、媒体、自由、代议制政府这些信条无甚兴趣，在他看来，它们都不太符合军事思潮”。这些观念伴随了他的一生。

16岁，他成为一名炮兵军官，但是非常拮据。但他仍然醉心于阅读，有时不吃饭以便省下钱买书。他简直是个业余作家，在26岁前，“他写过约60篇随笔、小说、哲学论述片段、历史文章、论文、小册子和公开信”。他的《论自杀》充满浪漫主义的修辞：“既然我必定死亡，难道我不可以自杀？”他还写过《王家宫殿的邂逅》，记录他第一次遭遇妓女的情形，其时为1787年11月，估计他那次失去了处男之身。次年，他进炮兵学校，每天下午3点吃一顿饭，把钱省下来寄回家和买书。1795年，他坠入爱情之河，与富家女儿德西蕾恋爱。年余左右，他的恋情落空，日后她成了瑞典皇后。恋爱失败，拿破仑异常痛苦，在《少年维特之烦恼》的影响下，他写下了浪漫短篇小说《克利松与欧仁妮》。克利松在温泉邂逅16岁的欧仁妮，“两位痴情恋人的心中只洋溢着最高尚的爱情、最纤细的情感、最强烈的性欲”。两人结婚生子，生活无比美好。然而，好景总是不长，克利松必须去部队服役，虽指挥部队获得大胜，但负了伤。克利松派下属军官贝维尔去告知欧仁妮，孰料这两人有了私情。克利松于是写了一封长信给欧仁妮，自己带队冲锋，死在沙场。借助这部小说，拿破仑发泄了愤懑之情，并且治愈了自己的失恋。

（［英］安德鲁·罗伯茨：《拿破仑大帝》，苏然译，社会科学文献出版社2016年版。）

今日再读《死魂灵》

初读《死魂灵》，是在怎样的青春时光？彼时“四害”初除，百废待兴，江声浩荡，春潮汹涌。作为“文化大革命”后第一届大学生的我，乍入学校，坠入书海，当然喜不自胜。但是书海浩渺，从何起始？直似老虎吃天，无法下嘴。还是从自己可怜的已有知识中出发。“文化大革命”中，鲁迅是唯一没被禁止的中国现代作家。他翻译的《死魂灵》我知名已久，但从未寓目。于是一头扎进果戈理的世界。话剧《钦差大臣》，像极了当时流行的一个话剧（当然此话得反过来说），《狄康卡近乡夜话》看得我热血沸腾、形神俱醉，反而《死魂灵》印象不深，也许是鲁迅的硬译和陈旧的版本、拥挤的版式扼住了我阅读的愉悦。鲁迅在那时太高大了，哪怕是他的译本，人们都不太敢去重译。到今天，我们才明白，外国文学名著的翻译与名著的电视剧翻拍是一个道理：二三十年完全可以再来一次。

当然，模模糊糊的印象还是有的。我记得书中出现的各种人物，都是地主、官员等剥削阶级，他们或势利、或吝啬、或醉鬼、或荒唐，总之没有一个是好人，都是喜剧中的人物。但是为什么是

“死魂灵”？确实也记不清了。于是，近日在书店看见新译本，不由得买了一册。一天看完，发现印象跟原来比，竟然大异其趣，简单说来就是惊呆了。

为何惊呆？原先记得主人公乞乞科夫是一个坏蛋，但这次读，发现这家伙完全是一个改革创新自强不息的模范。原来，“死魂灵”指的是死去的农夫的姓名。话说俄罗斯当时实行的是农奴制，农奴在地主的庄园名下。当时社会已在变革，地主时有破产。有些地主将农奴向赈济局抵押，由此可得一批款项作为资本使用。农奴的花名册几年才向政府申报一次，其中死去的农奴要到下一次申报时才能在花名册上注销。也就是说，这之前死的农奴也可以列入抵押的账单。乞乞科夫正是发现了这个漏洞，于是下乡收购死农奴的姓名，准备抵押出去，弄一笔款项，搞一下“资本主义”。这玩意，不违背法律规定，也免去了地主为已死农奴纳税的麻烦。问题只在于，要买死农奴的事在俄国太异想天开，所以没有一个人能够理解。最后，乞乞科夫在各种各样的谣言笼罩下逃离了城市。如果此事在现在的中国发生，我保证不到3个小时就有好学深思的聪明人悟透真相并积极跟进。但在古老的、文学的俄罗斯，此事悖逆天理、罪不容诛，乞乞科夫的下场理所当然。

至此，我对俄罗斯文学几十年的崇拜悄然崩塌，当然，崩塌是部分的，几十年的认知不可能一夕改易。但问题是，俄罗斯文学中让我迷恋的，倒真是苦难 、流浪、率性、自由、心灵重负等。而在现代经济社会，这些都被扫进了房子的角落，取而代之的是理性、利润、和谐，还有各式各样的小甜蜜。这些东西当然构不成文学的伟大殿堂，但它们确是现实生活的基础和主要内容。人们不再通过《战争与和平》来观察现实，他们用的是房价与股价走势。而从普希金、莱蒙托夫、屠格涅夫、托尔斯泰、契诃夫，直到帕斯捷尔纳克，都是不考虑这些事情的。

《死魂灵》第一部的结尾更是使我吃惊："俄罗斯，你究竟飞到哪里去？给一个答复吧。没有答复。只有车铃在发出美妙迷人的叮当声，只有被撕成碎片的空气在呼啸，汇成一阵狂风；大地上所有的一切都在旁边闪过，其他的民族和国家都侧目而视，退避在一边，给她让开道路。"这次惊呆有两个原因：一是果戈理竟然有这么严重的民族沙文主义思想，这不符合伟大作家的标准啊，尽管他追求的不是古代中国式的霸业，而是从自私的个人主义中获得神秘解脱，但这种寄希望于一个民族而睥睨其他民族的念头仍让他人极不舒服；二是果戈理如今已不再算是俄罗斯人了，而是乌克兰人了。大作家如地下有知，不知做何感想？

（［俄］果戈理：《死魂灵》，满涛、许庆道译，人民文学出版社1983年版。）

并不遥远的特拉夫尼克

2017年靠近年底，传来了这么一条消息：波黑将成第二个对中国实行免签的欧洲国家。

正是这个时候，我从浙江图书馆的书架上取下了这本《特拉夫尼克纪事》。

这首先是因为它的作者伊沃·安德里奇，是1961年的诺贝尔文学奖获得者，他的另一本长篇小说《德里纳河上的桥》，我在十几岁时看过，觉得很好，至今仍在我拥挤不堪的书架上。其次，说到波黑，年纪大一点的国人，有几个没看过《瓦尔特保卫萨拉热窝》？萨拉热窝就是波黑的首都。而波黑，实际上是波斯尼亚和黑塞哥维纳，波斯尼亚以前的首都就是特拉夫尼克。波黑面积大约有半个浙江那么大，基本上是山区，2016年人口是353万，真不多。

作者安德里奇，曾担任南斯拉夫驻柏林的大使。在二战德国占领南斯拉夫期间，他被迫隐居，不能出家门。在如此情形下，他写下了“波斯尼亚三部曲”，即前面提到过的两部，加上《萨拉热窝的女人》。如今，这三部巨著均已译成中文。

此小说得奖已50年，时代变迁，文学风尚也已多变，这部小说上手时我也不禁有些疑虑，但是看着看着，佩服之心渐起，轻视之虑渐隐。一个古老、肮脏、苦难的世界渐渐展现于眼前，而且竟然没有呆滞、单调、无聊之感。小说家以其“大”，征服了我等异域的读者。

这本小说没有贯串始终的故事，仅仅是写一个法国领事在特拉夫尼克7年的经历。

波斯尼亚此时由奥斯曼土耳其帝国统治，更具东方色彩。法国及奥地利时为邻友，时为敌人，两国均派了领事在此，均需面对奥斯曼的总督。法国人与德国人同为基督徒，经常开战。两国都想争取奥斯曼为同盟，至少需要奥斯曼帮忙。法国领事达维尔7年间与3个总督打交道，前面两个总督跟他关系尚可，但都在本国的政争中落马，不得善终。第三个总督则完全是暴力的化身，不识字、野蛮、血腥，一到就把犹太人和上层人士统统丢进牢狱，借此勒索钱财和树立权威。他的原则是：“坐过一夜监狱的人，话就好说了。”此时的城中，“每个人都千方百计地想变小，变得不易被人察觉，都在寻找避难所、隐匿处。市场上人们说：‘连鼠洞都值一千个杜卡特。’”

达维尔所在的年头，正值法国大革命后期和拿破仑时期。法国大革命期间，风云变幻，最后拿破仑来收拾残局，不仅统一法国，而且四处征战得胜，一度被看成战争天才。有个法国人写信给达维尔：“我们可以完全信赖他。他不仅是我们每个人幸福未来的保障，而且是我们子子孙孙幸福未来最好的保障。”只是当拿破仑兵败俄国，又在滑铁卢战败，这封信才化为一缕轻烟，袅袅飘逝……

一部长篇小说不能没有爱情，而且通常为爱情占据。然而在该书的28章中，只有一章写到了爱情，而且还展示了爱情三种以上的面相。本书好就好在写了各式各样的生活与情感，不靠故事、不靠缠绵的情感，以其对现实和历史的深切观察和博大的胸怀，赢得了读者的心。

我个人，永远更喜欢这样的巨著。

（［塞尔维亚］伊沃·安德里奇：《特拉夫尼克纪事》，郑泽生、吴克礼译，上海文艺出版社2017年版。）

给诺贝尔文学奖作品挑点刺

获2015年诺贝尔文学奖的白俄罗斯作家S.A.阿列克谢耶维奇的作品我本收罗了多种，如《锌皮娃娃兵》《战争中没有女性》《我还是想你，妈妈》等。但最后，我只留下了与生活有关系或可能有关系的讲核泄漏的《切尔诺贝利的悲鸣》与描述苏联解体以来百姓心路的《二手时间》。

谈当代史最易也最难。说最易，是说一句，大家都明白，不需要啰哩啰唆地交代时代背景、关键词什么的。比如刚看到一个段子。面对父母无休止的追问，上初中的儿子回答“雷人”：“你以为我是度娘吗？”十年二十年后还能听懂这个段子吗？不好说，但现在人人都懂。但是当代史也最难谈，正像《二手时间》中所说：“正常的人不是生活在历史中的，他们活得很简单——恋爱，结婚，生子，盖房子。”每个人都有自己的切身利益，或说不定由此有了各自的立场和观点，说啥都有人不赞同。所以阿列克谢耶维奇最聪明，她采用了“复调写法”，即让很多人来发声，有人说南，有人说北，更有人说西南和西北，啥都有人说，啥都有人赞同和反对。到此，大家的气才没了或可能没了。

在我个人看来，最不能要的变化，是昨天还在一个国家内称兄道弟，今天就开始独立扯旗，刀兵相向，百姓流离失所，命比犬贱。和平总比战争好，除非是电子游戏里的战争。我也经常看到电子媒介中不少国人在呼吁和赞美战争，除了认为这些人都是玩游戏长大的，以为战争就是游戏这个解释外，我实在不能理解这些人为什么这么喜爱战争。当然，还有一种可能是这些人以为自己到时都是指挥官，而涉险是士兵的事。倘若真的打起来，他们会是指挥官吗？苏联原有15个加盟共和国，后来全部独立，但弄得炮火连天就没意思了。我知道我只是平民百姓，吃不消在战斗中求生存。

当然，《二手时间》最多的是对俄罗斯民族以及文化的反思。从大学开始，我就服膺于俄罗斯文学的伟大，至今我的书架上仍有一大堆这种名著。刚刚前几天，还买了一本刚进大学时读的《死魂灵》。但是今天的俄罗斯人变了，他们觉得俄罗斯文学只有痛苦，只有忏悔，一点没用。“喜欢痛苦，这是俄罗斯精神的焦点。”“俄罗斯人不想简单地生活，而想要为了某种意义而生活，俄罗斯人希望加入伟大的事业。”这样的人，进入以经济为中心的现代社会，当然有大麻烦。还有，他们天生会喝酒，想喝酒。很多年前了，还在“老戈”禁酒时，某次会议来了一个苏联专家。他吃饭时一看，有酒啊，今天可得好好过过瘾，但一人喝也不好看啊。眉头一皱，计上心头，他给几十桌饭桌上的每个人各敬了一杯酒。多有礼貌的外国专家啊……这是那天负责行政接待的人员亲口跟我讲的，记住多年，这里卖弄一下正好。他们还需要沙皇。“我们在心态、潜意识和基因方面都是个沙皇国家。伊凡雷帝使很多俄罗斯城市血流成河，又在利沃尼亚战争中遭到失败，但人民对他只有恐惧和崇拜。可是那位赋予俄罗斯自由的‘解放者’沙皇，亚历山大二世，却被刺杀了。”这个国家人们的天性就是：“如果他们自己不行，就和别人作对。”6年前短暂的俄罗斯观光旅行归来后，我已坚定不移地成了一名爱国主义者。不过，这本书里也写到了中国，两句话。一句话关于物质："警卫看我的眼神也是鄙视的，因为我穿的衣服是露天市场买来的，是中国制造的日用必需品。"另一句话关于精神："中国人说，在变革的时代别指望上天保佑你。"

给优秀文艺作品挑刺不易，但是给这本纪实性作品挑刺不难。形式上，它不够纪实，它太文学。我自己是做过一点口述史的。要把百姓的口头述说变成文学，你真不知道有多麻烦，到处都是含糊、断裂、啰唆、废话，但这本书却写得这么地流畅和意味深长，废话很少，让人简直怀疑根本不是纪实作品。内容上，她记录的绝大多数是牢骚，是抱怨，很少看到这几十年来过得比以前更好的人的言说。不过那些人可能没时间更没闲情来唠嗑。而我们，有王健林、有马云，光"小目标"和"麻烦"就制造了多少狂欢？我虽然没有参加狂欢，但至少也旁观了。

（［白俄］S.A.阿列克谢耶维奇：《二手时间》，吕宁思译，中信出版社2016年版。）

新一代文明的野蛮人

翻开英国当红小说家马丁·艾米斯（Martin Amis）的《莱昂内尔·阿斯博：英格兰现状》，第一段话就把我吓了一个跟斗：

> 我跟一个比我大的女人发生了关系。她是个老于世故的女士，截然不同于我认识的那些十多岁的姑娘（比如伊莱柯特拉，或者夏奈尔）。性真是个奇妙的东西。我觉得我在恋爱了。但我遇到一个非常纠结的问题：她是我的外婆！

这个15岁半的男孩德斯，正在向一个全国性报纸答读者问的专栏女主持人求助。他要说明的许多问题是：他妈妈27岁，而且已经去世，他外婆和他妈妈都是12岁怀孕，外婆年方39。外婆19岁时，已是7个孩子的母亲，而且后面的孩子的男性配偶皆为临时。外婆还年轻，但是她的21岁的孩子莱昂内尔，暴力倾向者，大流氓，名气大得学校里没人敢欺负他的外甥德斯，决定不让自己的母亲再有桃色事件。正是这个时候，她引诱了自己的外孙。这封写得很详细的信最终没有寄出，两句简单的“与外婆有了性关系”得到了另一家报纸专栏的答复：“这件事必须马上停止！你们俩都犯了法定强奸罪，将面临拘禁。”更严重的事情是：莱昂内尔把一个误以为与他母亲有肉体关系的中学生杀了——这是他照顾母亲的方式。

到了小说的第二部，德斯成了一个循规蹈矩的优秀大学生，谈起了合情、合法、合乎社会习惯的恋爱。他的生活是：和舅舅与他的两条狗住在一起，每周拿10元做全部家务的报酬，每周6个晚上必须出去开出租以偿还乱七八糟的债务。他舅舅仍然放荡不羁，到处闯祸，时不时被关进监狱。这时莱昂内尔却中了1.4亿英镑的彩票大奖。他赔偿了一次因斗殴损坏建筑的费用后出狱，住进了大饭店，各式各样的女人围着他。但是德斯还是老样子，住在老地方，还得为舅舅保留原来的房间，喂狗，而且更关键的是：他还得经受舅舅发现他年少时的性关系而惨遭报复的煎熬，因为他的外婆年纪慢慢大了后，偶尔会失言。

下面的故事比起前面来似乎少了点一惊一乍。德斯结婚，老婆怀孕，莱昂内尔照样胡搞、坐牢，放荡如初。我已经没有什么好关注了，只是麻木地翻着书页。等到一个老套的计策阻止了莱昂内尔发现老妈与外甥的秘事后的报复，全书也应该结束了。

得诺贝尔文学奖的与艾米斯同一个国家的多丽丝·莱辛，把她自己国度的人称为“整整一代文明的野蛮人”。“他们受过充分教育，掌握了现代科学知识，却用它来满足永无止境的物质欲望。”艾米斯则对文学有着另外的看法：

> 我不相信文学曾经改变人们或改变社会发展的道路。难道你知道有什么书曾经起过这种作用吗？它的功能是推出观点，给人以兴奋和娱乐。

小说家惩恶扬善的观念，再也支撑不住了。肮脏下流的事情，当然成为我的素材之一。我写那种题材，因为它更有趣。人人都对坏消息更感兴趣。只有一位作家，曾经令人信服地写过幸福，他就是托尔斯泰。似乎除他之外，再无别人能把幸福写得跃然纸上。（以上引文均见该书瞿世镜序）

最后，我要说一句：尽管马丁·艾米斯的小说里有许多丑恶，但从文本中完全可以看出：作者并不欣赏这些丑恶，倒是嘲笑这些丑恶的。这让我们足以放心。

（［英］马丁·艾米斯：《莱昂内尔·阿斯博：英格兰现状》，张建平译，上海译文出版社2015年版。）

谩骂历代大师

批评文化大师的不是没见过，但真没见过这样谩骂的，而且骂的不是某个，而是历代的。幸亏这个人是奥地利的小说和剧作家托马斯·伯恩哈德，作为中国人的我不禁为此松了口气。

这些谩骂，在小说《历代大师》中是让一个音乐评论家雷格尔来进行的。这个家伙尽管已经80多岁，但为老不尊，每周去三次艺术史博物馆，“占领”了展厅内文艺复兴时一个著名画家《白胡子男人》这幅画像的对面。他每周要为《泰晤士报》写音乐评论专栏，但他来博物馆绝不是因为要从绘画中领悟音乐，而是为了这里的光线和温度。他最看不惯大家来参观博物馆，特别是奥地利的讲解员和带学生来参观的教师，因为正是他们消灭了人们对于艺术的喜好。奥地利的受人崇敬的19世纪的文学家施蒂夫特在他看来是垃圾，走红世界的哲学家海德格尔也是垃圾，他说海德格尔就是个“可笑的、国家社会主义的、穿灯笼裤的小市民”。他说，这个黑森林山区哲学家，“把哲学当成了廉价煽情的工具”。“海德格尔的方法是肆无忌惮地把别人的伟大思想变成自己的渺小思想”，“以至于它很适合德国国情”。“德国人有装腔作势的癖好，这是他们的特征之一。说到奥地利人在这方面更有过之而无不及。”他说奥地利根本没什么文化，“维也纳是个文化概念，尽管在这里几乎早就没有文化了”。“维也纳将永远是一个文化概念，这里文化越少，文化这个概念就越顽强。过不了多久这个城市真的就根本没有文化存在了。”他不仅骂自己的家乡没文化，还骂这个都市的厕所几乎是世界上最肮脏的厕所，这个城市所有的政治家都不是好东西。“至于底层群体，与上等阶层一样的卑鄙无耻，一样的虚伪。”“人们总是宣称，所谓简单的、被压迫的人是善良的，其他人是邪恶的，这是我所知道的最令人作呕的谎言。”维也纳被称为世界上的音乐之都，雷格尔说：现在这个世界上音乐已经无所不在，“这是不幸，在每一个街角您都听到异乎寻常的、完美的音乐，以至于您早就得堵住所有的听觉通道，否则就要发疯”。“音乐工业是人的谋害者，音乐工业是真正的人类屠杀者。”

一味骂人，尽管痛快，但亦免不了无聊。雷格尔也有倾心服膺的时候。有一天，他去惯常坐的长椅时，发现位置被一个英国人占住了，而且这个英国人说什么也不离开。过了许久，这个英国人告诉他，他的家里也挂着一幅《白胡子男人》，跟艺术馆里的这一幅一模一样。这个英国人非常镇定。雷格尔对他深表赞叹，“要是我遇到如此不可思议的一件事”，“那么我会完全失去了自我控制能力”。雷格尔说，他也喜欢一些大师，但理由和人家不一样。他“喜欢帕斯卡，不是因为他完美，而是说到底因为他的茫然，如同我们喜欢蒙田，是因为他那一辈子寻求着的但终究一无收获的无可奈何的状态，喜欢伏尔泰是因为他的一筹莫展。我们喜欢哲学和整个人文科学，从总体上说是因为它的绝对茫然和无可奈何。我们真正喜欢的书只是那些不完整的、杂乱无章的和茫然无助的”。雷格尔最喜欢的是叔本华。正是认为人生无非就是痛苦与无聊的叔本华，将他从自杀的欲望中解救了出来。这也是《历代大师》之所以为“喜剧”的因素之一吧。

我本以为雷格尔不过是作家塑造的一个文学人物，关注了一下作家后，才知道这位奥地利的名作家在生活中也如雷格尔一般，在文学奖获奖的致辞中可以将文学奖的颁奖者和文学奖本身一通臭骂，据说诺贝尔文学奖本想给他，因为怕他的臭骂打消了这个念头。“我痛恨你们所有人!”这就是他的文学和人生宣言。但奇怪的是，德语文学奖还老是颁给他。至于我自己，完全不计较小说有什么故事，轻而易举就读到了100多页，充分证明了我自己喜爱看人家骂人的卑劣本性。当然，要让人家一口气读上百来页，还是多少需要那么一点本事的。

（［奥地利］托马斯·伯恩哈德：《历代大师》，马文韬译，上海人民出版社2013年版。）

故事的开头最难写

有一对父子，都是写文章的，他们相互羡慕对方的职业：

父亲是一位学术工作者，儿子则是一位作家。父亲羡慕儿子写作时想写什么就写什么，自己写点东西，一是要查资料，二是要查相关研究成果，三还要深入研究提出自己的新观点，四还要核对引文、加上脚注等。作家多好，想写啥就写啥。你写A爱上B了，难道会有人拿出资料证明A没有爱上B吗？

相反，身为作家的儿子又十分羡慕作为学者的父亲。你看他开始写一篇文章，桌上会堆满各种资料好像大战开始前充足的弹药。最要命的是，自己面前放着一叠白纸，实际上就是一堵刷了白灰的墙，既没有门，也没有窗户，故事根本不知道从哪里开始。比如说，你决定写一个以色列的姑娘想去希腊看一个素未谋面的表姐，那么，开头怎么写？是写姑娘早晨醒来？还是她去了旅行社报名？还是写她凝望着曾祖母留下来的耳环？似乎都可以，但好像又都不对。难啊！哪怕是世界级的文豪如陀思妥耶夫斯基，他的小说《白夜》的开头也不咋的："这是一个可爱的夜晚，亲爱的读者，一个只有在您风华正茂之年才有的夜晚。如此的夜色清朗，群星闪耀，当您遥望夜空时，脑子里想到的第一个问题就是，在这样灿烂的天空下，难道还会有性情暴躁、喜怒无常的人?”说真的，这时我才知道《武林外传》郭芙蓉的名言“世界如此美好，我却如此暴躁，这样不好，不好”，原来脱胎于此。

这位身为儿子的作家，叫作阿摩司·奥兹，是当今以色列最优秀的作家，在国际文坛有重大影响，去年12月刚刚去世。他的作品现在已有多种中译本。这里所说的，是他的一本小册子《故事开始了》。这本书专门讲故事开头难，而且选了几部世界级的小说的开头详细加以分析，指出它们的成功之处，探讨它们的一些规律。他选中的作品，一些已有中文译本，如冯塔纳的《艾菲·布里斯特》、果戈理的《鼻子》、莫兰黛的《历史》、马尔克斯的《族长的秋天》，笔者也都读过，但在他的分析下，这些作品的开头确实妙趣横生、回味无穷。至于没有中文译本的，读起来效果就差一些，这很自然。

至于笔者，也靠笔耕为生，对文章的开头难自然深有领会。每次写一点东西，总要将开头几句话琢磨很长时间。如果觉得开头合适了，千字文可以立就。但更长的、不能一气呵成的东西，则又另当别论。但不管怎样，一个好的开头，首先是应当让读者投入的开头，是让读者自愿与作者签订阅读合同的开头。

（［以色列］阿摩司·奥兹：《故事开始了：文学随笔集》，杨振同译，译林出版社2011年版。）

推理小说也可以写得如此励志而温柔

说到推理小说，大家首先想到的，可能是《福尔摩斯探案集》吧。案件无非是谋财，谋色，残酷的杀戮，可怕的阴谋。百余年来，格局一直如此。但是日本“70后”作家的登场，画风竟然大变。伊坂幸太郎的《哦！爸爸》可算成一个新模板。

《哦！爸爸》这部推理小说的设定让人惊诧。中学生由纪夫的家中有4个爸爸，而这4个男人都爱着这个妈妈，都住在一个大家庭里，家中人口6个。

如果按照我们通常的套路，此事应该无例外地以悲剧收场：4个男人为了家中的主导权争斗，为了由纪夫是谁生育的争斗，即使最后证明儿子为第五个男人所生，也没有超出我的黑色预想。但是小说果然可以当小说来写，伊坂幸太郎的本事就是能把这样的题材写成轻喜剧：4个男人竟然和平相处，都特别爱这个儿子，说儿子和自己长得像。当儿子提出要做DNA测试确证哪位是父亲时，4个人全部反对，认为没有必要且没有意思。当由纪夫的女同学问晚上5个大人怎么睡，由纪夫回答有5个房间，4个爸爸各睡一间，妈妈睡在最宽敞卧室的双人床上。其他，则用“儿童不宜”四个字就交代过去。小说可以有自己的重点，现实主义不是小说技法的全部，伊坂幸太郎出生于衣足饭饱的战后时期，对世界的看法不像前人那样现实而且悲观。

小说到了三分之一，才稍稍有些罪恶的影子。但是这种罪恶也只是影子而已，稍稍推移，便如天光云影，倏忽已逝。4个爸爸各有自己的特色，而且都使用特长教育儿子：一个喜欢赌博，经常去看赛狗且赌运亨通；另一个则喜欢搭讪女性；还有一个是中学老师，理智聪明；最后一个则体格健硕。由纪夫有着这4个父亲的特点，但又不是超人，而只是一个理智、沉着的中学生。所以这点又给人以强烈的现实感。但由纪夫被绑架，4个父亲则群策群力，想方设法，救出儿子。

小说的主题是爱，是父亲对儿子的爱，是儿子对父亲的理解和感激。但是这种爱以如此异想天开、悖逆常理的方式写出，不能不使人佩服小说家的想象力。世界历史上既有一夫多妻制，也有一妻多夫制，所以说该小说完全脱离现实的常理也不见得。但是，我们当然也不会相信小说的神设定。小说告诉我们世界的常理，但检验小说家水平的常常是他如何叙说的方式。也许这一点占的比重有时还更大一些。

（［日］伊坂幸太郎：《哦！爸爸》，金静和译，新星出版社2016年版。）

奋斗少年

宫部美雪同岛田庄司、东野圭吾，是最受国人欢迎的日本当代三大推理小说家。以森村诚一为代表的社会派，已是明日黄花。至于江户川乱步，虽是开山鼻祖，但今人多数已丧失了阅读他作品的兴趣，只有喜爱老古董的人才会去故纸堆中挖掘。

读推理小说的，我个人以为一般有两种人：一种是现实派，我猜想他们洁白无瑕，在生活中也很少看见罪恶，于是在推理小说中遍尝世间的恶意和杀戮。另一种是浪漫派，他们也许已对现实中琐碎平凡的罪恶感到厌倦，立志从推理小说中寻求刺激，希望能体味心悸、奇幻甚至幽默，于是遍寻稀奇古怪的谋杀设计。我承认，我是第二种人。我推崇的日本推理小说家是没多少人知道的西泽保彦。岛田庄司则横跨两大类型：他的吉敷竹史系列属第一类，御手洗洁系列属第二类。而宫部美雪，毫无疑问属现实派的喜爱。

宫部美雪的《所罗门的伪证》，三大部，共100多万字。广告语誉为宫部的“集大成之作”，所谓“日本推理史上的最高峰”。最后这一句，我肯定不同意，但我承认去读这部小说是上了这句广告词的当。翻开第一页我就知道，它不是我喜爱的一类。然而读到第二部、第三部，却被吸引住了。等到高潮兴起，雨过云收，也不禁叹息，确是一部优异的作品。

小说写的是某中学一学生冬夜死在校园中，次日被发现后，判定为自杀。然而，说是为同学中的问题少年所杀的三封寄往不同地方的举报信搅起了旋涡，连班主任也被莫名地冤枉，直至被迫辞去教职。又有一乐观的胖妞同学，因此竟遭了车祸死亡。学校以及同学都被卷进旋涡不能自已。终于有人毅然站出来，发起校园审判，决心自己来弄清事件的前因后果。他们纷纷就职法官、公诉人、辩护人等职位，四处寻觅各种证人、证据，最后使案件水落石出。种种转折起伏，原谅在此不能剧透，但可保证的一点是：故事着实精彩。

其实，这部书最大的看点是少年们的奋斗。主角是中学三年级学生，还是未成年人。他们与自己的父母、同学、老师有着各式各样的冲突，甚至有同学还打算谋杀父母。偶尔老师也体罚学生，弱小的同学在恶少年的欺凌下无可奈何。不过，在漫长的求证中，许多人都转变了自己的立场，在奋斗的过程中洗涤自我，作品展现了一个理想的结局。

然而，从这个意义上来说，宫部美雪却不能算一个现实派，倒可说是浪漫派了。小说写到最后必然要收束，我们却知道生活没有收束，即使是死亡，也总要遗留许多信息。所以，对小说那样的收束，我个人是不相信的。设谜的小说可以将解谜当作结局，作为现实派的作品拿出一个皆大欢喜的结局却多半违背了现实。但是我们还是为她喝彩加油吧，因为徘徊在迷茫中的少年真的需要大家来喝彩加油。他们需要摆脱少年的迷茫，成为有用的人才。宫部也正是做了这件事情，她还呼吁全社会来做这件事情。

（［日］宫部美雪：《所罗门的伪证》，徐建雄译，江苏文艺出版社2014年版。）

人海微澜潘伯鹰

初次知道这位浊世中的翩翩公子，是在曹聚仁的文章中。《文坛三忆》之一是忆他的。奇怪，也许是我糊涂，一见潘伯鹰这个姓名，便以为不是真名，而觉得应该是号，最多是字，而且没来由地马上想到貌美可比西施、昭君的潘安以及适情任性弃官不做回家喝莼菜羹吃鲈鱼的张翰张季鹰，差点以为他是魏晋人物。看介绍，他原名潘式，伯鹰果然是字，生于1904年，卒于1966年，而且是病死，有幸未受“文化大革命”摧残。网上检索，倒也不算太寂寞，因为他留下不少书法，不通书法的我也认为确属杰作，如有缘也可以附庸风雅觅一幅来挂挂。他的诗作据说是很不错的，但我今天在读的只是一本小说——《人海微澜》。此小说在天津《大公报》连载，时当1926—1928年，当年名动京华，如今坊间早已绝版。有心人觅得电子版，整理后终在文汇出版社再版。

近期读了一些民国时的通俗小说，觉得这部《人海微澜》倒真不是写给普通百姓看的。作者旧学根底太好，所以一写就掉文。小说开卷，写的是一个没落的世家公子到北京找工作，借住在老友家；下边学的就是《儒林外史》了，说一件，扯一件，丢一件。文笔是极为老到，但说的都是文人雅士政客之事，虽骂得狠，写得奇，毕竟不关生活多少事，要引起大众的共鸣，难。如第七回讲魏损斋，鉴赏古董的内行，清朝遗老，说了一通今日当遗老胜过当官的道理，拿顾炎武等人作比。道理说得极为透彻、明白，放入文集中，都是一篇绝好的论文，但放在小说里，倒觉糟蹋了。第九回李渭臣纵论抽鸦片，论烟具、烟味，论得细腻贴切，但与大家毫不相关。小说渐入佳境，是在第十一回郑彦文与冯敏娴恋爱后。郑是西医，冯是富家小姐。冯以前与武人卢家公子有婚约，生病后入院得郑悉心照料，在郑的恋爱攻势下芳心初许，但迫于家里催逼，也贪图大家族的威势，与郑断绝恋爱关系。谁料那家的公子，既有癫痫症，也与有夫之妇有恋爱乃至肉体关系。最后是郑大夫在冯姑娘成婚之日跳海自杀，冯在婚后家庭失和，削发为尼。如果说这部小说在报上连载时赢得青年学子无数眼泪，应该就是这一段，加上后面的林同华，一心向学，天生美貌，却因经济原因难能如愿，最后上吊身亡。冯小姐在郑、卢两公子中犹豫的那一段议论，写得极好：

飞快的到了一个月，敏娴心里对于彦文竟好像不怎么割不下来似的了。接到彦文的信，虽然很欢喜，但是似乎开信封的时候，原先是迟一秒钟都不行的，现在就是事情忙了，稍为迟一两分钟也没有甚么不可以了。看官，你道男女间的爱情，真有甚么神奇奥妙么？打开窗子说亮话，不过是自私心和占有欲而已。再根本地说一句，简直就是生殖本能在那里弄玄虚变花样罢了。交际场，公园中，游戏所中，漂亮的男子挽了个时髦的女人，天神似的闪了过来，大家的眼光不自主地都要注意一下。这一种注意，便满足了他们两性各自的自私心。男的女的心里当然都有一种胜利的骄傲。说冤话不是人，你们瞧着他们被你们看着的时候那份儿满不在乎的

> 神气，简直是和你们挑战！这不过是自私心之一，其余许许多多不能遍举。没有一个人不是如此，因为老天生成了我们人类就是这么一块料，改不了的。当男女两人讲爱情的时候，虽是似乎如沸如腾可生可死，但是后来的变化却不敢料。假如这两位都是得天独厚的情种，那么两个人都能做出歌泣缠绵的事来。假如两位都很平常，那么等到外来的势力比爱情大的时候，爱神的脸就得挨上这两位的几下耳光子，不能不收弓拾箭带了爱情飞到别枝儿上去。

正因为作者对世情看得太透，（他写这部书才二十四五岁哩）而且有时忍不住要出来说一通，所以作为小说，肯定不是最好的小说。但作为在人世混的道理，它又胜于多少心灵鸡汤。

这部小说连载，竟刹车于张作霖被日本人炸死之时，作者声称要搞革命去，不再写男痴女爱的小家子语。时已近百年，革命已成寻常，男欢女爱更没消失。所以，《人海微澜》虽已隔世，但读之仍然不为无聊。作文到此境，亦已不易矣！君不见近日之流行文字，有多少能延迟两三年尚可一读耶？

（潘伯鹰：《人海微澜》，文汇出版社2014年版。）

大师级别的中国文学史

那天读龚鹏程《中国文学史》上卷将毕，读得兴起，在微信朋友圈发了一个大赞："大师级别的书。胜义纷披，让人目不暇接。"

没想到这对自己的阅读竟然造成重大干扰。一边读下卷，一边脑海里老在打转：怎么才算是"大师"呢？"胜义"又在哪些地方？毕竟不是大智若愚的郭靖和周伯通，"一心两用"对我来说总是那么难。

当今对人文学科和社会科学界的权威评价是：专家易找，大师难觅。媒体与社会各界的反应则异，在他们的眼里，不仅满街都是美女，大师也可以一把一把抓。一些学术名家去世，媒体来电话采访我有啥感想的，总是先称其某某大师，然后问我有多遗憾。我则毫无例外地先给一个十足书生气的判断："大师？似乎不太准确吧。"因为在我，大师的称号只给予这样的人：一是懂得多，不仅精通一门自己长期研究的学科，而且要博涉旁通，论国学则需兼通经史子集，当然，淹贯中西则更理想；二是解决的问题，不仅结论有创新，方法上还要对他人有所启发，即不仅是问题解决的创新者，也应是研究方法的创新者，且应对他人甚至其他领域有示范作用。如果说这个说法太过严肃认真，那么，可以换句话说，读学术名家的著作，你会觉得书写得好，材料的解读很严密科学而且有新意，结论出人意料，又符合逻辑，读完后觉得知道了很多新东西；但读大师的著作，你不仅有上述的感觉，你还会觉得这些书留下了很大的间隙，其中的一句话能让你写出一篇或好几篇新的论文甚至一本书。至于传统眼光中的人品等与学术关系不大的因素，则完全不加措意。从这两个标准看，当年清华国学研究院的王国维、梁启超等当然称得上大师。衡诸今世，有没有大师，是谁，大家心里应该有自己的一本账了吧？

读龚鹏程的这部《中国文学史》，第一感受是作者懂得实在太多！中国文学的边界恰如作者所言，在不同时期有着很大变化，要把古代中国的文学史料通览殆周，可想而知那是一项多么艰巨的工作。我无缘当面叩问龚先生，但从这部书来判断，他的阅读已经超越了不少治断代文学史的专家的范围。当然，光读过多少书不算稀罕，更稀罕的是读过以后要记牢还要能在研究中用上。记得自己读硕士期间，与同学探讨得较多的一个重大问题是："读书有什么用？"这句话的意思，不是说读了后能否升官发财，而是指读完后为何一点都记不住，以及研究时半句也用不上。而此书给我们的印象，则是作者什么书都读过，而且读过后就用得上。一般人以为历史是如此这般，它用几条新史料轻轻松松地告诉你：真相恰好相反！最显眼的，是众人皆言盛唐的诗是古代诗歌的最高峰，作者告诉我们那是明代人的历史形塑。众人（更包括我自己）认为传统文学的新体裁皆起于民间，一经文人之手，虽发扬壮大，文雅登台，但僵化已成必然。作者告诉我们这也非历史事实。这些观点均极大地冲击了文学史上诸多陈陈相因的说法。遍观全书，此类论述可谓不计其数，而且均有实在的史料支撑。

至于作者的多元史观，于方法论上也能给大家诸多启迪。传统中国的方法论，是看待事物的变化，内因重于外因，内因、外因又各有决定性因素，且常常用一时一地的因素覆盖全局的解释。10多年前谈到此问题我常常举例：一对青年男女恋爱不成，是何原因？有时固然是由于美丑贫富，但这些因素到底占了原因的百分之多少？这些以外的原因又占了百分之多少？此问征之当事人，有时亦不易解释。而如果一个历史学家前来撰写此事，你如何有把握一定说这位历史学家掌握了事实及其原因？按诸更为宽阔广大的中国文学史，要找出一条贯串始终的主线予以描绘，实则是中了“机械论”的毒。各个阶段真可能有各阶段的主题。此书之所以写来生机蓬勃，也主要是不守“机械论”的主线之故。而由此带来的论述空间的开拓，实有助于后来之学人的耕耘劳作。而有一点，实为著者所留心但未尽力发挥的（应该是限于篇幅之原因吧），是古代的许多理论争论，往往是对立统一的两句话中只强调一句而已。由于中国文字的简约和思维的简化，由此引起的争论不胜其数，当然有时也开辟了文学的新天地。所以，行内人来读这部著作，定然可以觅得不少新论题。至于全书论述最见光华的文人阶层与社会的文学化，作者自述受卢卡奇阶级意识学说影响。《历史与阶级意识》我亦买来已久，无奈，从书架上找到拿下，准备一读。

（龚鹏程：《中国文学史》上下册，东方出版社2015年版。）

一部中国现代文学史，半部在浙江

浙江有许多美誉，“文化浙江”乃其一。下一句注解是：“一部中国现代文学史，半部在浙江。”不过，讲到这里，一般人会举一下鲁迅、茅盾、郁达夫，知道徐志摩、丰子恺的也还不少，但接着就很难继续了。很早的时候我就想过：编一本“浙江现代作家小传”？枯燥！而且按姓氏笔画或汉语拼音排列，索然无味。写一本“浙江现代文学史”？势必仍只能将笔墨集中到较有成就的少数人身上，不能全面展示现代浙江的文事盛况。终于有一天，灵机一动——应该写部“浙江现代文坛点将录”。

中国古代小说中，写武事的自成一派，其间排列武将顺序的，有《说唐》《水浒》。《说唐》之排列纯以武艺高低为序，《水浒》则不然，宋江武艺平平，却为山寨首领。但山寨首领众多，按中国人的传统，没有明确的名分，必然内争不断，后患无穷。于是天眼大开，从天门内滚下一石，挖出一看，是一个排行榜：天罡、地煞，着实分明，一下将山寨中的杂乱分理得清清楚楚。后世多有以记诵一百单八将来锻炼记忆者。清人借此评骘文坛诸人，寓褒贬于排行中，别有滋味。

现代学术研究断然排斥此等文体。至于我个人，与上海专攻现代文学的陈子善教授一般，还是愿意看到一些脱离常规的研究著作。“点将录”深承传统，虽不能遍加引注以示确凿，也不能长篇大论以示高奥，但灵活便当，随时道出对象之优点特点，而且借古之排行，略寓评价，其味在似与不似之间。要说中国特色的文学批评，此其一也。恰好陈子善教授有高足郑绩博士，为我同事。此人聪明灵动，又能耐住寂寞，长年在大图书馆翻尽民国报刊，担当此事，最合适不过。于是她便动手，写了两三年，终于成编出版。

尽管翻过初稿，拿到此书，仍然一气读完。细细寻思，好处有三：一是遍列浙江现代作家108人，从此以后，如要清晰谈论浙江现代作家，应该说百不失几了。（她曾跟我谈过，尚有十数号人物能否作为“外编”收入，我意既有现成体例，违反不甚妥。）各个地方的文史爱好者，至少略翻之就可知本地现代出过什么文坛名人。而且我个人之感觉，越是地大的地方，越是需要补这堂课。二是文章灵动，生龙活虎。作为现代文学博士，对文本涉猎甚广，也有批评的基础和本事，所以书中的批评，有她个人的判断，即使个别不符众意，仍有她自己的道理。三是扎实。现代文学的版本学，也是个无底洞。作者大加搜罗，并充分利用斯坦福大学东亚图书馆之收藏，附以很多初版本的书影，资料价值高。如果以研究论，仅这一块，分量就很重了。

（郑绩：《浙江现代文坛点将录》，海豚出版社2014年版。）

读上一年书如何？

如果给你下一个任务：明天开始，整整一年，一天必须读一本书，每本必须是二三百页，而且要写一篇书评贴到网上。你能做到吗？

美国康涅狄格州的家庭主妇妮娜·桑科维奇（Nina Sankovitch）给自己布置了这么一个不可能的任务。她有丈夫，还有4个正在上中学和小学的孩子，每天必须让小孩吃饱上学，还要买菜做饭、及时洗衣、完成基本的清洁工作，必须做到随叫随到，为家人充当迎宾员、司机、食品采购员、服务生、洗衣妇、厨娘、朋友、辅导员、严厉的纪委书记、情人（对老公而言，但只是偶尔为之）。还有一条限制原则：每天读的书不能小于一英寸厚，一般是250—300页（换成中文要薄一些）。她一小时读70页，4个多小时看完一本书，写书评则要花半小时到5小时。从2008年10月28日开始，到2009年的10月28日，她过了一个自己的阅读年。

她家里有一把椅子，买来时是白色的：象牙白的厚坐垫，雕着棱线的桃花心木椅子腿，踏实的填充扶手，曲线优美的椅背。但是在一个到处都是乱爬乱摸的娃娃的家中，白色是不能保持的，如彩虹般五颜六色的斑点渐渐出现：紫色的红酒、棕色的咖啡、粉色的记号笔、蓝色的泡泡糖味的冰激凌、黄色的奶汁，使这把椅子像一张世界地图。猫也来助了一把力：每隔一阵会在椅子上撒一小泡尿，使椅子成为它的专用品。先生想把它扔了，女主人不答应，把它放在最偏僻的角落，每天用除臭剂喷一下。一年年过去，臭味已然消失，但仍然没人坐，猫讨厌除臭剂的气味，也不趴上去了。终于，这把紫绒椅成了女主人“阅读年”的专用椅。

她每天读的书，有一个总目录，附在正文之后。“阅读年”里，她读的第一本书是儿子推荐的《兔子共和国》，有500页，超出了她对自己的长度要求。在这一年中，她读了不少回忆录，那是用回忆将哀伤吸收消化。她读爱情的书，也读情欲的书，更读各种各样的人生经历，还有一章专门写读推理小说的感受。读这一章时，我的感受是原来还有这么多不错的推理小说没有译成中文。全书是用读托尔斯泰的《伪券》来结尾的。这位伟大的小说家在这部中篇小说中没有刻意展示自己高明的技艺，而只是讲了一个善和恶的故事：恶会传递，善也会传递。结论呢？便是我们三国时刘皇叔去世前告诫儿子的两句十分著名的格言——“勿以恶小而为之，勿以善小而不为”。

妮娜本是律师，结婚后成为家庭主妇。她心痛她的姐姐在46岁时患癌症去世。从那时开始她痛不欲生，经常会看见姐姐意想不到地走来，似乎从未离开过一般（我非常相信其真实性，因为我少年时父亲突然因事故离世后相当一段时间也是如此）。她于是把自己的生活安排得满满的，揽各种各样的杂事，把自己搞得疲惫不堪。3年后，境况依然没有什么改善。于是她改成阅读，用一个“阅读年”彻底治好了自己的心灵创伤，而且此事被《纽约时报》报道，她成了名人。

我自己从50岁始，翻读家中那些年轻时买来想放到后来去读、慢慢觉得一辈子也不会读的大部头，3年来也确实解决了不少令人生畏的砖块。如果以此为题也来写一部书如何？同时介绍一下这些大部头的精彩论点以及自己的得益？经过短暂的思考，我突然明白了男人与女人的不同，在构思同题书时方向也会截然相反。而且我相信男人写这样的书基本上是无人问津的。“算了罢，该读什么读什么”，我喃喃自语，将这部一年的阅读史合上。

（［美］妮娜·桑科维奇：《托尔斯泰与紫绒椅：一年阅读好时光》，苏西译，浙江大学出版社2014年版。）

今天的金庸武侠

一天，一个要好的朋友问我："你知道六神磊磊吗？"

处于我这个年纪，不晓网上风云是常事，我淡然回答："不知。"

"那你应该看看。"

不由分说，他帮我关注了六神磊磊的公众号。我一看，原来是"读金庸"。

点开一篇试读，果然不错。行文生动，切合"80后""90后"的胃口。文章有思想，有独立见解，且皆借新闻由头写出，与现实联系紧密，有噱头。"萌萌哒"哎，我见犹怜。最让我惊奇诧异的，是文后的读者评论都那么高端大气北上广。读者如此，我等岂不是早该远离江湖、搁笔归隐？

当然，敝人可归隐。六神磊磊如要归隐，读者哪能舍得？何况少年风流，正当时日。好花堪折直须折。

从此我爱上这个公众号，目前我保留的公众号只区区三个，另两个完全是另一领域的，与文化无涉。

也正是如此，我才读了《你我皆凡人》。

关于金庸，不瞒诸位，在下也写过一点的，那是20世纪末的事情了。大约花了一年时间，就金庸先生的15部小说都写了单篇评论，再加上几篇综合的评论，成一《金庸小说论》，2000年由浙江文艺出版社出版。当时有一卑下的想法，是拿来当评职称的敲门砖的，只印3000册，并不关心销量。过了几个月，手上的百册书送得七零八落，到出版社想去再买一点，闻讯已销完，也不禁微微诧异。其时坊间有三两册论金庸武侠的书，我这册相比之下，尚算踏实、生动、直抒胸臆。近日特别后悔的是自己没看懂小说，就直言批评，《神雕侠侣》一章是其代表。

在下的旧事不再谈，我读六神磊磊说金庸，最大的感受是：他读金庸，是将金庸当事实；我当年读金庸，是将金庸当小说。

且莫将这点区别作闲事，那可是一个天大的变化。

比如说，《你我皆凡人》开篇论王重阳与林朝英的爱情。这段情缘让在下来论，可能首先是觉得不值论。两位在小说中都没直接露过脸的人儿，在金庸霸道的人物群体中算老几？而且没有直接露面，最多算个扁平人物，完全没有丰富性、深刻性。何从论起？六神磊磊则说他们不会谈恋爱，只上演了一幕幕类似“给女神吭哧吭哧修电脑，修完水也不喝就回家”的拙劣对手戏，却也一语戳中了痛点。

这是金学史上的重大转折。和我们的经典古代小说一样，一开始当小说读，后来则当事实读。《三国演义》上来是“七实三虚”，先不谈。《西游记》是人所皆知的神话小说，但今天有多少公众号和博客，加上经管培训，在论猪八戒为何在团队中不可缺少、沙和尚的重要性如何、孙悟空为何不招人待见、有后台的妖魔为何打不死等。这是把人虚构创造出来的作品当成了世界上客观存在的事实。

在此我要说一句本文的中心思想：这种拿小说当事实的超级待

遇，也只有超级的小说才当得起！更概括一点说，至少在我国，古代只有不超过一只手掌手指数的白话小说才能担此重任，现代小说作家当然更不会超出这个数量。换言之，可以将文学当历史，是作品进入经典的关键性标志。

只有具备这个前提，人们才会把本属虚构的文学人物当作生活中实际存在的尊长朋友、兄弟妯娌。所以六神磊磊才能将《神雕侠侣》看成一部“剩女书”，才会放言宁碰有明确追求的康敏而不能碰纯情的秦红棉，可以挑明俞莲舟与殷素素有一种不动声色的友谊，可以下结语说儒、道、佛的武功最后退化为被太监的武功（东方不败）所统治。这种表面上看来非学术性的随意挥洒，倒也与柳宗元笔下的卖油郎类似，示明了金庸武侠从流行到经典的根本性转变。这也说明，从流行到经典的重大转变，很大程度上是评点家和受众合作完成的。真正学术意义上的工作者，在此经常只能敲敲边鼓而已。

（2016年1月1日于云南西双版纳）

让唐诗击中今人痛点

所有的传统，都可以消失得出人意料的快。我的一位同事，“70后”的女博士，在教“00后”的儿子时无意说到了“何不食肉糜”的故事。结果儿子毫无反应。她接着追问：“这样吃东西对不对呢？”

儿子觉察到了妈妈的言外之意，犹豫片刻，答道：“不对。”

“哪里不对？”

“这……吃肉会发胖的。”

代代相传、讲了1000多年的一个老故事，到最近，就这样突然“死去”了。

所以，传统是需要讲述的。而这个讲述，必须针对今人的情境，用今人的语言，而且最好是要比较幽默、生动、好玩地讲出来，必须讨好听的人，亲近听的人，但又决不能把他们当成学生耳提面命。因为这些人完全可以不买你的账。他们本有更多的屏要刷，凭什么要来关心陈年八辈的旧事？

尽管大家都不否认今天需要转述传统的人，但当代社会并没有从体制上给予保障。追寻一下这个制度，还是蛮有意思的：今天对传统，也不能说完全不重视，大学、研究院设了不少学科，给了不少编制，都是用来研究、挖掘和复原历史的真相的，并不用他们与今人对话。如果那样的低级工作一定要做，也只有让另外的人去做，自己冷眼旁观，并保留鄙薄和嗤笑的权利。那么，问题来了：那样的工作为什么还有人去做？我想原因无非是：有让传统活下去的理想和让传统活下去的市场。六神磊磊应该是无意中发现了这个市场，他应该也有那么一点点梦想。

在此，有一条我早就想提的建议。那就是：出版社在出版此类作品的流程中，还是应该请专业研究者审读提提意见。这样，一来可以少去难以避免的一些事实上的讹误，二来也让专业研究者的长处有所发挥，附带让他们领略一点市场的气氛。两全其美，岂非美事？借此相关机会，啰唆几句。

六神磊磊已经有了一个著名的公众号了，叫“六神磊磊读金庸”，江湖上颇有名声。我自己在2016年元旦于西双版纳读了他公众号的文章合集《你我皆凡人》，说实话，颇有些佩服。他间或写的关于唐诗的网文，反响也很好，于是有了今天这一册《六神磊磊读唐诗》。书中的文章，在公众号上看过一些。这次集中看完，觉得有三点做得实在不错：

一是以故事激活了诗歌。唐代是诗歌的时代，今天则是故事的时代。虽然今天的人们也可以背诵几句和几首诗歌，但他们更喜欢以故事来阐释，来统领。于是，六神磊磊应运而生。何况唐诗的故事确实多，像哪几位牛人如何前仆后继编出全唐诗，除了专业研究者外，绝大多数人是不知其详的；王勃、宋之问等如何度过他们的诗歌人生，听起来也蛮有意思。

二是复原并激活了许多经典的情感。人天生有很多情感上的痛点，今天的人痛点更多，但颇有一些痛点是唐诗所狠狠击打过的。比如乡情、友情、职场升迁、儿女私情等，无非是今古隔绝，古语难通，今人不易理会。六神磊磊复原了许多情境，让今人带着自己的内心来到了古人的时空交汇处。这样，李白、杜甫、李贺、李商隐等人，也就从诗歌中活了过来。关键是他们的诗作，竟然击中了当代人的不少痛点。这些经典的击打，一经发现，便难以被取代。今人面临相似情境，竟无语凝噎，唯有默思吟咏千年前的古句。唐诗于是不死。

三是以今人语言写古事。不过这点，凡是读过的人都会同意，没读过的人也易于想象，毋需赘言。

最后我要说的是，唐代是诗歌的时代，今天则是散文的时代了。在散文时代，情感已经退居二线，精致的计量和现实的成败已经挺在前头，纠葛更为复杂多样，难以用一致的模式处理。于是，浓郁的情感难以应对琐碎纷繁的现实，唯有散文写出了生活的复杂凌乱，写出了许多不用和不能动用情感处理的生活场面。诗歌于是相形见绌，人更易从散文中得到启发。这也是我更喜欢《你我皆凡人》一些的理由吧。好在六神磊磊左右开弓，左右互搏，既讲唐诗，又述金庸，一点也没有左右为难。就凭这一点，我想会有更多的读者喜爱他的。

（2017年7月24日写于金庸先生之故里嘉兴）

说冯唐

冯唐是新一代的文学明星。尽管我比他大不少，毕竟略有所闻，我所说的是这个姓名。说实话，我更熟悉的是“持节云中，何日遣冯唐”，那是我少年时熟背的苏东坡写的诗句。

有天百无聊赖，打开新浪首页，不知怎的就点到了冯唐。看了几篇关于文学的随笔，挺喜欢。瞥了一下书名和出版社，随手给本要碰面的该出版社女领导发了个微信，让带一册《活着活着就老了》来。女领导不愧是女领导，来时不仅带了这一册，还捎带了冯唐的另几册。

下班后回家到睡前，是我多年的例行读书时间。床边的地板上堆满了要读的书，但我先拣起冯唐。花了一两天，读了《三十六大》《十八岁给我一个姑娘》，还有另外买来的《万物生长》。读了一圈，挺好读。读完后，除了知道他基本上用那个人类繁衍必需的器官想事，啥都没剩下。不过，我在此声明：年轻时，尤其是工作前，用此想事太正常了，完全没有贬低的意思啊。上帝造人，也是要它们负责传宗接代的。或许这才是老天爷的本意。君不见有好些生物，完成了这个任务后，就从容就义了，有些还可以用来给配偶和下一代当食物。人类进化几万年几十万年，只是到了近百年才违背上帝的本意，把寿命弄得老长，于是人转到用其他器官来想问题，比如说屁股、脚趾头，当然还有脑。

冯唐自述诗写得最好，我则基本不看现代诗，而且我也知道文学家的自评基本不靠谱，在此略过。我只说，读了一圈冯唐后，留下印象的，还是这一本《活着活着就老了》，而且还是卷一。这一卷光谈文学。我自己知道，别看是中文系出身，还弄过多少年的这个行当，一是受大学里教材和老师的毒害，二是本人的脾性不甚合，对文学还真不太知道所以然。特别是如果为某领导、某教授说文学是什么，那多半是扯淡！随便举个例，20世纪五六十年代，随便哪位文学研究者讲到中国古代诗人，都说他关心百姓疾苦的诗写得好，是现实主义大诗人，浑不顾我们只会背诵“野火烧不尽，春风吹又生”“停车坐爱枫林晚，霜叶红于二月花”等。我们读巴尔扎克是为了了解资本主义打败贵族，读《安娜·卡列尼娜》是为了了解贵族的虚伪。我缺乏文学天赋，很晚才醒悟此类说法的虚妄。我父亲当年就不让我读小说，我后来不知道小说是什么、有什么用。冯唐好，他说：“小说文字不好不重要，结构不好不重要，才情不好不重要。小说最重要的是让你体会到生命感动”，“好小说简简单单透过白纸黑字，将千年前万里外一个作者的生命经验毫不费力地注入我的生活，让我体会生命中不灭的感动。”说到这里，我其实马上想到古人的话：好文章是人人胸中所有，人人笔下所无。还是比冯唐说得好很多倍。

所以我更喜欢的是冯唐的文学趣味。他对亨利·米勒、劳伦斯、金庸、古龙等的评点，部分出我意料，大部分大获我心。我喜欢看书，同时喜欢看书单。冯唐为中国小说开了一种包含22种书的书单，而且是从《战国策》和《世说新语》开始。由于莫名其妙的原因，我以前一直看低老舍。看了冯唐的书单后，我在书店毫不犹豫地买了老舍《牛天赐传》和余华《在细雨中呼喊》。在路边咖啡馆随便翻翻《牛天赐传》，马上明白老舍的好。最可奇怪的，是冯唐写当下，老舍写百年前，怎么都觉得还是百年前更加亲切熟娴。这一刻我已决定，回家后将冯唐的书都扔了，只剩一册《活着活着就老了》，闲时翻翻。

（冯唐：《活着活着就老了》，浙江文艺出版社2013年版。）

体验中国百年的动荡与变迁

在读了许许多多期的“秘密书架”后，终于决定来写一篇“我的秘密书架”。我对这个题目的看法是：必须讲一点自己有独特体验的书。如果这点对，那就必然要回避名家的巨著。归根结底，名家的巨著是哺育我等读点书的人的乳汁。但这种大著，读者既多，也难讲出点让人觉得有些许意外的体验，鲁迅就不谈李、杜。所以在这篇小文章里，没有他们什么事。

第一本我要说的，是董时进的《两户人家》[①]。董先生，1900年生，1984年逝。他1920年赴美留学，获康奈尔大学博士学位，1949年发动成立中国农民党。前几天在微信上看到关于他的“惊人的反土改预言”，字小，没细读。此书写他爷爷辞世后，寡居的奶奶如何养育两个儿子，儿子又如何让孙子出洋。古代中国农村，顶梁柱一倒，孤儿寡妇便受尽欺凌。此等叙述，不以为奇，我最震动的是：寡妇一人，遇大不公，直上县衙击鼓申冤，而且还得到了公正的判决。农村真正乱，始于辛亥革命。今人自执着于辛亥革命推翻皇朝的决定性的政治胜利，但原来风平浪静的偌大农村忽然土匪

---

① 董时进：《两户人家》，学林出版社2012年版。

成群，由此看来现代乱局的发端，也是拜辛亥革命之赐。董家也是因为勤奋劳动换来的血汗钱放在家中徒招盗贼，才下决心送孩子出外读书。描绘辛亥革命前后的中国社会实况，我读的书中，论生动真切，此书为第一。

第二本是唐德刚的《战争与爱情》①。唐氏以《晚清七十年》享誉于世，我也喜欢，但我更喜欢这部以抗日战争为背景的长篇小说。也怪，我曾多次向朋友、向社会推荐此书，反响甚鲜，我却百读不厌。此书写一个大户人家子弟跟受苦出身的女新四军战士的婚恋经过，特别展示了传统地方经济如何在新时代快速败亡的过程，指斥国民党时代以小土豪取代大土豪后社会的“流氓化”，而对抗日战争的描写之血腥、之残酷，尤使人涕泗横流。新中国成立前后主人公的遭际，更使另一文化中人觉得匪夷所思。我读书不甚动情，唯读此书不然，独坐斗室，垂泪多次，以为它为中国20世纪中间50年之最佳展现。也许是史家写的小说，在文学上有种种缺憾，但我完全视而不见。

说了两本文学书，再说两部历史书。一是王尔敏的《明清时代庶民文化生活》②。王先生在台湾“中研院”近代史所多年，著述等身，我也买过十余部，但这一小册子为我最喜。特别是其中一句，说点神主这种民间祭祀仪式，实待抗日战争时才彻底消灭。此语我常常忆起，且醒悟今人对抗日战争研究，实少以文化变迁着眼者。王先生著作，因属研究，笔法较为生硬，偏偏此书极为灵动。至于文章如何趣味横生，此不赘。另一是钱穆的《中国史学名

---

① 唐德刚:《战争与爱情》,华东师范大学出版社1999年版。

② 王尔敏:《明清时代庶民文化生活》,岳麓书社2002年版。

著》[①]。我喜读史，但是真正读出一点味道，多数靠此书点拨。特别是关于《史记》诸章，诵读再三，反复体会。钱穆先生一生著述甚多，此书对他而言，无非小书一种，但实在好。

文史之外，再说两种：这两种仍是文。一是朱苏进的《醉太平》[②]。一般谈当代文学甚少提到朱，而我偏嗜之如狂，将他的小说搜罗殆尽，读之何止十遍。他的缺点是格局偏小，长篇叙述会照应不周，时有破绽。优点是坚忍长久下的爆发、奇诡、惊艳，让人瞠目结舌，不知所措。我曾想，尽管他只有小学毕业的文凭，但如放到十六七世纪的美国或欧陆，说不定能搞出点发明来沾溉世人。另一是随笔集《张五常作品系列》[③]。初遇张氏随笔，在一套三册中先买了一册，晚上回家试读。不到半夜读完，满室打转，直以没有尽购通读全部为恨。最近我出一本书评集《好书总会复活》，以写张的小文列于卷首，特表敬意。从读他的文章开始，我才真正有点领悟文章作法。但读多次后，我亦醒悟他毕竟还是海外的底子。我等本土成长的，写不出那样的文章，亦不一定要写那样的文章。

我是“文化大革命”后的第一批大学生。平生爱好，亦仅读书而已。30年下来，约略万种不成问题（我于2012年6月16日加入豆瓣，至2014年10月6日，标记读过648部。年轻目力健时读得更多）。从万种中选出6种，总还略有可观。回头看，发现这6部书的作者，除朱苏进外，皆为境外或域外人士。小小吃惊之后，也明白现代社会必应抱有放眼全球之视野。想我这般既无通读洋文原著之学养，又无生活异域之人间体验，译著读得再多，仍然屁事不顶。

---

① 钱穆：《中国史学名著》，生活·读书·新知三联书店2000年版。

② 朱苏进：《醉太平》，上海文艺出版社1994年版。

③ 张五常：《张五常作品系列》，社会科学文献出版社2001年版。

从境外域外华人著述循序渐进，亦是顺理成章。今年夏天我与某同学戏言：我等只不过完成了“城镇化”，“国际化”的使命只有待儿辈去完成了。

毛泽东有句话，尽人皆知，道是“万里长征走完了第一步”，出于《毛泽东选集》第四卷。当时中共以秋风扫落叶之势横扫国军，举重若轻。但于接管城市，偏偏举轻若重，强调绝不能犯“李闯”的错误。改革开放30多年来，成效显著，领导英明以外，亦有从农业化到工业化、信息化社会转型的大背景及各种因缘风云际会，此时能做的第一件事，便是如毛泽东言：戒骄戒躁。冷静看待自己读书的缺陷，亦如是。

（2014年10月6日上午）

第三辑　游踪思影

“阿尔法围棋狗”后的人文学科

Alpha Go与李世石的围棋对战，自2016年3月9日开始。到我提笔写这篇小文的时候，Alpha Go已连胜两局。李世石，当前在韩国的围棋等级分排第2，他拿过14个世界冠军，目前虽不在最顶端，但廉颇未老，仍在超一流的第一方阵。

此次人机对战，多数棋员界人士看好棋士，但外行仍以投机器人票为多。棋士们多数以为，围棋可着点多，计算复杂，纵使机器能搜罗众多棋谱，但其复杂性仍有机器未及处。如果人能发挥主观能动性，尝试机器未见的策略，就定能捍卫人类之尊严。当然，李世石是以棋子说话，但两败之后，总有内行出来评点江山。在北京大学哲学系就读的中国围棋高手李喆，站在棋士的角度总结了李世石的策略：第一局，尝试无谱布局开端，即从来没有人下过的布局，结果到中盘，李世石已经现出劣势。虽然，李世石及时收手，将局面导入细棋，但结局仍是失败。第二局，李世石总结了第一局失败的经验，决定走定式布局，等待机器未来微小的逻辑失误。结果是：电脑在前半盘的定式应对中出现了人类从未见过的新应手，且人类无法应付，后半盘则一改第一盘的情形，基本没有失误。结论是：电脑按照每一步的“胜率”而非“最优”下棋，敌手优则电脑更优。

围棋界本有一个观点：两人对战，不是棋下得好的人得胜，而是不好的棋下得相对较少的人得胜。这句话肯定是对的。李世石原先的强大，有人认为秘诀就在于擅长将对手拖入无比复杂的局面，然后抓住漫长对决过程中对手难免的失误一举胜之。如果事情真是这样，那么李世石在电脑面前确实完全不能施展其技：电脑没有失误，更没有因情绪、注意力等引起的波动。尽管人机对战为五局三胜制，但人类失败应该说已成定局。

在我看来，这场比赛对围棋是一次决定性、毁灭性的打击。从此以后，职业围棋以及围棋教学界怕是要一蹶不振，而且永无复兴的希望。围棋为“琴棋书画”之一，号称有永远不能穷尽的奥妙。如被计算机破解了奥妙，或者说不管个人如何苦思冥想仍然不能取胜机器，那人类关于围棋的探索便告终结。同理，当计算机战胜卡斯帕罗夫后，国际象棋又怎能重现茨威格《象棋的故事》中的神秘风采？中国象棋现在基本上是一种自娱自乐的游戏，再也难掀几十年前万人空巷的英姿。如同网络取代坐地的商家一般，计算机无情地将围棋界判了“死刑”。在这里我要提醒为数不少希望孩子在围棋上取得成功并为此孤注一掷的家庭，现在不再是投资围棋的时候了。永不再是！

那么，阿尔法狗取胜后对人文学科有什么影响？我想，它至少告诉我们：社会的演进有可能有最优化的策略。古代的社会出伟人，他们或者智商高能发明新的技术、做出新的产品，或者有讲演的天赋一开口就使人受骗上当，或者记忆力超强能叫出任何一个见过面的人的名字还能想起你的来历让人心悦诚服，或者善于使棍弄枪以优异的杀戮成绩取信于部族。但是，那很可能只是一些闪光的天才（当然不排除后天的习得），而计算机可以平淡无奇地集中所有天才的智慧，凭借最基本的规则，进行超大规模的运算，得出最高胜率的结果。其实，近两三个世纪以来的社会研究的科学化，不也是同一个意思？它开始摒弃天才的猜想和突如其来的灵感，一切凭事实说话，而且这些事实最好经过数字化的处理，在排列和组合中自然地显出其意义。不仅如此，在研究方法与假设等方面，也要采用所谓客观、冷静的质素。如经济学先立“理性人”假设，否则便不能以数学、理性的方法运作。博弈论认为自己要面对的是社会的两大基本问题，即协调与合作。然而要解决这两大问题，必须先确立三大假设：一是博弈的每一个参与人都是工具理性的；二是“每一个参与人都是工具理性的”这一点，是所有参与人的共同知识（common knowledge）；三是所有的参与人都了解博弈的规则。[①]自古以为政治学是免除科学“灾疫”的独特场所，但梅斯奎塔（De Mesquita）在1979年，运用他的一个数学模型和一个小型计算机程序，得出了与他自己的预想完全不一致的对印度下一届首相的预测结果：查兰·辛格（Charan Singh）将成为首相。模型同时预测新一届印度政府将无力理政，迅速垮台。这些预测很快得到印证。于是，美国国防部的一个部门给了他17个问题。据中央情报局一份解密报告显示，梅斯奎塔的预测准确率为90%。他很明白地说他没有那么厉害的智慧或洞察力，预测准确的力量来自逻辑和证据，来自博弈论。[②]它们与阿尔法狗的出现，代表了同一个趋势。它们从人文学科的营垒中揭竿而起，另立山头，随即攻城略地，所向披靡，直至如今。

---

① 张维迎：《博弈与社会》，北京大学出版社2013年版，第15页。

② [美]布鲁斯·布尔诺·德·梅斯奎塔：《预言家的博弈：预测和改变未来世界的新逻辑》，钱静、赵文嘉译，浙江人民出版社2014年版，第9—13页。

人文学科在此潮流中，虽也负隅顽抗，可惜有心杀贼，无力回天。随便举几个例子，哲学，早在20世纪初就被还原成语言问题，需要数学和逻辑去解决。你当然可以说数学不是自然科学，但如果说数学是人文学科岂非更荒谬？描绘人类情感而绝对为机器人所无的文学，有时也陷入无言可说的尴尬境地。比如，“举头望明月，低头思故乡”，属中国古典文学中最为常见的思乡主题，如今明月受雾霾影响难得一见且不提，手机拍照将故乡的新貌拍得美丽非常，而且一条微信消息可以马上传到你眼前，图片展现的比你所能想到的还要美丽，你还有何乡思可言？人与人之间的睽隔，古人可以吟咏“一日不见，如三秋兮”，今人如果在手机微信上对你死缠烂打，保管你除了烦躁以外更无别的心思。哪怕是需要肌肤之亲的男女欢爱，你辩解信息沟通绝不可能替代肉体沟通，但是“性爱机器人”已经出现，难保你还觉得这玩意儿比真人更可人意！这正是典型的以技术解决情感问题的途径！

当然，由此就推断以“阿尔法狗”为代表的高新科技会给日渐衰颓的人文学科带来狂犬病病毒似的致命一口，我个人倒不以为然。为什么？因为人文学科面对的是人。人除了理性、胜率以外，还有一大堆由人而来的致命弱点，如贪婪、骄傲、任性、自以为是、愚蠢、懒惰等。理性和胜率一直与这些弱点搏斗，偶尔胜利，多数时候却不能成功。人类历史经常由这些旋律写成，身为理性的机器狗可能根本无法理解。比如说，从古老社会中生长起来的组织有积极的一面，它能使个体联合成为更强大的力量，去获得食物和安全保障等。但这些组织也有巧取豪夺平民所得、奉养自己、作威作福的一面。那么，向平民索取多少份额算是为大众服务，多少又算剥削压迫呢？其间从量变到质变的划定，颇不易决断。而且，组织的领导者当然个个都希望自己能长命百岁，其组织可以延续至自己的后代，世世不绝，这往往是他们的主观意愿。但这种主观意愿的实施必须顾及其他同样想出人头地、跻身巅峰的人的意愿。人类在这两者之间演出了多少好戏？于是吉本才说："历史往往不过是人类的罪行、愚蠢和不幸遭遇的记录而已。"[①]这些罪行、愚蠢和不幸遭遇，是机器狗无法预想和理解的。所以说，历史可能是一个不会在机器狗的攻击下沦陷的堡垒。

如果人类和社会的发展都依照理性展开，那么阿尔法狗以后的世界倒是非常好办，将一切委托给机器即可大功告成。但是人类不仅有理性，还是动物，具有动物的贪婪、懒惰、自私和更要命的自以为是等。加入此等因素后的人类当然仍是按自以为是的胜率行事，但某一人或某一集团的逻辑，却不是多数人，更不是一切人的逻辑，其间可能引起的冲突与灾难于是不可胜计。

21世纪的国际上以谨慎乐观的态度看人类的未来为主，但是我们切记，任何乐观的一面都由不忍直视的苦难逼迫而出。梦游般的一战产生国际联盟，残酷的二战产生了联合国。如果世界治理真有那么一点可能，那么是否会出现可与前两次大战相提并论的威胁？想到这一点，我作为人有点不寒而栗。所以，人文学界一方面固然可以承认和欢呼科学与理性的进步，另一方面更需将人类的愚蠢牢记心中，并将其视为社会演化的景深。如此才有可能去更好地想象和把握一点未来。

诚然，毋庸讳言，人文学界仍会在萧条的现状中徘徊。发达国家百年前、中国几十年前人文学科备受重视的盛况确已难再，但人文学科已作为人类思想及活动的背景，更深刻、更隐秘地嵌入现代

---

① ［英］爱德华·吉本：《罗马帝国衰亡史》，黄宜思、黄雨石译，商务印书馆1997年版，第78页。

社会，已成现代社会不可或缺的一部分。只有把握了现代社会需要的技术，辅之以深厚的人文背景，换句话说，一边“手挥五弦”，另一边“游心太玄”，方能在理性与非理性的世界中穿越自如。既“得鱼”，又“忘筌”。

从这个意义上，许许多多学科还真需要那么一点人文学科的帮助。

3月12日清晨开始撰写此文，时李世石以0：2落后。话音甫落，3月15日，人机大战已经结束——1：4，李世石惨败。

（2016年3月12—16日）

三天子都、仙都、鼎湖，知在何方？

以“小五金”享誉全国的浙江省永康市，目前在寻黄帝文化的根，计划在当地石城山建立黄帝文化旅游区，依据是黄帝曾在这里炼铜铸鼎。

黄帝与石城山的故事据说记载于《山海经》。《隋书·经籍志》云：“初，萧何得秦图书，故知天下要害。后又得《山海经》，相传以为夏禹所记。”可见《山海经》在汉初可能已经存在。此书以前粗粗读过，但越读越觉迷惑，根本找不到打开这个宝库的钥匙。仔细想来，此书也许是由多人在不同时代叠加完成，所以不可能有一把一捅即开的钥匙也未可知。

打开电子版《文渊阁四库全书》，在《山海经》中查“黄帝”一词，共得13条。查“石城”一词，显示结果——0个匹配。13条关于“黄帝”的记载，与石城皆无丝毫关联。无法，只有细检原书。在《海内南经》中找到一条：“三天子鄣山，在闽西海北。一曰在海中。”晋郭璞注：“今在新安歙县东，今谓之三王山，浙江出其边也。张氏《土地记》曰：‘东阳永康县南四里有石城山，上有小石城，云黄帝曾游此。’即三天子都也。”这样看来，永康石城山跟《山海经》根本没有关系，有关系的是郭璞以及更关键的张氏。

先来看《山海经》原书上下文：

> 海内东南陬以西者：
>
> 瓯居海中。闽在海中。其西北有山。一曰闽中山在海中。
>
> 三天子鄣山，在闽西海北。一曰在海中。
>
> 桂林八树，在番隅东。

此处的地名“闽”“瓯”“桂林”都是实有之地。所以“三天子鄣山”也可确定为实有之山。

《山海经·海内东经》又云：“浙江出三天子都，在其（蛮）东。在闽西北，入海，余暨南。庐江出三天子都，入江，彭泽西。一曰天子鄣。”

这样，“三天子鄣山”与“三天子鄣”“三天子都”就连在一起了。如果此山为浙江（今钱塘江）源头，那么，袁珂注以为“大约在今安徽省境内黟山脉之率山”也有理。[①]今人于20世纪80年代考察钱江源，认定为在安徽休宁县六股尖。2010年9月，浙江省测绘与地理信息局发布了《浙江省测绘与地理信息局关于启用浙江省主要河流长度、流域面积、主要湖泊面积数据的公告》，认定钱塘江北源为新安江，南源衢江上游马金溪。这在科学性上自然独占鳌头，但论及古代时仍须顾及古人之一般认识。所以“三天子都”“三天子鄣”，可等于坐落于安徽的浙江源头之山。

如果是浙江源，那么处于浙江流域中段的永康石城山当然不可能等于三天子鄣山。郭璞注引张氏《土地记》没错，问题在于张氏《土地记》。

---

① 袁珂：《山海经校注》，上海古籍出版社1980年版，第268页。

张氏为何人？《土地记》原貌如何？重查《四库全书》，张氏《土地记》也仅存这一条。同名的书有：朱育《会稽土地记》，魏《土地记》，魏氏《土地记》（前两书疑为同一种），顾长生《三吴土地记》，《荆州土地记》等；但显然都不是这部张氏《土地记》。成于唐代的《隋书·经籍志》中已无此书的记载，可见此时已经佚失。据郭璞引的这一段来推断，此书应该出于东吴赤乌八年（245）永康正式立县之后、郭璞卒年（324）之前，乃一生活于江南的文士所著，记载的是当地的地理。

张氏《土地记》现存仅一条。但因认定永康文化源于黄帝的根据仅此，所以不妨对此作一细读并来一番推断。首先，张氏应该为这一带的地方性人士，否则他不会知道这座不算太著名的山。其次，张氏通晓典籍，并愿意将典籍中的地名作一实际的认证，这倒也反过来证明了张氏真实地理知识的欠缺，因为石城山肯定不是浙江之源，更证实了他为地方性人士的可信，因为他没有考察过浙江源。再次，他受古已有之的大一统观念的强烈影响，倾向于将华夏文化作为地方文化的共同源头；同时，他也有同任何执笔写作的人一样的偏好：总想让笔下的世界更加丰富多彩，用今人的话说就是要有更多的历史文化内涵，所以他自觉不自觉地牵涉到了黄帝。第四，他下笔时仍颇为谨慎："云黄帝曾游此。"一个"云"字，表示仅得之于传闻。但是一条光溜溜的关于山的记录，他确不能满足。第五，说黄帝曾游石城山，应该也不是张氏的杜撰。可能当地已有这样的传说，但是将口头传说书面化是他首先做的，这在古代中国极为关键。

说到这里，容我将笔触伸向离石城山约20千米的缙云仙都鼎湖峰。仙都是一处清丽绝伦、山水掩映的风景名胜。我自己30年前曾骑自行车前往一游。当时正逢大雨过后，溪水暴涨，鸭群成阵，罕闻人声。过溪只有挽起腿上长裤涉水而过，过后满眼野趣，几疑仙境。经过多年的发展，仙都名声远扬，只是我自己唯恐惊扰了美妙记忆，不敢再次前往。而中央电视台科教频道于近日播放《千古缙云》，第一集就反复渲染了此地与黄帝的关系。

鼎湖峰是一处孤零零的石峰，立身水边，如春笋般直插云天，高约170米。鼎湖作为一个地名，应该首见于《史记・封禅书》。汉武帝为一位大有作为的君主，相应的，他更强烈地追求长生不老。他礼遇好言神仙的方士，栾大因“为人长美，言多方略，而敢为大言，处之不疑”得帝心。而齐人公孙卿可谓青胜于蓝，他向汉武帝讲述黄帝的故事，栩栩如生：“黄帝采首山铜，铸鼎於荆山下。鼎既成，有龙垂胡髯下迎黄帝。黄帝上骑，群臣后宫从上者七十余人，龙乃上去。余小臣不得上，乃悉持龙髯，龙髯拔，堕黄帝之弓。百姓仰望黄帝既上天，乃抱其弓与胡髯号。故后世因名其处曰鼎湖。”裴骃《集解》注云：“晋灼曰：《地理志》：首山属河东蒲坂，荆山在冯翊怀德县。”张守节《正义》注云：“《括地志》云：湖水原出虢州湖城县南三十五里夸父山，北流入河，即鼎湖也。”古注说荆山在怀德县，即今陕西富平县。鼎湖在湖城，今河南吴宝县。其实这些注已有问题。因为公孙卿讲的故事中，黄帝在荆山下铸鼎，鼎成升天，升天处为鼎湖，两者应在同一个地方的山上山下。然而这些地方都在西汉王朝的中心地带，则属无疑。

仙都鼎湖峰，更早时应名“缙云山”。在古籍中有记载的有如下一些：

《太平御览》“居住部”“堂”下引南朝宋刘澄之《宋永初山川古今记》云：“永康县有缙云堂。下注：黄帝炼丹处。”

宋乐史《太平寰宇记》卷九十九“江南东道十一”“处州”：“缙云山……谢灵运《记》云：凡此诸山，多龙须草，以为攀龙而坠，化为此草。又有孤石，从地特起，高三百丈，以临水。绵连数千峰，或似羊角之状。”同上：“缙云山，《名山记》云：孤石干云，可高三百丈。黄帝炼丹于此。”

宋祝穆《方舆胜览》卷九“处州”：“仙都山，在缙云东三十里。谢灵运《名山记》：山旁有孤石屹然，高二百尺，三面临水，周围一百六十丈。山顶有湖，生莲花。”

清《浙江通志》卷二十“山川”“处州府”：“独峰山：《仙都山志》：一名仙都。谢灵运《名山记》云：缙云山旁有孤石，屹然干云，高二百丈，顶有湖，生莲花。”

谢灵运《名山志》已佚，今天只能在多种书的摘引中略窥一斑。至于各种引文中的文字歧异，乃古人截取征引文献、无现在之标点标注等惯例所致，无须诧异。

将关于缙云山及鼎湖的材料作一细读，大概可得出以下结论：首先，关于黄帝与鼎湖的传说来自汉武帝时的方士，并不见于更早的文献记载和历史传说，基本可以断定为汉时方士所杜撰，在当时就为司马迁等严肃负责的史学家所不取。其次，即使是承认方士的讲述为真，其地点也只落实到京畿一带，绝无牵涉他地。再次，关于缙云山等的记载，其时间大致皆处于东晋南朝时期，其口气也较为谨慎，多云出自口头传说。

最后一点，细析起来，大有文章。自古以来，中国即有将边缘地区的居民与中原地区居民之源头归为一处的记载：箕子赴朝鲜，太伯奔吴，即使是匈奴，其先祖也是夏后氏之苗裔。但是这些记载今天看来都不一定可靠。箕子赴朝鲜，在司马迁《史记》中完全不见记载，偏是晚于司马迁100多年的班固指出：“教其民以礼义田蚕织作。”（《汉书·地理志下》）太伯奔吴，古说吴即今江苏苏州一带，但是20世纪七八十年代在陇县、宝鸡一带发现的大量吴国遗址及遗物证明，太伯奔吴的地方很可能就在距离周都不远的此处。[①]至于匈奴，则更不待辩。这些记载，今天审视起来虽显然不甚靠谱，但在当时一经发明，即被认为不刊之论。东晋南朝时期，由于永嘉之乱造成北方人民尤其是大量上中等家族往南方迁徙，南方地区的中原文化认同被提上重要议事日程。关于“三天子都”“缙云山”“鼎湖”等的传说、记载，本质上都属于这个文化认同过程。它们的共同特征是，通过对山水名称的文献记载，追溯其与文献记载中的共名元素，证明它们具有更古老久远的文化内涵。这种证明的冲动，既来自北方统治阶级更平稳地统治南方的意向，亦来自南方人氏攀附文化中心和源头的意愿。双方一拍即合，于是大量的新历史传统随之出炉。我们甚至可以揣想这种新的传统是如何发明的：我们都知道，东晋南朝时期中国文学步入了山水时代，这出于南方山水的被发现。那么，南方山水为什么会被发现？这是因为北方来的士族，其中有相当一部分要占用这些本来很可能是无主的山泽。东晋时北人南迁，产生“侨置”这种将北方同地的人们安置于江南某地并以原住地命名的现象，当时“寓居江左者，皆侨置本土，加以南名”。（《南史·齐本纪上》）州一级的地名既然可以用北方的地名，那么，可以合理地推想，州以下的地名包括山泽的地名，也完全可能袭用北方的地名。其次，对许多本来还没有名称的荒野山泽，作为发现者和享有文字书写权的士族完全可能用文献中原有的字词和典故来命名。下一步，某一个或一群不知情的解读者就会根据字面的相同做出更有文化内涵的解读，认为古代文献中记载的某某地可能或者应该就是南方此处的某某地。再下一步，这些

① 王明珂：《华夏边缘：历史记忆与族群认同》，浙江人民出版社2013年版，第179—182页。

解读就会被当作传说记载入典籍。尔后，这些传说性的记载进入典籍后就被当成真实的历史记载而被沿用。三天子都、缙云山、鼎湖等，很可能就是沿着这样的轨迹，演化为今天的模样。

在这里，可补充的一点是：据说为黄帝炼丹处的缙云山在中国并非只有丽水一处。《太清一统志》卷一百四十六“济宁州山川下”有“缙云山在济宁州西南三十里”。《隋书·隐逸列传》记东海郯城（今山东郯城）人徐则栖隐于缙云山，“后学数百人，苦请教授”。尽管徐则后来又到天台山归隐，但此处即有数百后学跟随，自以济宁之缙云山为是。另一座更著名的缙云山在今重庆市郊，也以黄帝曾炼丹而著名。唐徐坚《初学记》：“缙云山。传云：黄帝于上合神丹药，故山得名焉。”宋璧山人（今重庆璧山）冯时行曾居缙云山授徒，今传《缙云文集》四卷。今天的缙云山就因重庆的发展倍增辉煌，被称为“小峨眉”，游人如织。

如果读者竟有耐心阅读至此，切切不要以为本人反对关于石城山、缙云山和鼎湖峰的古老传说。恰恰相反，本人宁愿将它们看成一种“新发明的传统”。历史学固然旨在记录传统，但也经常担负发明传统的使命，尤其是当那些传统的来源由于年代久远湮没不彰，发明的传统自然而然就变成真实的传统。英国历史学大师霍布斯鲍姆早已发现：“那些表面看来或者声称是古老的‘传统’，其起源的时间往往是相当晚近的，而且有时是被发明出来的。”[①]发明得合时宜，会变成有力的元素，而为后世长久遵循。从这个角度看历史，更近于全面。

中国历史源远流长，传说中的古史更为久远，司马迁作《史

① [英]埃里克·霍布斯鲍姆、特伦斯·兰格：《传统的发明》，顾杭、庞冠群译，译林出版社2004年版，第1页。

记》已经较为雅训，此后的传统史学则视传说为历史，视文献记载为不刊之论，所以越到后代对历史的构筑越为繁复。清初的马骕作《绎史》，就是想为上古勾勒这样一幅清晰图景，所以他遍稽古籍记载，勒成此书，内容至为丰富，并完全贯彻了以上原则。试看他的《炎帝纪》，则遍集《帝王世纪》《春秋元命苞》《潜夫论》《白虎通》《新语》《淮南子》《管子》《文子》《本草》《春秋命历序》《汉书》《孝经》《说文》《三坟政典》《尸子》《庄子》等甚至汉代魏晋时期的记载，对来源完全不加考索，有闻必录，有录必信。直到1923年柳诒徵完成《中国文化史》，将其分为“上”“中”“近”三代，其上古文化史共33章，详尽繁复，仍基本采用此治学原则，到第24章、第25章才出现老子、孔子。

现代史学终于引进科学方法。胡适于1919年出版的《中国哲学史大纲》，截断众流，劈头就讲孔子。王国维更是针对此种“信古”及无旁证之“疑古”，于1925年提出“以地下之新材料”“补正纸上之材料”的“二重证据法”[①]。此是新时代史学研究尤其是远古史研究的基本方法，为中国新史学立一新标杆。近百年来，尤其是近几十年地下材料得到全面发掘以来，考古学进入辉煌阶段，对中华传统文明的认识也日益刷新。在此基础上，不停有学者提出“三重证据法”，即加上某方面如口述史、文化人类学之新材料，基本取向则同“二重证据法”完全一致，即从多方面考实，追求信史。它们大致相信经过与其他材料的结合，古文献的许多记载将被证实。至于不能被其他材料证实的文献记载，宛如古代儒家面对远不可知或另一世界之事，只能“存而不论”。

---

① 王国维：《古史新证》，见《王国维全集》第11卷，浙江教育出版社、广东教育出版社2009年版，第241—242页。

但古代的文物与遗迹毕竟不能开口说话。如在以考古文化遗存探索古代民族分布与迁徙的问题上，考古学家就遭遇重重困难。王明珂在《华夏边缘》中就专门讨论了这种困难。这里兹分疏如下：第一，文化遗存有很多特征，我们怎么知道古人以哪种文化特征来表明乃至代表自己的族群？第二，同一族群在与不同的族群接触互动时会留下不同的文化特征，这种不同会不会被后人将同一个族群误解成两个乃至多个？第三，文物与族群边界可能不完全相合。[①]其实，这还是我们假设族群存在而且十分清晰明确的情况下的推断。如果不是这样，情况就更为复杂难明。从这个角度来看，我们以前对“二重证据法”的满怀信心可能会部分崩塌。

历史是历史学家编撰的史实。这一个定义向我们宣布：历史由史实加上历史学家的编撰相合而成，即既存的历史可能是事实也有可能是史家的误记甚至故意创造。从这个角度看，“二重”和“三重证据法”对历史事实的探究确有重大之功，但对史家创造的历史内容只能束手无策。当然，辨伪的工作，史学家们一直在进行，中国宋代的学者如朱熹等，已经将这项工作做得非同寻常，民国的“古史辨”更是将其推到登峰造极。问题在于他们的工作基本上在文献领域中展开，而且他们没有发现历史学家（甚至加上他人）的伪造也许属一个更完整的历史真实。

这里要再提到学者王明珂。他研究中华民族，却不从通常的直接指认其体质、食品、风俗、价值观等途径入手，而是观察中国人的“族群边缘”，通过边缘的此消彼长、此隐彼显等，来确认中华民族的核心特质。我不是说这种方法可以替代前者，但他是打开这

① 王明珂：《华夏边缘：历史记忆与族群认同》，浙江人民出版社2013年版，第35—39页。

扇门的新观察者。这个与通常做法互补的观察角度也不算太独出心裁，但在学界却从来无人尝试。我相信，这种观察角度和分析方法将成为以后一段时间的风尚，成为库恩（Kuhn）所说的新的范式（Paradigm）。

这样，回头再看三天子都、缙云山和鼎湖，其中蕴含的新意就会变得十分明了：这些南方的山泽进入古代文献的时间皆属魏晋南北朝时期。政治分裂的格局促使统治阶级对原先的偏远之地深耕细作，释道盛行、结庐山水也给这种趋向增添了新的助力，所以中国史学在此一转向，地理成为史学中的一个新部类。《汉书·艺文志》无地理类，《隋书·经籍志》之地理类书籍却有139部1432卷。与此同样重要的是，在南方山水的命名、体悟乃至开发的过程中，始终伴随着“大一统”的传说，始终伴随着共同祖先的记忆。所以这个政治上南北分裂的时代，竟也是将大一统文化观念深深种植并扎根南方的时代。也正因为如此，隋唐大一统的局面才能呼之即出。这才是前人未曾重视的重大问题！

当然，如果对此一时期南方山水的传说可以作这样的观察，那么，大禹在绍兴治水、防风在德清留庙等，是不是也属于同类的文化遗存？兹事体大，但是地方史研究循此路径，峰回路转、别有天地也未可知。

古代儒生的批评与自我批评

近年来，对国人由于缺乏信仰而造成的机会主义的指责不绝于道：对自己没有宗教意义上的彻底忏悔，因此没有彻底的自我批评；对他人，则除了乱骂以外，常是恭维与献媚齐出，“美女”与“帅哥”共飞，所以也根本没有真正的批评。几年前读到《魏叔子文集》中他人批评魏叔子的一封书信，我才惊愕至极，觉得自己以前的印象可能完全错误。古代的儒生其实有真正的批评与自我批评。魏叔子，即魏禧，明末清初江西宁都人，散文大家，更是一位未来学家。清兵入关后，他顾虑天下大乱，众兵一到，不分贤愚，同为灰烬，所以他遁迹到宁都城边平地拔起的翠微峰，倚伏天险，苟全性命。我两年前因为仰慕，到过翠微峰底。那天正好中雨，看着从高处披挂而下、曲折蜿蜒、略有痕迹的小径，也算是在山边长大的我顿生怯意，去前决意一登的念头终于化为乌有。那封批评魏禧的书信，出于他的好友兼姐夫邱维屏之手。他说魏禧喜欢坦言朋友的过错，讲得头头是道，到最后就会觉得任何事自己都搞得清楚，什么事情都可以指点人家，这样就带来两个问题：一是任意指点他人的过错，二是听不进人家批评自己的任何意见。魏禧拜读之后，又愧又惧：“陷溺如此，陷溺不自知又如此，此禧所痛哭流涕望拯于先生也。”这确是真正的批评与自我批评了。

此后读王汎森《明末清初的人谱与省过会》（此文收入作者《权力的毛细管作用：清代的思想、学术与心态》一书），才知明末清初，中国的儒生掀起过一场浩大的批评与自我批评运动。由此，躺在书架上多年、由我同事们标点整理收入《刘宗周全集》的《人谱》也终于被我翻出来浏览一过。刘宗周把自己可能犯的过错分为六大类：微过（在念头未起之前的潜伏过错）、隐过（藏而未露的过错）、显过（表现于形体动作不敬的过错）、大过（违背天地君亲师五伦的过错）、丛过（各种行为过错）、成过（没完全看懂，似乎是说怎样与前五种过错作搏斗的法门六种）。为具体起见，试将“丛过”中的条目抄录于下，以备一览，括号内为笔者简注：

> 游梦（梦游?）、戏动（相互嬉戏有肢体动作）、谩语（说谎）、嫌疑（指瓜田纳履、李下整冠之类）、造次、乘危（坐危险的交通工具）、由径（抄小路）、好闲、博弈（下围棋）、流连花石、好古玩、好书画、床笫私言、蚤眠晏起（早上睡懒觉）、昼处内室（大白天待在卧室里）、狎使婢女、挟妓、俊仆（带俊美的仆人，此有同性恋之嫌）、畜优人（养戏子）、观戏场（看戏）、行不避妇女、暑月袒（大热天衣襟敞开）、科跣（光头光脚）、衣冠异制（衣服新潮，异于旧制）、怀居舆马（豪车）、饕餮（吃货）、憎食（减肥节食）、纵饮、深夜饮、市饮（在闹市喝酒）、轻赴人席（只要有人来叫饭马上参加）、宴会侈靡、轻诺（轻许诺言）、轻假（随便借给人钱或东西）、轻施（随便施舍）、与人期爽约、多取、滥受、居间为利（做中介赚钱）、献媚当途（拍上司马屁）、躁进（天天想升级）、交易不公、拾遗不还、持筹（经商，理财）、田宅

方圆（不解，不敢注）、嫁娶侈靡、诛求亲故（向亲戚故友往死里要好处）、穷追远年债负（死追拖欠多年的旧债）、违例取息（违背惯例多拿利息）、谋风水（谋求他人好的风水地）、有恩不报、拒人乞贷（拒绝他人借钱）、遇事不行方便（如排难解纷、劝善阻恶之类）、横逆相报（待他人比他人待自己更坏）、宿怨、武断乡曲（包揽家乡各种事件横行霸道）、设誓（发一种奇怪的誓言，如“山无棱江水为竭……乃敢与君绝”）、骂詈（骂人）、习市语（熟悉运用流行俗语）、称绰号（叫他人的绰号）、造歌谣（古代的歌谣有维持风俗、预测动乱的功能，所以不能去编造）、传流言、称人恶（宣扬他人的坏事）、暴人阴事（人肉搜索后公布他人的隐私）、面讦（当面讥讽攻击）、讥议前辈、讼、终讼（坚持打官司）、主讼（主持打官司）、失盗穷治（东西被偷坚持追查到底）、捐弃故旧（翻脸不认故旧）、疏九族、薄三党、欺乡里、侮邻佑（以上四条都是指疏远薄待本族、乡亲、邻居等）、慢流寓（对外地来打工等的人轻慢）、虐使仆僮、欺凌寒贱、挤无告（欺压无处告白的人）、遇死丧不恤、见骼不掩（见了横死的尸首不作掩埋安排）、特杀（杀牲口）、食耕牛野禽、杀起蛰（宰杀冬眠后刚刚醒过来的动物）、无故拔一草折一木、暴殄天物、亵渎神社、呵风怨雨（骂天气，骂老天爷）、弃毁文字（不敬惜有字的纸）、雌黄经传（对经典著作信口雌黄）、读书无序（读书不由次序）、作字潦草、轻刻诗文（轻易刻印自己的诗文传播于世）、近方士（亲近方士）、祷赛（祈祷鬼神）、主创庵院、拜僧尼、假道学。

我括号里的注释不一定全对，但诸位不妨对照一下，今天鼓吹的健康的生活方式，有多少被刘宗周列入了过错的领域。

这些行为的自我检查并无上级或家中长辈监督，检查者的心中也没有一个如基督教中那全知全能的上帝，更没有一个可以主宰因果报应的如来佛。刘宗周只是燃一炷香，放一盆水，置一蒲团，趺坐齐手，屏息正容，于静坐中默想：自己本人，但一朝跌足，便为禽兽。于是开始反思自己近来有无过错，运用条目，一一对照，知道错误显现，邪念去尽，却成人之本来真面目。刘宗周还创办证人会（亦作“证人社”）。这里的“证人”，《汉语大辞典》仍无解释，也非今日法律学之术语，而是说人要自己证明是人而非禽兽，强调人的道德自觉，知过能改。这就必须靠时时反省自己的过错来达到。明令约止的戒条共12则50条。证人社第一会，时于明崇祯辛未年（1631），聚200多人，解“格物致知”为自我道德修养。讲间仆役奉茶，寂静的会场哗然片刻。刘宗周当即指出：“只此哗然之顷，有多少知不改、物不格处。”他反复强调，讨论经书之义，不是提升人格境界的好办法。唯有独自一人，“坐下各各自证，清夜猛省，方有下落”。同时最好尽情倾吐自己的心曲，与朋友同志互相印证。“若方有一毫遮掩的心，便不是慎独。”如果觉得事涉私密，不便在大庭广众面前吐露，其实也就是不肯担当。所谓“事无不可对人言”，看来是儒家为人的准则之一。当然，读《证人社语录》，讨论的具体私事甚少，我自己揣测应该是刻印不便，当然也不能排除事涉具体、不宜公诸社外的想法。只有一个赵泰逢曾问：某日参加证人会，因嫁一里中孤女，与同事者有约，所以未终会而去，心中久久不安。刘宗周回答：你那日半途辍会，其实是根据曾子“为人谋而不忠乎，与朋友交而不信乎”之旨，不应羞惭。后来的颜李学派，更要求对过错予以自罚，并组织同志成立省过会、规过会等组织，相互监督、相互规劝，指出别人的过错，更严格地规范自己的思想言行。

开展这种批评与自我批评的原则，是功过不可相抵，用今天的话翻译一下，就是说道德完满也不一定享有现世间的幸福。以前流行现在还流行的袁了凡功过格，是说一个人只要做了善行，玉皇大帝就会给他（她）打开善运之门，修多少善就会得到多少福报。阳明后学的中坚人物王艮为了动员百姓向善，也采用了“造命说”，即命运由自造，只要努力，命运便在自己手中。这种满街皆为圣人的宣教使得儒学成为一时的流行大潮，士农工商皆信阳明心学。但是，刘宗周的《人谱》只有记过、改过，而没有记功、记善的格式。他认为人成为完人是应当的，不值奖赏；而犯下恶行，则必须时时惩戒。他心中的天，虽然能够洞察一切，却不是一个人格神。这就是儒学的特殊境界。当然，这种方法一旦实施，我们可以设想像刘宗周这样完美的圣人，每天也许不必花许多的时间于自我批评上，但像刘宗周这样的读书人毕竟为数不多，而更多的平民百姓，在一天劳碌而衣食还可能短缺之余，又有何心力去从事这种决绝的批评与自我批评？真能亲身实践此道的，恐怕是儒学中那批抑郁型的、内敛的、严格要求自己的知识分子。他们活了一辈子也难得有笑脸。这种面貌与终日坦荡荡的精通礼、乐、射、御、书、数六艺的孔子确实也相去甚远。所以这种实践毕竟消失于历史的长河中，以至于今天我们提到它，甚至会觉得它完全未曾发生，甚至根本不可能发生。

儒生的这种追求崇高的动力渊源何自？这又是一个极好的问题。早在西周早期，周公等发明了天命与道德紧密联系的观念，教导人们唯有修持道德，事业才能如日中天，持于不坠。后来社会动荡分化，贵族中的一部分沦落为士，即纯粹的知识阶层。他们出于传统，出于传统中的道德担当，出于知识垄断阶层的自信与自我要求，创建了儒学学说，明确了严格的中国式道德准则。隋唐以来，以科举取士，这种道德感在原则上得到了强化，儒士阶层秉承自己的准则。但是社会日渐进化，社会活动日趋复杂，社会主体不再像过去将重心系于贵族官僚与读书人身上，百姓的日常行为面临道德难题。佛学与宋明理学应对这种难题而提倡自身的修为，阳明学则为了动员大众参与采取了直指心性的方法，但这种方法也带来了泥沙俱下、精粗杂陈的状况，所以明末清初的儒生再次严以从事，以决绝的批评与自我批评来重塑士大夫阶层乃至全社会的道德，特别以此指导私人空间的运作。只是这种方法只能行于一时一地一人，即使连当时也无法普及到广大民众。但是无论如何，这种奇特的道德建设方式仍然值得惊讶和敬仰。从此也可以看出，说中国如何缺少道德准则、缺少认真，这种一塌刮子的概括是很不准确的。

以今例古，往往是一种知识上乃至方法上的危险。只是如果这种道德行为不是出于自觉，而是持之以强力，而且加以推广，则可能又是另一回事了。

（2016年8月23日至10月10日）

“汉字听写”应该怎么搞?

中央电视台“汉字听写大会”落幕，杭州外国语学校夺冠。央视该栏目收视率也跃升为全国第二。观众兴高采烈，媒体推波助澜。不出意外，关于汉字的竞赛好戏才刚刚开头。

我个人算是吃文字这碗饭的人，但是对此事却有不小的担忧。首先声明，对那些字认得多、音读得准的人，我衷心佩服，五体投地。近年来，我看见的第一个以此自炫的是台湾小说家张大春，他在《认得几个字》的开头出了十道题：识荆、谷驹之叹、宦情、綮戟、水嘴、蚁绿、犹来无止、起复、荒信、裂陕。从词义的角度，比起汉字听写大会更难一些。其实，看听写大会的字、词，已经够佩服了：一个中学生竟然知道许多。有这样的孩子，家长更放心！

但是我依然想到20世纪90年代我孩子上小学时的事。一天，他拿回来一把算盘，说学校要教珠算。那时候电脑虽未普及，但计算器早已大行其道。我当时的想法是你学它干啥？揿几个键就可以了嘛。大约是老师和教育界的领导觉得带一个计算器不能防身——万一电池没电了怎么办？万一发生世界大战怎么办？他们万万没有想到十多年后人人手中皆有一只手机，计算器只是其中最弱的功能。而如发生世界大战，算盘更没人会带。

现代信息社会给汉字的发展带来了巨大的困惑，人们都只会认而不会写了。但是带来的更多的机遇，则未受人们充分研究。专家要干的是后者，而不是去对抗前者。在纸墨盛行的时代，汉字的写不是问题，但是那时全中国的人都有口音，同一篇文章不同地方的人去读相互根本听不懂，所以要发明官话。但官话不可能人人讲，只有朝廷、商人等需要。那时也可以发起汉字读听大会，问题是无此必要。今天同理。能认、能读了就可以，写是少数人的游戏，并非必须。

竞赛最坏的，就是很快把一个事情做到极端。用辩证法解释的话，就是很快走到自己的反面。按目前的态势，中学生可以搞这个竞赛，小学生难道就不可以搞？这批字没考倒学生，决出胜负，《康熙字典》《汉语大词典》不就在书店里、电脑上随时可以拿来出题？我们可爱的孩子们又将在一批好意但非理性的竞赛魔掌中辗转受难。尽管我的儿子已经不可能再受此折腾，但我实在不忍心眼看祖国的花朵就要承受的折磨，于是为文发一微声。

其实，汉字听写大会不是不可以搞，关键是要将其限定为“成年人的游戏”。大学生以上均可参加，中学、小学应予严禁。要把它做成一个游戏，而不是一个中、小学生的“紧箍咒”。这样的社会才是健康可爱的。

（2013年10月22日晨）

桂林的山、水和山水

桂林，作为旅游城市，太有名了。我只知道，除了我，身边的人全已去过。以前，特别是女工活动，不管什么单位，好像都是去的桂林。女人如水嘛！这么一个情况，逼得我不得不把出游的首要目标放在“她”身上。

出游之前先做功课，我在网上看了不少攻略与景点介绍，最后，找了个朋友的朋友，在桂林工作的，电话求救。他的第一句话让我放下了心：“桂林很小的，市区一天就能走完了。两天很宽余。你不妨住市中心，然后在前台或大堂里买各种一日游、两日游的票。很方便。”等我坐了两小时飞机到达桂林，在市中心住下，而后不顾太阳劲大出去走了几分钟，再对照地图看，觉得他说的话一点没错。此时觉得桂林可以把控，不再是个桀骜不驯却迷人的妖女了。

这次来桂林，是发扬伟大的国际主义精神，将杭州让给20国首脑开会，计划7天，凡事可以从容着来。住下后，我先用手机查书店位置，发现一个新华书店的门市部离此很近。我的第一目标是去买个纸质的地图，手机上的地图不易把握全局；再买本把书。我自己的经验是，在外读书特别专心，因为没有更多的书干扰。家中实在太吵，书架上堆得各式各样的书都对我不断发言："来读我，来读我啊!"读过的也希望受第二次宠幸："你早把我忘了!"最牛的是那些："我最棒。不读我，难道你去摸别人家?"在外地办事或出游，时间的"天头地脚"，尤其是凌晨早醒、夜晚难眠处，一卷书正可打理此际闲情。

但进这个书店后，我实在失望。书店内摆的书似乎多数是给学生应付考试的。地图倒是有，但是只买地图离开又实在不甘心。犹豫中，我突然瞥到有特价柜，于是千辛万苦，找到一本《慢船到中国》；是一个英国人在20世纪70年代从英国找船航行至香港的旅行记录。书蛮厚，与我以前买过的《多瑙河之旅》同一系列。我打开看了几行，付款持归。可以想见，在桂林的这几天中，"她"将不得不伴随我于榻前枕边，每寸肌肤必得经历我无意抑或多情的摩挲。

山

在桂林，第一眼看到的，当然是山。

我对桂林群山的第一印象不佳。这不是因为山不好，而是下了飞机乘上机场大巴，第一眼看见这些美丽的山时，我就发现这些山的迷人曲线已被不断崛起的新大楼破坏无遗。我甚至能看见大楼的层高就在面前野蛮生长，吞噬着昔日的清雅。由此，我想到古人的低矮茅檐，虽然住起来是真不好，但看起来则与环境相去无间，浑然一体。"枯藤老树昏鸦，小桥流水人家。"那时的"人家"，应该就是那样的画面吧。今日的人家，则与自然有了根本的冲撞，尽管实在无可奈何。

我看的第一座桂林的山，是塔山。那天是久晴后的雨天，初觉无碍，所以见了那么低的山，山上还有那么高的一座塔，我就想爬上一爬。进入穿山公园大门，七拐八走走到塔山脚下，我也觅到了山路，但是爬了几步，问题来了。小径不甚宽，杂草灌木几乎覆盖了路面以及路面上的空间，人走过，不仅鞋子要被掉下的草上露珠溅湿，连裤子也要受灌木上水珠的侵害。走了不到几十米，我的半条裤子已经湿透。如果真的登顶，还要回来，衣服的景象会不堪入目。于是，迷途知返，我怀着一腔惆怅，回到塔山摄影处，拍了一张旅游局指定好的恰如其分的远景。

随后，雨开始大起来，但见到指示牌上有梁漱溟先生墓，还是过去拜谒。有段时光我最服膺梁先生，而且还有幸见过他一面。那应该是1987年，我去北京参加一个学术会议，主办者请到梁先生讲话。他一开口，声如洪钟，力震四座，见得中气充沛，内力十足。说着说着，开始说车轱辘话。接着是贺麟先生讲话，却是喃喃细语，虽有麦克风，仍然听不清。两位先生真是一个完全相反的对比。那天中午的会议餐，不是太好，饭也硬，我见梁先生吃得费力。时隔多年，那幕景象仍珍藏心头。梁先生墓简洁，也不知道还有多少国人记得直道而行、拼力一生的这位当之无愧的大师。

穿山，原来看的是一个溶洞。因为我只是一个散客，服务人员让我等15分钟，说前一批刚进去。雨渐渐地大起来了，我想到刚才爬山时的雨已经打湿了我半条裤子，就想“临阵脱逃”。服务人员安慰我：“这是一个洞，没雨的。”果然，等了15分钟，仍无别的游客，工作人员就带我一人进洞。她一边走，一边开灯，一边讲解。说实话，溶洞看过不少，穿山之溶洞，也有一些特色，但印象毕竟不深。倒是出了洞后，继续往上爬，见山壁上有一个大洞，极大，洞穿石壁，这应该才是真正的穿山吧。这山景从来未见，让我流连。后来才知道，桂林此种山甚多，应该是出于相同的地质地貌原因吧。

南溪山和西山，皆印象不深。西山边上的隐山，是一座很小的山，号称有六洞，在唐代就有名声，现在多辟为求神拜佛处。我于此道不甚相近，草草游过。

象鼻山是桂林的“王牌”。这不是我说的，是扑克牌告诉我的。且莫以为我像吉卜赛女巫一般在昏暗的灯光下用魔法推演出这个结论，而是后来在前往阳朔的游船上买了一副扑克牌而知；其中的大、小王，图案全是象鼻山。从我下榻的客栈，走到象山公园门口，不过10多分钟。进了门后，就是一座山。爬上小山，不算太累，但上面的古迹、石景，似乎都不耐观摩。东转西看一两小时，走到象鼻山所在的江对面，我一眼望去，方知观景的最佳点原在此处：山势下走，到得江边，垂直上下，环抱着一个圆洞，洞通透无碍，势如象鼻取水，背景处是江水和低堤，空灵至极。

桂林看山，重点通常是看洞。它们均属喀斯特地形。在古代，科技水平低下，照明不足，游洞穴实属不易。近10年，国内各地开发的此类洞穴景点，不知凡几，让人审美疲劳，难有兴奋之感。七星洞对我来说即是如此。到了看完，仍毫无感觉。倒是较远的芦笛岩，洞穴高大，任何一处景皆篇幅巨大，容得诸多精妙景象，可以粗看，也耐得起细瞧。依我个人观点，桂林之山洞，首游应选芦笛岩，其余可略矣。

叠彩山和独秀峰都是值得一去的景点。叠彩山当桂林城北，所以如登峰顶，放眼望去，较他山多莽苍之势，流江横练，群山则如驼峰，间或一耸，跃起在平地上，参差穿插。此时没来由地想起在离此地不远的柳州当过刺史的柳宗元的诗句：“城上高楼接大荒，海天愁思正茫茫。”“海畔尖山如剑芒，秋来处处割愁肠。若为化得身千亿，散上峰头望故乡。”我当然没有去国怀乡之感，但是可以想象柳州的山景应该也略相当桂林山景罢。至于独秀峰，则又是另一番气象。它坐落古城中央，原是王府属地。登高一望，旧城全在眼下，极具王者气度。只是明代藩王，有一段时间连大门都不能走出，怕妨碍中央集权统治的常规。所以在此治下，没有安全感的不仅是平民百姓，更有精英阶层。而最没有安全感的是最高统治者，他必须时时警惕扼杀来自任何处所的觊觎者，无论是有心还是无意。

于我印象最深的，是伏波山。倒不是因为它的景色最好，而是因为那天饭后散步，偶然走到伏波公园门口。天色已晚，仅能看清路径。此时公园已免收门票，于是信步入园上山，间或有三二与我一般的散客在夜幕中出没。到了山顶，可见桂林夜中灯景，其他则莽莽苍苍；无须置辨，反有一股混沌气象。回到山脚，逡巡江畔，有人垂钓，有人游泳，影影绰绰，颇有神秘之感，应非看透万古兴亡之渔钓樵隐吧？

水

见山容易见水难。我第一眼见桂林漓江的水，颇费了点精神。

买了地图后的那天傍晚，我凭了指南来到滨江路，对面即是象鼻山。滨江，顾名思义，是靠着漓江。路旁无例外地种着大树，树叶繁茂，这是南方特色，但结果是走在路上，望不见对面的象山，更看不见路下的江水。象鼻山是需买票的。如此遮挡，是有意还是无意？如果刘备在此送别徐庶，这些树马上不得好死。

我不着急，继续往前走，终于越出收费范围，可以见到漓江全川。第一眼就知道，她犯了跟我一样的毛病。像我这样出生于20世纪60年代，小时虽能吃饱，但大多非好吃的食物，所以当时得的是“营养缺乏”症。改革开放几十年，国富民安，此时得的是“富营养”症。漓江和我一样，显然营养已经过度，所以水底水草丰盛，江面星星点点漂着浮草，江水已略带浊意，没了小家碧玉的清纯亮丽，倒似当代富贵人家的小姐，体形臃肿，举止迟缓。人说今日为何不能如唐代以丰为美？我要说，物以稀为贵是人类社会通则。在一个营养过剩的社会，你还要想以丰为美？桂林现无大工业，但生活用水如不加治理，仍会污染古来胜景。我非环保人员，亦非环保主义者，但总更喜欢山明水净、柳暗花明。

终于花了一天专门去看灵渠。灵渠与都江堰、郑国渠并称为中国古代水利三大工程，但赢者通吃，都江堰闻名全国，另两渠则隐没不彰。我坐火车至兴安县下来，只见东站空阔寥落。搭上一辆拉客的小面包车，在未曾修好的马路上跑，顿时觉得自己是一个非洲国王。却说今日G20峰会在杭州举行，作为东道主，我毅然出走，腾出了一点点可怜的生存空间，以表支持。孰料今日网上有了“国王”走失的短信息：

> 你好，我是一名来自非洲的国王，因受邀来参加G20杭州峰会的。但今天与大使馆人员走散了，人生路不熟，钱包和手机又被偷了，身无分文！我只能随机发号码找到你了，你能不能先给我转5000元，这是我卡号××××××××××。事后必重谢。中非友谊万岁！

坐在这部横冲直撞的小面包上，我完全找到了那位走失的“非洲国王”的感觉。城镇不知还在何处，路上基本无车，两边虽是农田，却无农民，一片萧条。我摸了摸包中的现金，还在。但同车的几个小年轻，说是去乐满地的，会不会突然翻脸抢我这个“国王”

一把？

我当然是想多了。20多分钟后，我被放在了水街口。水街，水街，顾名思义是有水有街。这里看上去一眼可知是一组仿古建筑，许是想借水来兴商品之风的。实际运作结果是，水仍在，静静地流；商业在，没火起来。应该是时机未到。我在此处的小饭店吃了中饭，尚可。

水街的水，当然来自灵渠，否则就不好玩了。沿着不宽的水道，在水道与人家之中，筑起了一道充斥树木、假山和亭阁的风景线，而且颇不短。中间还有一座“万里桥”，牌坊巍峨，联云：“桥名万里，沟通楚越雄八桂；渠历千秋，襟带潇湘誉九州。”遥想当年，学子商人，在此遥望中原，路程迢遥，风霜难测，虽有雄心万丈，家人送别，仍怎一个愁字了得！

但是这条街，总是不能给人明媚鲜亮的感觉。想来是因为气候的潮湿，污垢与水流融合凝结。你无法将这些污垢剥离下来，它们依附在一切可以依附的地方，亭阁、石阶、草木……一切都被弄得灰头土脸，不堪入目。当然，这与气候的经年潮湿有深刻的联系，但是还有再加改善的空间。

慢慢顺着街和水道走，蓦地抬头，发现前面路边有个岗亭，应该是又要买票的意思。桂林之游，最让人不耐烦且有压力的就是无所不在的票，而且票价不菲，略似于抢钱。当然，除了我家所在的杭州，全国似乎任何一个城市均在干这个勾当。既要出门，便得忍受。然而，当我想平静一下心情，刚刚在门前有所迟疑时，不知不觉，我却突然发现自己在一辆小车里了。小车载着我，加上和我一样的人，走街串巷。过了一会儿，我已经在灵渠的水面上。撑船的是刚才小车女司机的丈夫。他们就住在渠边。此地成为风景区时，他们自称没有得到妥善的处理，如今只能这样维持生计。民营的景区对他们也只能睁只眼闭只眼。

但是灵渠的水仍不能令人满意，至少在清澈上仍不能尽如人意。此地是漓江的上游。我们坐了船去分水口。原来此地是一条大江，当年秦国由于战争运输的需要，在江中筑了一条坝。只是这条坝不同于通常拦江横截水面的坝，而是扭转90度，用一头的坝尖对准江流，将江分成两半。此江于是分成两条名闻全国的江——漓江和湘江。我明白，此坝的建造，需要专家的精确，关键在于水量的分配，以及在人工造就的河床上如何让水顺畅地流动。中国自古技术发达，但不擅长一般化即理论化，所以能处理极端难度问题的高手时有出现，但他们的成就很难得到重复和普及。张衡的地动仪、诸葛的木牛流马，以及墨子的飞鸢和更玄乎一点的周偃王时的机器人，皆如流星一般璀璨瞬间，旋又沉入无边的黑暗。但水利工程技术倒是不绝如缕，京杭大运河的开掘，又需要多少测绘专家？奇怪的是，这些专家从未在历史上现身，但事情已经搞定得不能再好了！灵渠有五贤祠，供奉的是史禄等人。但我也明知史禄是位领导，绝非总工程师。今天到此，显眼的反倒是“湘漓分派”四个大字，厚重拙朴，力压千钧，然而那也是文人所写。

山水

桂林山水甲天下！

这是南宋时就有的点赞。独秀峰的摩崖石刻可以证明。

我的这篇桂林游记为何先把山、水分开写？理由很简单：作为一个外地的游客，今日去桂林，第一眼看见的不再是桂林山水，而只是桂林的山，而且这些山已经不成样子了。

真正看见桂林山水，是在到阳朔的漓江上。

那半天的航程，我只知道我在山水中，一幕幕的具体场景却已化掉了，化在唯美的水雾山影里。

最动我心的瞬间，是当我们的车在阳朔的地面上中速行进。此时从车窗右边看出去，人家是“小桥流水人家”中的人家，小小心心地蜷缩在大地的某几点上，而拔地而起的小山，退下了遮掩的长裙，江水横陈，随意地画着自己喜爱的曲线。此际夕阳已西沉，几缕炊烟召唤着离家的族人。我的心已溶化，恨不得扑进这无言的大地，徜徉于山水之间，等待星月，等待启明。但我们的车一如既往，丝毫不为我的素心打动，毫不犹豫地直入高速，踏上归程。

（2016年9月25日）

雨中寻朱

2016年7月17日，福建建阳。

本年度夏天多雨，多处洪灾。流经建阳的崇阳溪，溪水泛着浑黄，水量显然大于平常，咆哮席卷，斜睨着我落脚的客栈。

我来到此地，完全是因为一个中学的同窗好友在此有点经营。高铁开通后，从杭州到这里不过两三小时的事。当然，我来以前也粗略搜寻过资料，建阳是朱熹朱夫子的生活与归葬之地，所以才有一去拜谒的念头。

这天早上起来，天色依然阴沉，一场大雨显然又在酝酿。我细搜信息，知朱熹墓离市区有80多千米。会不会太麻烦人？我们两个前来做客的高中同学不禁打起退堂鼓。但是临时的主人坚定不移："你们来一趟也不容易。今天有车，有本地司机。不管遇到任何情况，去就是！"司机也没去过朱子墓，不过，有手机地图协助，一切变得轻而易举。只是刚刚动身，雨点就"噼里啪啦"下来。尚可庆幸的是，好好的公路上没多少车，与时常塞车的沿海城市相比，此地道路简直可说空旷。特别是进入较窄的县道，几分钟才会有一辆车交会。这使我们给主人添麻烦的内疚之情减少了些许。

路过麻沙镇，也是今天清晨才想起来，南宋全国三大出版中心之一，与杭州、成都齐名的出版重镇麻沙镇，原来就在这里。麻沙本在业内评价是比较低的，原因是较为商业化，刻校不如另两处精。不过，今天存世的宋、元刻本不多，一部麻沙本也已价值奇高。所以车过此镇，我们不免下来看看。雨中，我见到有一座雕像的广场，广场一侧的橱窗内有一些介绍当年文化兴盛状况的图片。不过，我在想，今天的麻沙镇，应该没有一部麻沙本了吧。当年这里满地都是刻书的工坊，坊内书帙浩繁，堆积如山。这些书，当时大家只当流行商品售卖，谁知几百年后它竟成连城之璧？

麻沙镇去朱子墓所在的黄坑镇尚有几十千米。幸好路况极好，我们很顺利地到了黄坑镇。顺着指引，就在镇边上不远，车子就到了朱子墓的入口。停下车子，走入亭中，只见一位姑娘在此徘徊。才攀谈一两句，一行七八人从山上走下，都是当地或邻县来看朱子墓的人。我不禁想起20多年前，有个研究历史的同事去陕西韩城瞻仰司马迁墓。墓前空无一人，他等待良久，依然如故。虽说朱子墓至今卖不出门票，但是毕竟不是空山孤影了。

我们三人顺着鹅卵石铺成的山道往上走，道路曲曲弯弯，两边山上草木茂密，但没有大树。路程不远处，只见一圈山石，围成一面方塘。朱熹有诗云："半亩方塘一鉴开，天光云影共徘徊。问渠哪得清如许？为有源头活水来。"当然，这里肯定不是诗中的方塘。那方塘应在朱熹生活居处之地。到了归葬，又怎能写诗？但砌这么一座方塘，倒也见出当地的匠心。

继续上行没多少路，就到了朱子与其夫人的合葬墓。一圈石头矮墙，环绕着中心的墓，墓碑碑文是"宋先贤朱子 夫人刘氏"。墓坐落在一座山的顶端附近，环墓是一些不粗的灌木。空山中，站在墓前，我胸中有一些莫名的感慨。

如果说儒家是中国文化的重要代表之一，孔子和朱熹，便是这个学派最重要的两个代表人物。关于孔子的资料，留下并不太多，他“述而不作”，《论语》也只是门人弟子的记录。到宋代，社会发达，印刷技术已有极大进步，朱子著的书就极多，流播也方便，传下来容易多了。朱子的书，现在买不胜买，我自己买过一套《朱子语类》，皇皇八大册，只抽读了几卷就败下阵来。我还买过一本钱穆的《朱子学提纲》，应该是近人阐述朱子学的好书了，但拿上书几次，读完开头几章，总是觉得读不懂，也没有读下去。不过这次来建阳的行囊中，我还是带了这一册，从昨天下午在宾馆开始读，读到今天早上，似乎如有神助，竟然觉得大致能看明白，而且读完了。我的感觉是，朱子确实有一套自己的思维方法，而这种思维方法是讲究现实、反对玄思的中国人所难以理解的，即使到今天也仍然如此。比如讲宇宙本体，用“气”来代实体，用“理”来代规律，朱子反对只讲一头，必须把两者放在一起讲，即理在气中。这种讲法，对只能理解一头的中国人来说，颇难领会。今天的教科书尚有不少将“天理”与“人欲”对立，说朱子用“天理”压制“人欲”，殊不知朱子有一个很浅显的比喻：“天理”是人要吃饭，“人欲”是人想吃好饭，所以“人欲”来自“天理”，只是不能过头。当年我乡先贤陈亮与朱熹的争论，从这个角度看，也是偏于一端与同讲两头的争论，所以朱熹总觉得陈亮还不够档次，自说自话不再搭理。当然，用世界上喜欢玩玄思的德、法等国哲学家的标准，朱子的哲学思维不算深奥，甚至可说初级。

在中国，朱子是一位真正的大师。我只要想到他把能看到的书都看了，而且还不断创新，就知他绝对不是一个书呆子。他在自然科学上都有一些发现。他还提倡一半时间看书、一半时间静坐，后来还讲课。他的时间怎么够用？所以说，他阅读和记忆的本领实在惊人。这样，在我同样不擅玄思的人看来，事情又回到了一个老问题：孔子曾把天下人分为生而知之、学而知之、困而学之、困而不学四等。孔子说自己是第二等，那实在没人敢称自己是第一等，所以事实上只有三等人。但是学而知之这一档里，人与人的天资又差得很远。朱熹的思维与学习方法，对他自己都是对的，但是将这些拿出来教给人家，我们这些资质比他低太多的大多数人又如何能够理解、接受并实行？即使实行了，估计也只能是邯郸学步。孔子又说："中人以上，可以语上也；中人以下，不可以语上也。"这也是指出人与人之间在天生的资质上有很大差距。这样说来，中国人至今读懂朱子的人少，就太正常了。相比之下，倒是《论语》更为贴近普通人。所以，我尽管读了《朱子学提纲》，前几年还读过束景南先生的《朱子大传》，但我承认，对朱子，我实在不敢说什么，遑论指点评骘了。

在墓前沉思片刻，我们下山。在返回路上的街口，我们看见了"永康五金城"的牌子。我的同学来此就是干这个的。

（2016年8月25日）

第四辑　怀人忆旧

我那能未卜先知的姐夫

在贫困的20世纪六七十年代，我家在2000人的村中生活得倒很不错，这当然是因为我父亲是一位公职人员，一个小学的负责人。尽管“文化大革命”开始后，他被废除了校长的职务。母亲极为善良，惯于为他人着想，所以家中极为和睦。家有五口，上有爷爷，下有姐弟俩。我与姐姐相差几近一肖，从无争执。在当时的农村，为了一点点财产乃至针头线脑，大声争吵是常事。无论如何，我家算得上今日经常评选的“模范家庭”。

姐姐20出头时成了供销社的职工，也算跳出了“农门”，并由此顺利相恋。姐夫是复员军人，也是供销社职工。我父母极为开明，欣然接纳。事情到此尚乏善可陈，特异之事发生在后。

1976年元旦，我父亲在水库工地上遇塌方身亡，一块巨石从高处滚下，仅砸死他一个人。爷爷不堪白发人送黑发人的打击，原本身体强健的他突然衰弱下去，一年后谢世。家中丧事连连，姐夫料理了许多我家的杂事，而且长此以往、自觉自愿。我当时还在读高中，许多事务其实都不知道。

我于“文化大革命”后第一批上了大学，解除了家人对我生计的忧虑。尔后，在县政府工作。过了2年，我再到省城读书、工作，回家的时日更短。但有一年过年时的情况，令我至今记忆犹新，只记得在80年代，不记得具体是哪一年。那是大年初三四，是我乡民俗中的拜年日。年轻夫妻过年，一般是年三十到男方父母家，初二去女方父母家，初三开始去其他亲戚家。记得那日，姐夫与我骑着自行车出门，一天走了两三家亲戚，最后回家吃晚饭。正在吃饭，在公社广播站的表姐匆匆忙忙来到我家，跟我姐夫说："你的两个外甥骑车来向你拜年，以为你在工作单位，就去找你，结果过桥时栽到桥下了，现在在医院。你马上赶回去吧！"

我姐夫听了，马上说："今天一天我紧张死了。本来以为一天都过了，看看，又出了事！"

我问："为啥？"

他说："昨晚我做了梦，梦见有人鲜血淋漓。果然应验。"当即，他收拾东西出了门。

幸好两个小辈无性命之忧，只是皮肉伤。过了几天，我与他重新见面，他跟我说："其实很多事情，梦都事先告诉我了。那年你父亲突然去世前几天，我就做了一个梦。梦见我站在你村前的草捞山上。当时阳光普照，我看见你父亲在山下走路，他的头上那一块天下着大雪。当时没有醒悟是阴阳两界。你爷爷死前，我又做了一个梦，梦见你母亲说：'利市嘛，包两元好了。'当时也不明白。后来等你爷爷死后，在讨论给来办丧事抬棺材的多少钱，你母亲说的就是这一句！前几天我做了梦后，一直在担心，结果还是应验了。"

他性格中和质实，绝对不是爱出风头之人，对自己手中曾有过的一点点小权也从不过分使用。家人之间，更用不着故弄玄虚。不过，他当时真的相信自己能够借梦知道未来，所以有一天这个事搞大了。

那是20世纪90年代小平南方谈话以后了。我的家乡是全国试点的房改县，20世纪80年代就进行了房改。有一天，某银行推出一个奖项，特等奖是一套房子。姐夫打电话告诉我，说他做了一个梦，梦见得特等奖的就是他。所以他决定这次去参加有奖活动。

过了一段时间，已过开奖日，仍没有喜讯传来。我熬不牢，打了电话回去探问。结果是：差了末尾数一号。就是排队排在他前面的那人中了特等奖。姐夫总结说：看来梦是说出来就不灵的。以前他做了梦都不说，结果都应验；这一次一高兴，说出来了，就不灵了。一套房子在当日是一笔大财产，今日尤甚。我听了也甚为怅然，更不禁想：最初两个梦，如果马上说出来，命运会有改变吗？

从那年后，姐夫再未跟我谈过梦。彼此生活平平稳稳，无大波澜。至今姐夫、姐姐皆已退休，带着孙子。前月，我母亲摔倒骨折，仍是他们悉心照料，直到痊愈。

（2016年6月29日于杭州）

我从不抽烟到抽烟的两大理由

抽烟或者不抽烟，这是一个问题。To be or not to be，This is a question。但我为什么要写这篇文章？事情起因于自己在朋友圈发的一条微信。

那是一个温暖的冬日，我坐在阳光直射的阳台读白居易诗，读到《狂言示诸侄》，实获我心：

勿言舍宅小，不过寝一室。
何用鞍马多？不能骑两匹。
如我优幸身，人中十有七。
如我知足心，人中百无一。
旁观愚亦见，当己贤多失。

此时真是觉得当下的美好应该珍惜，于是拍两张照发了一下。照片里是两张椅子，一张放着书，另一张放着茶杯和一个烟灰缸。

于是有个女同学发表评论：“你也抽烟？”

她知道我原先不抽烟。我爷爷嗜酒，家里每年都拿自家种的糯米酿上酒，供他一人食用。父母亲都不喝酒，但父亲嗜烟，一日一包“雄狮”，一角八分一包。他小学教师的工资每月略多于10%用于此。我刚工作时，工资18元一月，拿到工资也买了一包“雄狮”，让母亲斥责一番。不过我本无嗜好，从此也不抽。酒则素来不会。大学时，室友多以饮酒为乐，我也尝试过，总觉得饮来了无意味，而且头痛。

酒是一直不喝，烟倒是开始抽上。为何改变？有两个原因。

一是为了展示人生理想。网上有太多这样的调侃：一个人不抽不喝不玩，活着还有什么意义？我没想到这样的调侃真的会认真地发生在我的身上。好几年前了，我有一个外省的同行朋友。要说起这个朋友，那真是不服不行。他身材魁梧，相貌堂堂，做韩国的小鲜肉自然不行，按中国传统男性的审美标准则完全符合。他在一个研究机构里有着一个处级职务，常写点文章，发表后也颇有些影响。他曾在中国小商品城打工8年，却没有如常宝般积下深仇大恨，应该略有积蓄，平素开车、游泳、踢球，身体棒棒，吃嘛嘛香，酒来一概不挡，应该也是烟民（关于这一点记忆模糊了）。他有一次来我处开会，待了一两天后，当着许多同行高声问我：“哎，你又不喝酒，又不抽烟，那你平常到底在干什么？”

这句问话倒也不稀奇，稀奇的是紧接着的下一句：“你可不要说你在搞学问哇！”

就是这句话，宛如十面埋伏，堵住了我的全部退路。是啊，看看人家，虽不能说五毒俱全，却也是大开大阖、五彩缤纷。而自己，虽没有其他嗜好，可学问还是搞不过人家，还有什么脸面说自己在搞学问呢？那一刻，我真的哑口无言。

事后想，这一设问，为什么没有被评为当年学术圈第一问题？

第二个原因是为了防癌。这不是开玩笑。因为有一次，我请人吃饭。那天请的人少，只有三位女性，两位基本同龄，一位是新毕业的博士。说着说着，结果发现她们三人的家人中都有一位肺癌患者。关键是，这些患者都不抽烟。我当时听了备感懊恼：既然不抽烟也得肺癌，那还不如抽起来！

专家们看到这样的胡言乱语，估计怒上心头。但是纵有大数据支撑，有时也难敌从生活中直接得来的片断经验。于是，为了表明自己并非一门心思做学问（因为确实也没有学问做出来），也为了防癌，我学会了在做学问时抽点烟。

最后我要说明的一点是：至今抽烟的量仍然不大，肯定不如我父亲的一半。我也明白上瘾不好玩，见了人家在机场抽烟室和高铁站台上抽烟的忙碌样，我也决心不为嗜好所困。所以我的秘诀是：当觉得香烟香了，马上罢抽；觉得香烟不香了，重新开始。

于是，香烟在我，就等于永远不香的一种烟。

（2016年12月21日）

“中国人钱多”有点神话

中国崛起，在旅游购物中好像得到最早也是最充分的印证。据说欧陆的名牌手表店专等中国人来捧场：有人进店，高级手表直接买三四十个。美国也有类似的。我听到的一个最精彩的段子：一个中国人进了一个名包店，看了一会后，把店员叫了过来，用手指一下：“这个，这个，这个。这三个，”他接着说：“不要！另外的，全给我包起来！”真行啊，中国人！

没想到今年因事有机会去一次美国。既非公务，亦非旅游，是由于真有一点事。待了几天，未能免俗，我提出要去商店看看。朋友先带我到沃尔玛超市转了一圈，我没有什么想法，于是带我到郊外的Macy。据美国史，梅西百货公司创建于1924年，梅西是一位特别会做广告吸引顾客去百货公司的老板。以前的百姓很少能看到他们买不起的珍奇货品，百货公司的出现改变了历史，什么样的东西都可以看到了。这就是民主化的一方面。我进门一看，果然琳琅满目，而且多数似乎是在国内颇有声誉的品牌货。正好走到皮鞋柜前，我便定睛打量。其实我原先专穿国产的便宜皮鞋，现在好像也已要两三百元，也不擦，穿坏了一扔，再买一双。但有一次，因地砖面上有水，滑了一下，摔倒了（可见国内到处是“小心地滑”的牌子还是有理由的)，缝了几针，便要无赖，将理由赖到便宜鞋子上，从此专买国外品牌。好在一双可穿两三年，也罢也罢。此时此地一看，不得了标价“79、89、99”的真的很好。于是下定决心，买了一双50多刀（美元）的。为避免植入广告，不透露牌子名称，只说在我生活的城市，这双鞋得卖人民币大约1500元。得陇望蜀，干脆再来一双。买了鞋，得有个地方摆，来时只带了一只小旅行箱，干脆再买一只。于是又看中一只在国内卖2000元，这里是150刀的某品牌，爽快买下。其实我很想买点男装，但看了半天，实在不知道自己穿什么好。边上的朋友平常也是不理家事、专心俭朴的，所以两人看了一会，终于相对无言，怅怅而出。

化妆品我素不屑一顾，因为老妻不用。然据说与国内差价甚大，于是看了一下。跟前面一样，不出现品牌，只能说是一个名字翻得很好的品牌：将林黛玉和《诗经》中的大雅，加上“四君子”梅兰竹菊之一摆在一起了。我见犹怜，何况佳人？家那边卖560元，这里是50来刀，办卡还可打20%的折。我当然没卡，也办不出。但还是买了一点，让老妻为差价惊喜一下。踱到另一家，猛见当今最热门的苹果6手机，赫然在焉标价“699、799、899……”想了半天，没什么用，没买。只是当我将这两句话发到微信朋友圈时，没想到赢得了我所有帖子中最长的跟帖，还有人正面要求带一只，说国内要卖7000以上还买不到。于是闪过一个念头，明天去买两只，带给人家一只，卖掉一只。只是不知道可以卖给谁。

拉拉杂杂说这些琐碎的经过，不是为了说自己有钱，而是想展示一个本来囊中羞涩的工薪阶层为何会在美国毅然投身到购物的伟大事业中去。我尚如此，比我富几倍乃至成百上千倍的人们谁谓不然？我还想过，如果让我单位的女同事们全体前往，怕连搬空商厦的心都有。其实大家到此也已完全看清楚，变化的端由，完全来自价格差。如果国外的东西（这里要补充一点，美国无假货）和国内相差无几，你别指望我会去看一看，顶多带点糖果回去意思意思。

我不是经济学家，无意品评关税制度。我也不是社会学家，用不着什么基尼系数。我只想说一点，来海外购物慷慨解囊的中国人，其实背后都站着一群人：他（她）的家庭成员、父母兄妹、朋友、同事等。决不能根据他一人付出的金额来评判他的富裕程度。国民生产总值不等于人均收入。共同富裕，还有很长的路要走，切切不要自己冲昏了头脑。

（2014年10月7日）

女人的去向

我出生于浙江中部一个普通小县的最北边，三县交界处。这里群山耸立，但都不高，几百米左右。这里的人每年靠吃许多杂粮果腹，生活穷苦无聊，而且大多时间冷冷清清，要等到放一场露天电影和年底“做戏”（方言，演戏的意思）时才能热闹一点。所以对近一点的集镇，我已羡慕不已，50里外的县城，则更以为仙境。邻县有一集镇，距我家20里。也许是10岁出头时吧，我跟爷爷去了一趟。那时的心情，宛如我后来第一次出国。本县十里地外有一集镇，唤作“唐先”，也让人欣羡。小时我村尚未通公路，须走路绕过村前的一座山，当时老在想：我为什么不生在唐先呢？哪怕是这座山以外的村也要好一点。又，如果这座山突然被愚公搬走，那该多好！（因为背下了“老三篇”，所以知道愚公。）

镇上有我的舅公，即他的姐或妹嫁了我爷爷。但我奶奶早死，我从来没见过。舅公十分亲切，家中有一儿子，我该叫表叔。他们在集市之日卖馒头。馒头圆形，小麦粉制成，蓬松至极，如果夹以肥肉，便是当地人至高之美食。舅公家有这副业，生活似乎不错，表叔、表婶和他们的孩子也都和善客气。我对这个镇真是喜欢。

时隔40年，当我开始就家乡手艺人做调查，也就是为这些跑遍四方、艰苦求活的手艺人做一个口述史时，我想不到先接触到的就是这个镇。当时我第一个采访的是儿时的本村朋友、远近都赞他手艺好的篾匠。他仅小学毕业，1978年竟然考上了大学，后来成为记者。当时我问他："你是跟谁学的？"

"唐先镇上的大舅。"

"为什么？"其实这句话是顺口问的。

"唐先镇上篾匠多啊。你不知道，唐先镇以前很穷，比我们村穷多了。"

这话简直彻底颠覆了我的三观。怎么可能！"你说来听听。"

"我们村是山区，唐先是平原，对吧？他们种田为主，我们种地为主，对吧？平原全部都是田了，只种粮食。我们村可以开荒，山头地角还可以种经济作物，对吧？以前我们村有三宝哩——生姜、白蜡、靛青。生姜一直有，你家以前靠这换点零钱用用。靛青是以前的染料，可能到新中国成立前后才淘汰。白蜡现在还有，但有什么用我也说不清。所以新中国成立前，我们村里人口袋里的闲钱比唐先多哩。"

"怎么会？"我仍然转不过弯来。一个我日日夜夜生活的村，仅仅在我出生前10来年的境况，距我所见，反差偌大，使人开始怀疑亲眼所见、亲耳所闻的一切。而且我还颇喜历史学，前四史也算读过，怎么会弄到连自己的村史都茫然不知呢？不服。

"你还不信？我来问你。你的外婆家在哪里？"

"本村。"（我小时候就知道本村有2000人。）

"那你父亲的外婆家呢？"

"那……就是唐先了。"我想起了去世已久的舅公。

"我的外婆在唐先，我父亲的外婆也在唐先。你想想，那么多姑娘为什么那时候要嫁到我们村里来？到后面我们这一代，就没有姑娘嫁进来了，只有嫁出去的。我们这一代的男青年娶的，多是本村或更偏僻的山坑。这还不清楚吗?”

顷刻，我如醍醐灌顶，恍然大悟。

女人的去向，是观察社会变化最好、最简捷的窗口。

（2013年6月25日）

安息日：一个华裔以色列导游的故事

安息日是以色列人日常生活中的重要节日。其实我们早已知道，在相当一部分国度，每周必有一两日不干活。在以色列，犹太人过安息日是每周五日落至周六日落。

在以色列旅游，陪伴我们的导游是一个漂亮而有气质的中年女性。她早年自北京嫁到这里，跟我们述说安息日的风俗毫无障碍：原来犹太人的安息日真是安息——周六的饭菜早一天必须做好，因为安息日不可动火，更不能工作，连写字都是禁止的。这时我想起了中国小孩漫无止境的家庭作业，他们如听到有这样的规矩，肯定会狂欢吧。那一天甚至不能带钱、驾车和揿电源开关。不过，还是她讲的故事让我们记忆深刻。允许我来简单复述一下吧。

那是一个周五的晚上，已经进入安息日时间，当她带团结束后回家准备休息时，邻居来敲门了，想请她去他们家帮点忙。她累得要命："今天我实在累了。有什么事是否明天再说？"她的以色列老公却说："都是邻居，这样回绝人家也不太合适。不如还是去一下，看看情况？"她只能答应了。

她打起精神进了邻居家门。邻居也没说什么，只请她坐下。坐下后仍没说什么。她只能开口问：到底有什么事，请直说，能帮上的自然尽力帮。邻居仍然没说什么，只让她先喝点饮料，饮料在冰箱里。

她立起身，打开冰箱，自己倒了一杯饮料。看这饮料，并非手工自制，仅是商店里买来的玩意，心想定不是叫她特意来喝它的。于是，回到座上，她边喝边问："究竟有何事需要帮忙?"

邻居仍然不吭声。等她喝完杯中饮料，邻居说："也没什么。你再喝一杯?"

她毫无办法，重新满上一杯，而后再劝导邻居："中国有句古语叫'远亲不如近邻'。你有什么事需要帮忙请直说，能做的一定做，力所不能及的也会说清原因。请大胆吩咐。今天真的工作太累了，所以请有话直说。"

邻居仍然沉默。等她喝完后，又说："你再喝一杯?"

她这时有点醒悟过来，看来问题出在饮料上了。于是，她开始在冰箱前观察，才发现冰箱门边上放着一张小凳子，上面摆着两样东西：剪刀和胶布。她重新打开冰箱，冰箱里的照明灯亮了。此刻她恍然大悟，操起剪刀，剪下一小块胶布，完成了工作。

等她回到座位上，邻居满意地看着她，说："谢谢你。"

她倒是又好气又好笑，说："这么点你不能做而我能做的小事，你为什么一开头不直说呢?"

邻居说："安息日也不能请求人家干活。"

谜底到这里可以揭开了：我们都知道，任何冰箱打开时，里面的照明灯都会亮起来。而这位邻居只是请她用胶布将照明灯的开关固定住，使它在冰箱打开时不会亮。因为安息日可以开冰箱，但不能开电灯，所以只能请从中国来的邻居帮忙。更关键的是，他还不能请求对方干这事。我在想：如果女导游悟不出来，那晚岂不要出现"相对无言，唯有泪千行"的经典场景?

中国同胞听完这个故事，个个大笑不已。在中国，那还能成什么问题？举手之劳，且根本无人看见，想怎么弄怎么弄！当然在片刻之后，大家也领会到了以色列人的虔诚与坚执。

其实，中国人也不是一天到晚只知道干活赚钱，古代也有类似的休息制度。我读《史记·日者列传》，见宋忠与贾谊“同日俱出洗沐”。“洗沐”，就是秦汉时官员的休息日，五日一次，字面上是用来洗头和沐浴，其实就是休息天。只是我们的休息日只是休息，而且仅仅针对正规机构。底层百姓哪有休息的时候？而犹太人的安息日则隐藏了许多奥秘，它既是对所有人休息的强制保证，也提供了一个由现实社会退隐到神圣空间的时机。有意者可读读赫舍尔的《安息日的真谛》吧，他说：

> 安息日的意义在于欢庆时间，而非空间。到了安息日，我们试着让自己与时间中的圣洁有所共鸣。

（2015年3月14日）

领导干部如何联系群众?

领导干部如何联系群众？不谈空头理论，先听我说件旧事。

那是约20年前的事了。家乡有个姓应的远房亲戚打来电话，说自己患了白血病，下面医院已经束手无策，因此急来省城求医。我虽在省城工作，医院也不熟，但事到临头，也不能推拒，先答应下来。过了几天，车到了，人下来。一看，我顿时目瞪口呆。40来岁的他原来身材一直清瘦，但是精神矍铄、好动，好像时时都能跳起来，此刻却除了一层皮外，全是骨头，看不出有肉了。他原先也是喜欢动脑的人，看来得病对于爱动脑的人折磨更甚。但他脑筋仍清楚，见面后，跟我说了几句，意思十分明白：想进大医院治疗。前几天我已找了同事与朋友，有了一点准备，于是马上带他去了一家数一数二的大医院；门诊后收住，很快就进了病房，随即检查各项指标。结束后，我心里的一块石头落下了地。

过了大概一周，我骑着自行车去看他。没料到他仍愁容满面。原来入院后，做了一番检查，医生们对检查结果的分析判断有不同看法，就没有人管了，没人确定诊断结果，更不要说制订治疗方案等。我也不禁发愁：这可怎么办？目前的问题不是靠找找老乡就能解决的了。但真没想到，他倒提出了办法：

“我来给郑树写封信。”

郑树大名鼎鼎，连我这外行都知道：浙江医科大学校长，这家医院正是浙江医科大学的附属医院。她如能过问此事，当然是最完美、最得力的。但是，人家凭什么要理你这个小老百姓呢？

他说：“‘四清’时她在我家住过。”

此话一出，疑惑顿时冰释。我自己也是当过几年干部的人，知道建国那么多年以来基本的工作方法之一，就是组织工作组下乡，与农民同吃、同住、同劳动，吃了饭还要交粮票、钞票。郑树当时去永康芝英搞过“四清”，完全可以想象。于是他说意思，我执笔，当场写好。我骑车去了位于延安路的浙江医科大学校长办公室，请秘书转交。

过了三四天（当时还没有手机哩），我再次去了医院。看他一脸喜色。原来我送信后的一两天，郑树校长便来到了病房。见病人在睡觉，她到护士站先察看病历，还给小护士呵斥了一顿，直到医生闻声赶来才算平息。了解了病人情况后，她指示医生采取方案，按可能性较大的情形对症下药，目前已经开始治疗。过了一段时间，他竟然治愈出院。最可欣喜的是，今天他仍然健在！

如果由此推出应该坚持“联系群众”的老方法固然可以，却不是我这篇文章的本意。相反，我认为老的方法更应与时俱进。目前人民群众的内涵已经发生重大变化，国内城镇人口已经超过农村，农村的青、壮年也正大批流向城镇。而且现在农村两极分化严重，谁能真正代表农民也已说不清楚。何况，当上面的大领导选定入户对象时，当地早已通过各种措施将该农户装扮得焕然一新。而农民现在一下子也要找找镇长、局长甚至县长。所以目前的干部下乡，其实质经常是下乡干部的所属单位为其下乡地点支援项目或经费。由此看来，盲目搬用过去的成功经验，已为时代所不容。

当前应该如何联系群众？极为重要的手段之一是重视关于群众的数据。在现代社会，个体的独特经验已经不像原来那样重要，人类的群体行为越来越明晰地显现出来。社会管理必须针对群体的有规律的行为展开，“大数据”技术由此成为基础。所以美国管理学家、统计学家爱德华·戴明（Edwards Deming）说：“我们信仰上帝。除了上帝，任何人都必须用数据说话。”得益于计算机技术和海量数据库的发展，个人在真实世界的活动得到了前所未有的记录，这种记录的粒度很高，频度在不断增加。有人认为，在此基础上，社会科学将脱下“准科学”的外衣，在21世纪全面迈进科学的殿堂。

走进大数据时代，中国应该注意三个环节：一是采集真实数据，要避免为了各种目的数据造假；二是创造性地分析数据；三是推进信息公开。这不是一篇小文章能说的事，就此打住。

我的高考记忆

关于高考，征文者呼吁提供照片。但关于我的高考的照片，只有这一张：

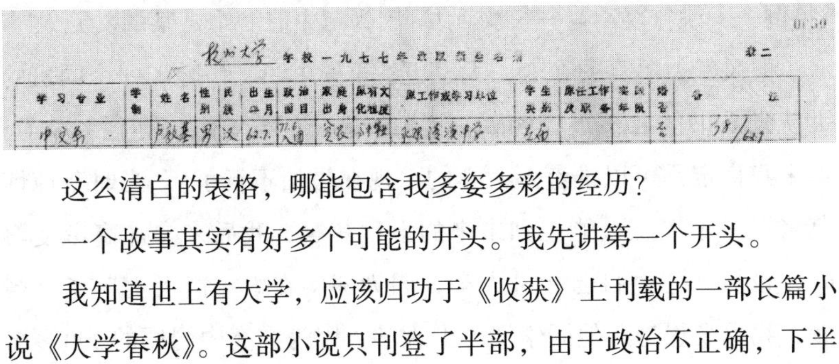
杭州大学 学校一九七七年录取新生名册　表二

学习专业	学制	姓名	性别	民族	出生年月	政治面目	家庭出身	原有文化程度	原工作或学习单位	学生来源	原任工作或职务	实践年限	婚否	合计
中文系		卢敦基	男	汉	62.7	77.6入团	[illegible]	[illegible]	[illegible]	[illegible]			否	[illegible]

这么清白的表格，哪能包含我多姿多彩的经历？

一个故事其实有好多个可能的开头。我先讲第一个开头。

我知道世上有大学，应该归功于《收获》上刊载的一部长篇小说《大学春秋》。这部小说只刊登了半部，由于政治不正确，下半部无疾而终。小说写的是中文系的无产阶级教育革命生活。现在我能记得的一幕就是师生去爬长城。登顶后，一位古典文学痴迷者吟诵起孟浩然的诗句：

> 人事有代谢，往来成古今。
> 江山留胜迹，我辈复登临……

辅导员则以“六盘山上高峰，红旗漫卷西风”来回应，让古典文学爱好者傻了。

当然，孟浩然这一次让我真的过目成诵了。更当然，在那个大学停办、后来改为工农兵推荐上大学的日子里，我从来没觉得大学跟我有什么关系。

奇怪，倒是有人觉得大学和我有关系。说到这里，不得不说“江青反革命集团”。我上高中时，学校开设许多学工、学农等的专业班。我所在的班是“红医班”。那年10月初，我们上山采药去。云深不知处。等到两周后返校，校内已到处贴满大标语，我们愣头愣脑不知标语上的“四人帮”三个字指的何许人。在游行时，我们喊别的口号音量一般，但喊“打倒姚文元”时，我们一概大声：“打倒——姚（轻声）——文元!”因为班中有一个姓某的文元。

但风气似乎真的在变，大家更看重读书了。一晚，一个同班的大队党支书的儿子跟我聊天，说：“现在你可能有希望上大学了。本来我肯定是可以推荐上大学的，现在恐怕不行了。”当时我惊悚莫名：一个人怎么能想到未来的事！其实，我后来参加高考复习时，也从未想过自己能进大学，因为那实在太“高大上”了。当然，我也没想过其他同学能考上大学，因为在高中同届的200多名同学中，我一直是“学霸”。其他如果有人上了，我当然也能上。但是，我确实未曾有过一丝丝幻想。

这里补充一下，《大学春秋》全本在20世纪80年代已出版了，但内容已让人完全看不下去。我补看过的。

另一个故事的开头，是我的家庭状况从小康坠入困顿。我父亲是小学校长，工资几十年不变，导致我从未记住过自己的工资却记住了他的——48.5元！所以他才有钱订阅《收获》。《收获》每期1元，他是与另一同事合订的。家中一个爷爷，一个姐姐，身体健康，无甚牵挂，日子很好过。直到后来，我父亲在水库工地上被下滚的巨石碾过，当场身亡。此时我在高中读书还不到一个学期，生存的忧虑第一次来到我的心底。我毕业时是1977年的7月份。作为回乡青年，我参加了生产队的劳动。正逢“双抢”，一天十三四个小时劳作，而工分底分只有两分（有七八个同岁的都一样），干一天不够自己吃一顿的。我体质不行，有时还会中暑。此时的我第一次考虑未来，觉得只有去学一门手艺才能养活自己，因为村中多数家庭都有学手艺的。但我从小动手能力就差，所以也没自信能学成。

就这样干了几个月，突然有一天，从20多里地外的母校打来电话，让公社里的广播员——我表姐，转告我明天去学校，也没说干啥。第二天，我走路去学校，接了两张试卷，考了一下，回家。过几天，学校让我再去，说通过了，可以回校复习参加高考。所有关于高考的日子，我一个都记不住了，这里也无暇细考，只说自己靠不住的记忆。复习的情形，记忆已荡然无存，只知道每天苦读，以及一次拿到了桐乡试点的卷子，有同学说他数学能考100分，我暗骂他吹牛，但自己去考，也是100分。但住宿的情形，我记得还很清晰。我不甚喜欢群居。当时学校里有个小小的校办工厂，两三人，有一位大我几岁的青工有个教师房间。他的父亲当过我小学时的老师。于是我跟他商量。我记得他也参加报考复习。我们睡觉时就一床被子，两脚相对。应该有每晚洗脚吧，我也全忘了。如今，这位青工已是省级中医药药材的代表人物之一。

考试前一两天，表姐骑自行车赶了20多里路，带给我一个手表和2元钱。考试在县城举行。正好，我有个要好的同学一起去。他在县城有亲戚，于是我也自然地跟着他去亲戚家吃饭，睡觉是与他亲戚的两个小孩一起。三人一床，睡得很香。我依稀记得，好像没有洗脚。考了两天，考完，我打算下午就走50里地回家。幸运的是，同村有位朋友骑了自行车。我坐在他的车后回家。

接着的日子，是我一生中最懒散的日子，我简直丧失了知觉和运动能力，天天坐在床头桌前，记得还含含糊糊地看完了从班主任老师那里借来的《安娜·卡列尼娜》。读了也不知道说啥，就感觉好像还不错。因为这位班主任老师是杭州大学外语系毕业的，教我语文，所以我填了杭州大学中文系的志愿。大约过了一两周，突然传来一个天大的喜讯——我被获准顶职，去当公办教师。于是我挑着粮食去粮管所办农民转居民的手续等，到1977年12月31日，我去了一个陌生的中学报到。

那是我第一次真正涉足社会，也几乎是我人生中最痛苦的片段，但那与高考已无关，此处不谈。只记得当时我已开始准备第二年的高考，改考理科。接着，应该是春节后吧，表姐收到了她中学同学（已在杭大读书）的信，说我已被杭州大学中文系录取。那天可能是周日，我在家中，一时惊喜莫名，走出门口，在一条不到半米宽的小水沟前站定，心想：原来《大学春秋》中的大学，我也能去！我一定要好好读书，一定！第二天，正式通知书到了。

1978年的3月初，身为复员军人的姐夫带着第一次出远门的我来到杭州大学报到。所有的人都跟1951年出生的姐夫打招呼，认为我是他带出来玩的，其时我离16周岁尚差4个月。作为全班最小的学生，我比另一位同岁的女同学还小5个月。我看她的少年，虽不富贵，却也无忧无虑。今年读她的游美随感，仍是少女情怀。女性应该少遭苦痛，应当！而我来上学时，已经经历了许多苦痛的片段。

大学毕业几年后，我一日正在桌边冥想，忽然大惊：为什么大学四年都没有同学跟我吵过架？

（2017年8月9日晨）

追忆金庸先生

尽管先生的身体不好已有相当长的一段时间，但对此噩耗仍然没有心理准备。我一直以来心想，年逾百岁，当今似乎也不是特别稀罕的事吧。所以当报社朋友通报消息的电话铃声响起时，我在电脑面前傻坐着，不知道应该做点啥。等到放下电话，决定还是遵嘱追忆一下旧事。

第一次知晓先生小说

第一次知道金庸先生的武侠小说，是在一个非常意外的场合。那是1981年9月底，我与几位大学同学乘坐费时一天的长途汽车前往黄山旅游。前座有一对年轻夫妻，男的向女伴另一方向的邻座拿了一册书，从此低头苦读，浑不理旁边女伴的拉、扯、嗔、怒。当时我虽年轻不谙情事，但也觉得此男人有些过分，于是好奇心起，立身张望，见书中有“陈家洛”三字。当时内地出版的文学书籍并不算太多，我又性喜阅读，绝大多数书一看内容即能知晓书名，但此书确实未见，所以仍不明所以。待到黄山归来，有同学神秘兮兮地给我一册书，让我不要声张，悄悄地看。这部《书剑恩仇录》上册，作者为金庸，纸张粗糙，装帧简单，当时也没在意。读了两三页，真好比林黛玉读《西厢记》，直觉“辞藻警人，余香满口”。七八十页后，“陈家洛”赫然出现，此时想起那个男人，也觉并非过分了。

第二天拿到下册读完。当时在想：我也是读中文系的大学生，古今中外的文学名著，只要是有中文版的，也算大致有些知晓。为何这么好的一本书，从未有师友提起，也从未见有文学史讲述？难道是自己的文学批评能力完全失灵？又抑或是众人皆盲，浑不知该小说为何物？一时懵懵懂懂，不知自己身在何处。

第一次与先生见面

同样，第一次见到先生，也是在一个意外的场合。

那是1997年的一个春天，浙江大学尚未与杭州三所高校合并，金庸先生当时为浙江大学中文系设立了一个奖学金，该系要举行一个仪式。由于我素喜金庸，名声在外，我的大学同学、系主任徐岱让我代表他们做一个发言。记得那天是4月4日，上午在浙大一个会堂举行了仪式，我写了一页A4纸的发言，读了。下午是安排在杭州植物园的某处草地上座谈。那天气氛特别轻松，参加者以青年教师为主，所以毫无忌惮。我记得我熬不住，提了两个久思不解的问题。

第一个问题是，先生的武侠小说，情节发展总是出人意料，可以说是异想天开，但又合情合理，极为吸引读者，那么这些情节是怎样写出来的？有小报说：先生写作，碰到写不下去的难关，便召集众友，让大家谈情节发展的设想。夜深人散，先生方才下笔，方法是避开所有人的建议。请问先生是真的这样吗？

金庸先生听罢大笑："那怎么可能？哈哈哈哈！"

我也顿时明白，不由惭愧地笑了。当然，真实情况我是很晚才知道的：当时先生办报，经营、写作均亲自为之，写作也只能每天在忙完诸多杂事后匆匆动笔，很多时候是排字工人候在门外的，哪来这许多的悠闲？好事者揣测之词，也是意料中事，但本不应该成为吾辈粗通文学之人的问题啊！事后反思，还是爱之太甚，转为迷惘所致。

至于第二个问题，问得虽较内行，没有弄出笑话，但也是人云亦云，不值一提，尽管他的回答对我启示尤深。

两年后的同一天，我的《金庸小说论》初稿写完。

最后一次会面

2003年，我有幸成为金庸先生在浙江大学人文学院的博士研究生，在职读博。其间先生多次来杭，经常在中午休息过后，在下榻的酒店咖啡厅找一张桌子，与我们聊上几个小时。或问学业，或评时贤，抑或关心学生的日常生活。有当时闻即喜者，也有思考许久方悟者。至于博士论文的开题报告，先生阅后，更是写下长篇批语，指出研究方法方向。在先生的指导下，在就职单位的支持下，我通过了博士学位论文答辩。

2011年的元月，我与一友人专程赴港拜见先生。先生在中环一酒店设宴。那天我已觉得先生的身体已不如往昔，证据是初次见面时先生打招呼有些迟钝，全不似原先的轻快灵动。但饭吃到一半，先生重焕光辉，有问即答，兵来将挡，水来土掩。那天在场的还有先生家乡海宁市的领导，皆为共同见证。先生座中为我博士论文题字。日后付印，就是用的此题签。

先生在我眼中为何许人物？借用一下晚清吴汝纶谈其恩师曾国藩的一段话吧：

> 文正公之为人，非一世之人，千载不常遇之人也。吾生乎千载之后，而遥望千载之前有若人焉，吾不能与之周旋也，吾心戚焉。吾生乎百载数十载之后，而近在百载数十载之前有若人焉，吾亦不能与之周旋也，犹之戚焉。并吾世而生而有若人焉，无千载百载数十载之相望，乃或限于形势，或间阻于千里百里之远，吾仍不能与之周旋也，吾心滋戚焉。若乃并吾世而生，无千载百载数十载之相望，又且不限于形势，不间阻乎千里百里之远，而获亲接其人，朝夕其左右而与之周旋，则其为幸也至矣。

我虽远未朝夕左右，也深知自己之幸运。因为当我写完《金庸小说论》之后，我对先生有了自己的体认。简单说来，先生已经进入中国文化的伟人之列，当在中华民族的历史长河中持续地放射异彩。他不仅创造了中国武侠小说的高峰，而且他的武侠小说完全以现代思想为内核，创造性地发展了中国传统文化。他是站在时代前列的人！他的文化成就，将长久为后人学习记取！

社会上不时有人非议先生的武侠小说。对此问题，我专门做过思考。确有一部分读者看武侠小说就头晕，以为它脱离现实、胡编乱造。但这实在仅仅出于他个人的兴趣、习惯和爱好。事实上，《西游记》也有许多人不喜欢，今天还有不少人宣称看不懂《红楼梦》，这种言论作为个人的批评也不甚妥，作为负责任的评论则更是远其甚也。如果按中国文学批评的最高标准——雅俗共赏，先生的小说毫无疑问已在杰作之列。试问20世纪的中国文学，又有哪一人能够以他笔下的人物、故事、词汇、场景等如此直接、如此频繁地进入大众的日常生活？当然走红一时的文艺作品也经常可见，文学史家的办法是再引入一个时间的坐标，俗称“须经得起时间的考验”。先生作品，自1955年乍现人间，至今已有一甲子之久，足够“三十年河东，三十年河西”一个整体轮回。大浪淘沙之下，其余武侠作品大都已经淡出，赢者通吃其实不仅限于商业领域。先生小说之伟大于此可见。呜呼！世运推移兮，哲人其萎。先生之风兮，山高水远！

（2018年10月30日匆匆）